KB059675

후예들

심아진 장편소설

후예들

일러두기

• 헝가리어 등 외래어 표기는 표기법이 아닌 입말을 따랐다.

차 례

◦ D–12 ◦

증명할 수 없는 세계

사수했어.

자신만을 마주한 채 끝없이 평원을 달리는 영웅의 후예들은 그렇게 생각했다. 머무르지 않기 위해 기를 쓰는 과정에서 잃어버릴 수밖에 없었던 것에 대해서는 오래 아파하지 않고 잊었다. 채찍을 맞아야 한다면 맞는 수밖에.

그들은 생에 예의를 갖추지도 않고 배려심이 깊지도 않은 채찍의 속성을 잘 알고 있었다. 개개인이 선택할 수 있는 건, 그저 어떤 종류의 채찍이냐 하는 것뿐. 아홉 가닥 채찍이라 해서 덜 아픈 게 아니고 서른아홉 가닥 채찍이라 해서 더 아픈 게 아니었다. 기름을 먹여 불을 붙인 불채찍이든 하룻밤 물에 불려 충분히 무거워진 말가죽 채찍이든,

혹은 사자도 찢을 수 없다는 하마가죽 채찍이든 큰 차이가 없었다. 아름답게 홀로인 그 사람들은 그래서 얼추 공평하다고도 생각했다. 채찍의 끝에 날카로운 뼛조각이 달렸든 가시, 쇳조각, 쇠구슬이 달렸든, 임계점을 벗어난 고통의 소리는 크게 다르지 않았다.

그렇게 혹독한 과정을 거치고도 살아남은 후예들이 여전히 달리고 있다. 경계도 없고 한계도 없고, 그래서 필시 후회도 미련도 남지 않을 그 자리는…….

나는 여기까지 쓰고 노트북을 닫은 후 짐을 챙긴다. 작은 여행용 가방 하나면 충분하다. 커피 한 잔을 내려 들고는 베란다로 나가 건너편 효령네 집 거실을 본다. 블라인드가 완전히 걷힌 경우, 보고자 들면 두 집 모두 서로를 아주 잘 볼 수 있다. 건설사에서 아파트의 일조권에 지나치게 신경 쓰느라 사생활 침해를 간과한 탓이다. 직각에 조금 못 미치게 기울여 놓은 베인vane 너머로 효령이 보인다. '잃을지도 모를 것'을 두고 초조해하는 듯하다.

잃어야 채워진다는 무책임한 말 따위는 하고 싶지 않다. 내 관심사는 '잃을지도 모를'이라는 말 속에 들어 있는 피로와 장엄함이다. 물론 효령은 내 관심사 따위는 알지 못하며, 알고 싶지도 않을 것이다.

효령이, 빨랫감을 펼쳤다가 접고 또 펼쳤다가 주름을 펴내며 다시 접고 있다. 마치 잘못 접은 생의 어느 순간을, 또 그 과정에서 생긴 보기 싫은 주름을 몇 번의 손길로 없앨 수 있다는 듯이. 그러나 주름은, 뜨거운 다리미를 들이대지 않고서는 없어지지 않을 것이다. 게다가 효령 자신에 의해 시작된 일은 봅슬레이 트랙에 들어선 썰매처럼 후진 불가능하고, 이제 가속도가 붙은 채 앞으로 나가기만 할 것이다. 나는 어쨌든 그녀가 중간에 그만두지 못하도록 썰매를 힘껏 밀어줄 생각이다. 먼 훗날…….

띠띠띠띠. 주름과 썰매 혹은 먼 훗날에 관한 내 상념에 균열을 일으키며, 현관 잠금장치 풀리는 소리가 난다. 백발을 뒤로 묶은 노파가 허청거리며 들어선다. 엄연히 내 집이지만, 혼魂어미는 그 소파가 자신의 것이기라도 하듯 무람없이 털썩 앉는다.

걔는 도대체 무슨 생각인지 모르겠어. 안 되겠어, 안 돼.

안 될 거라고 하시면서 왜 자꾸 주위를 맴도세요?

답답해서 그러지, 답답해서. 아이고, 덥다.

나는 더위에 지쳐 짜증을 내는 혼어미에게 얼음 띄운 미숫가루 한 사발을 타서 대령한다. 미간의 주름은 쉬 펴지지 않지만, 그녀의 기분은 금방 펴진다.

사람이 저 살고 싶은 대로 어찌 다 살아. 안 그래? 흙먼지를 피워 올리며 땅과 뒹굴던 시절의 유전자가 오롯이 살아 있는데 말이야.

그 아이가 자기식대로 편안하게 살 다른 방법을 찾았다면요?

편히 사는 거랑 편히 죽은 거랑 구분을 못 하는 거지.

굿이라도 한번 해주세요, 그렇게 갑갑하시면.

그것도 옛말이지, 이 사람아. 요즘 어디서 제대로 된 굿을 할 수나 있대? 하늘의 귀가 시멘트로 굳어버렸고 땅의 입도 얼추 반이나 돌아가 버렸어. 발음도 잘 안 돼.

그나저나 요세핀이 진짜 한국으로 올까요?

그거야 자네가 더 잘 알겠지. 다 정해진 대로 가는 거야.

뭐가 정해져 있다는 말씀이세요?

누구나 제가 선택한 채찍을 맞게 마련이란 말씀이야.

내가 조금 전 채찍에 대해 끄적거린 걸 혼어미가 이미 알고 있으리라 짐작하지 않을 수 없다. 썩 유쾌한 기분이 아니나 그렇다고 골을 낼 일도 아니다. 내가 짐짓 모르는 체하며 시퉁스레 묻는다.

선택해서 맞다니요? 그게 가능해요?

몰라. 그걸 내가 어떻게 알아. 아이고, 더워.

늙은 여인은 만사 귀찮다는 표정으로 손부채를 부친다. 나는 한때 우리의 어머니이고 누이이고 연인이며 스승이었던 혼어미를 위해 에어컨의 설정 온도를 더 낮춘다. 세월의 질곡을 따라 때로는 깊게, 때로는 얕게 주름이 팬 영웅의 얼굴. 그런 주름은 빨래에 생긴 주름과는 차원이 다르다. 잘못 접어 생긴 게 아니며, 깊거나 얕은 이유가 정밀하게 들어앉아 있다. 그러나 이제 그녀는 노파다. 영원히 푸석거리지 않을 것 같던 피부, 아무도 손대지 못하는 곳에 달린 영롱한 열매 같던 입술, 그리고 야생의 짐승에게서나 볼 법한 도저한 눈빛 등이 모두 투미해져 있다. 활공하는 매를 부르고, 굶주린 늑대에게 호통쳤던 그녀의 목소리는 이제 증명할 수 없는 세계에만 존재할지도 모른다.

그나저나 어디를 가려고?

노파가 내 은색 여행 가방을 일별하며 묻는다.

헝가리에 가보려고요.

가면 안부나 전해 주게.

누구에게요?

노파는 '아무에게나'라고 말하는 듯한 표정으로 눈만 끔뻑인다. 졸린 듯 웅얼거리며 묻는다.

갔다가…… 언제 오누?

가봐야 알죠. 저 없어도 들러서 편히 쉬세요. 무리해서 다니지 마시고요.

더위에 지친 노파는 이미 반쯤 감긴 눈으로 알았다는 손짓을 한다. 어스름 황혼처럼 눅늘어진 기운이 어미의 혼을 감싼다. 나는 다시 한번 효령의 아파트를 건너다 본다. 그 사이 효령은 집 밖으로 나간 모양이다. 블라인드가 야무지게 닫힌 채 주인의 부재를 알리고 있다. 효령은 아직, 사는 게 빨랫감을 개는 일처럼 간단하지 않다는 사실을 받아들이지 않는다. 먼 훗날, 먼 훗날 언젠가 받아들이게 될까? 효령은 모르겠지만, 자신들의 세상을 완성하기 위해 수천 년을 돌아다닌 혼어미는 절대로 효령을 포기하지 않을 것이다.

미숫가루가 준 포만감이 흡족했는지 노인이 입맛을 다시며 꿈을 불러들이고 있다. 나는 그녀의 낮잠을 방해하지 않기 위해 조용히 문을 닫고 나선다.

로마의 자비

효령이 뜻밖에 마주친 그림 앞에 망연자실하여 서 있다. 늙은 아버지와 그에게 젖을 물린 딸……. 딸은 아버지의 머리카락 한 올도 보고 싶지 않다는 듯 고개를 돌린 채 차가운 감옥 천장에 시선을 고정하고 있다. 눈동자는 불안으로 흐려져 있으며, 뺨은 발갛게 물들어 있다. 물풍선처럼 빵빵하게 부풀어 오른 유방이 화면 중앙에서 하얗게 빛을 발한다. 젖이 잘 나오도록 가슴을 지그시 누르고 있는 딸의 왼손, 그리고 정말 어찌할 수 없는 일일 뿐임을 항변하듯 조심스레 노인의 등에 올린 오른손. 아버지를 책망할 수 없고 의지할 수는 더더군다나 없으며, 오로지 의무를 다할 뿐인 딸의 두 손. 「로마의 자비」로도 불리는 「시몬과 페로」라는 루벤스의 그림에서, 손들은 의욕적인 자비와는 무관하게 매시근해 보인다.

효령이 윤지가 그림을 보지 못하도록 고개를 다른 쪽으로 돌리게 한다. 아이가 몰라도 될 세상을 굳이 알게 하고 싶지 않다. 하지만 정작 효령의 눈은 다시금 루벤스의 그림으로 향한다. 쇠창살을 통해 감옥 안을 엿보고 있는 간수들의 표정이 음흉하기 짝이 없다. 한 간수는 과연 페로가 시몬에게 젖만 물리는 게 맞는지 살펴보려는 듯 그녀의 어깨너머를 주시하고 있으며, 다른 간수는 페로의 하얀 유방에 당장이라도 달려들려는 듯 탐욕스럽게 눈을 굴린다. 효령은 그림 속 인물 모두에게 혐오감을 느낀다. 무슨 대단한 독립운동 같은 것을 하다가 감옥에서 굶어 죽는 벌을 받았는지 모르겠으나 딸의 젖을 빨면서까지 살아보겠다는 아버지는 추악해 보인다. 차라리 혀를 깨물지. 효령은 죽을 만큼 혀를 깨무는 게 얼마만큼 어려운지 알지 못하지만, 자신이라면 필시 그랬으리라고 생각한다. 차라리 수치심만으로 붉게 물들었으면 좋았을 뺨, 포기하지 말았어야 할 것을 포기하고 만

자괴감 어린 눈. 효령은 제 가슴이 빨리기라도 하는 것처럼 곤혹스럽다. 저릿저릿한 유선을 통해 미망의 길을 달릴 뽀얀 젖의 행로가 효령의 시야를 어지럽힌다.

실은 어지러운 이유가, 곧 한국으로 올 거라는 요세핀 때문인지도 모른다. 요세핀에게 공들인 지 오래였으나 정말로 그 아이가 움직이려 들 줄은 몰랐다. 요세핀이 사는 곳이 헝가리여서일까. 효령은 흙먼지를 일으키고 다닌 기마인, 그 야만스러운 이미지를 떠올리지 않을 수 없다. 말을 몰아 자유의 경계를 찢었던 자들이 알타이산맥을 넘고 흑해를 지나 카르파티아 분지에 정착한 것과는 반대의 경로로, 요세핀은 몇 개의 강과 언 땅을 건너 효령에게 오려 하고 있었다. '그 여자'의 아이 요세핀. 사실을 확인한 순간, 피부 아래 봉인된 채찍 자국들이 요동을 쳤다. 상처들이 다시 한번 살갗을 벌리고 나와 피와 고름을 뿜어내고자 안달하였다. 효령은 그 고통에 바투 붙고 싶은 마음을 거부할 수 없었다.

엄마, 다리 아파. 목말라.

윤지가 칭얼거리기 시작한다. 저 있는 위치를 대뜸 알아내는 똑똑한 관람용 무전기가 다시금 아이의 관심을 끌어보려 하지만 실패하고 만다. 아이……. 일순 생의 취약한 이음

새를 뜯으며 아이의 의미 일부분이 빠져나가기라도 할까 봐 효령은 긴장한다. 살아 있는 동안은 그런 일이 일어나지 않아야 하리라, 느닷없이 간절해진다.

우리 딸 힘들구나? 오늘은 이만큼만 보자.

전시실 출구로 나가자 거대한 아이스크림이 인쇄된 배너가 펄럭인다. 전시실을 나서는 누구든 유혹하고 말겠다는 듯 끈적이는 당분의 의지.

엄마, 아이스크림.

효령은 기꺼이 아이의 손가락이 가리키는 곳으로 들어선다.

초코랑 바닐라? 스트로베리랑 바닐라?

아이는 늘 그 두 가지를 두고 고민한다. 효령은 아이가 사소한 것만을 포기하고 단순한 선택만 하면 되는 삶을 살기를 바란다. 언제까지나 그런 것만 고민하렴. 그게 좋은 거야. 속으로 말하며 효령이 가방에서 지갑을 꺼내는데, 기획사에서 보낸 여자의 사진이 딸려 나와 떨어진다. 명성기획사는 유능하게도 금방 '그 여자'를 찾았고 사진까지 보내주었다. 효령은 아이스크림 사려던 걸 잠시 잊은 채 팔랑거리며 바닥에 내려앉은 사진을 응시한다. 수십 번도 넘게 들여다보았는데, 도무지 여자의 얼굴이 새겨지지 않는다. 사진을 볼 때는 그래, 이 얼굴이었지, 하다가도 보지 않으면 도통 여자의 인상이라는 게 떠오르지 않는다. 머뭇머뭇 허리를 굽혀 사진을 집는다.

엄마, 뭐야? 나도 보여줘.

효령이 사진을, 특별할 게 없는 엽서나 팸플릿 취급하려 애쓰며 윤지에게 보여준다.

그냥 어떤 아줌마 사진이야.

혼란스러운 마음을 재빨리 규격 맞는 상자에 넣어 갈무리한다. 아이 앞에서 흔들리고 싶지 않다. 아이가 여자의 얼굴을 손가락으로 짚으며 묻는다.

어떤 아줌마?

동양인 특유의, 쌍꺼풀 없이 가로로 긴 눈을 가진 여인이 일순 효령과 눈을 맞춘다. 기쁘거나 놀라거나 우울하지 않은, 그러면서도 기쁨과 놀라움과 우울함의 가능성만큼은 그러쥐고 놓지 않으려는 듯 헤갈스러운 얼굴이다. 분명 아름다운데도 어쩐지 고의로 아름다움을 훼손하고 있는 듯 보이기도 한다. 어떤 사람일까? 아이의 질문을 오히려 효령이 되새김질한다. 사진 속 여자는 온통 금칠이 된 미술관의 도리아식 기둥 사이에서 나오려는 듯도 보이고 뒷걸음질 치려는 듯도 보인다. 아이가 재차 묻는다.

엄마, 누구냐니까?

누구인지, 효령이야말로 알아내고 싶다. 자신과 상관없는 사람이 아니라는 사실만은 분명한데……. 효령은 대답하지 않으려고 아이의 주의를 다른 데로 돌린다.

초코랑 바닐라로 주문할게. 괜찮지?

윤지는 겨우 스트로베리 맛만을 포기하는데도 꽤 심각해져서 사진 속 여인을 금방 잊고 만다. 효령이 사진을 챙겨 넣다가 사진 찍힌 장소가 미술관임을 인식하고는 실소한다. 일찌감치 그림 같은 것을 포기한 효령이지만, 될 수 있었다면 화가가 되었을 것이다. 효령은 여자에 대해 많은 것을 알고 싶기도 하고 아무것도 모르고 싶기도 하다. 여자가 새집 벽에 느닷없이 등장한 누수의 자국처럼 꺼림칙하다는 사실만은 틀림없다.

잠시 후 어린 딸과 젊은 엄마는 루벤스 전 안내 포스터를 일별하며 미술관을 나선다. 효령은 「로마의 자비」 같은 기분 나쁜 그림을 보러 오는 게 아니었다며 후회한다. 손상당한 기분을 떨쳐내기 위해 아이의 손을 단단히 잡는다. 의심도 미안함도 주저함도 없이 보호받기를 당당하게 요구하는 아이의 손이 말 그대로 '죽을 만큼' 사랑스럽다. 효령이 아무데나 갖다 붙인 '자비'라는 말을 떨어내려는 듯 갑자기 아이를 꼭 껴안는다. 빌딩 사이로 무심한 빛을 뿌리며 사라지려던 해가 한 몸이 된 모녀의 실루엣에 잠시 머문다.

언제나처럼 완벽하게

아침부터 일이 계속 꼬인다. 시내까지 가는 206번 버스를 반 시간 넘게 기다려 탄 데다, 갈아타야 하는 42번 버스는 코너를 돌면서 놓쳐버렸다. 지하철을 탈까 하다가 역까지 가는 게 번거로워 그냥 기다렸더니, 순식간에 경찰차 여러 대가 도로를 막아서고, 노란 테이프며 깃발들이 새로운 통로를 만들어낸다. 그제야 귀연은 작년에도 이맘때쯤 마라톤 경기가 있었다는 데에 생각이 미친다.

윗도리를 벗어젖힌 청년들이 노란 테이프를 들고 뛰어다니면서 반대편의 차량 진입을 막는다. 얼굴 붉은 경관의 "보차넛(Bocsánat, 실례합니다)" 소리가 호루라기의 고음에 섞여 콘크리트를 더욱 뜨겁게 달군다. 귀연은 잠시 처지를 잊고 도로의 열기와 근육질의 젊은 몸, 땀으로 번들거리는 얼굴에 빠져든다. 여느 때의 그녀라면 당장 스케치북을 꺼내 들고 곧 잃어버릴 순간들을 주워 담는 데 열중했을 것이다. 하지만 아쉽게도 오늘은 그럴 수가 없다. 장면들이 공기 중으로 흩어지며 미련이 뭔지 알겠다는 듯 건방진 소리를 귀연에게 남긴다. 그러니까, 쯧!

쯧! 귀연은 지하철역으로 발을 옮기면서 마라톤 경기를 예고해주지 않은 딸을 원망한다. 그간 이국땅에 살면서 이런저런 불편한 일을 겪지 않은 것은 모두 헝가리어를 잘하는 요세핀 덕이었다. 귀연은 날짜 칸이 큰 달력을 사다 걸어 중요한 사건들을 메모할 수 있게 해두었다. 학교 다닌 값은 하라는 게 귀연의 요구였는데 그간 요세핀은 별 군소리 없이 그에 응했다. 정전이나 단수가 되는 시기, 부다페스트 시내에서 일어나는 대규모 이벤트 등이 맞춤법이 틀린 한국어로 적혀 있곤 했다. 그러나 요세핀은 최근 자신의 부탁을 들어주지 않는 데에 대한 시위로, 필요한 사항들을 알려주지 않았다. 귀연은 두어 번 불편한 일들을 겪었다. 수리 중인 아파트 엘리베이터를 한참이나 기다렸으며, 가게 대부분이 휴업하는 선거일을 확인하지 못해 헛걸음하기도 했다.

귀연은 이혼 직후 헝가리어를 배우려고 한 적이 있었다. 외국인을 대상으로 한 무료 강좌에서, 강사는 한국인인 귀연이 쉽게 헝가리어를 배울 수 있으리라 장담했다. 어미의 변화로 대부분의 문법 기능을 표현해내는 점이나 말의 어순 등이 한국어와 비슷하다는 이유를 들먹였다. 강사는 또, 헝가리인의 조상이 동양에서 발원하였으므로 자신들이나 튀르키예, 한국은 모두 형제라는 점을 강조하며 귀연에게 더 빠른 학습 효과를 기대하기도 했다. 하지만 엄청나게 복잡한 규칙에 따라 변화하는 조사와 어미 등은 수업을 같이 듣는 다른 슬로바키아인이나 우크라이나인에게 그랬던 것처럼 귀연을 보기 좋게 걷어찼을 뿐이다.

귀연은 골치 아픈 헝가리어를 깨끗이 포기했다. 영어나 독어로 대충 버틸 수 있겠지 싶은 막연한 자신감도 있었다. 무엇보다 그림이 아닌 부수적인 데에 너무 많은 에너지를 쏟고 싶지 않았다. 시간이 아까웠다. 하지만 그 대가로 귀연은 참을 수 없는 현실에 보다 많이 부딪혔고 언제나 이방인으로 머물러야 했다.

이방인이되 이방인처럼 살지 않을 수 있었던 건 전적으로 요세핀의 도움 때문이었다. 귀연도 모르지 않았다. 그러나 그렇다고 해서 한국으로 갈 비용을 무작정 대줄 수는 없었다. 요세핀은 아버지 프란츠가 양육비 명목으로 넘겨준 식당에서 나오는 돈을 들먹였다. 귀연이 헛웃음을 치며 답했다.

식당에서 나오는 쥐꼬리만 한 돈으로 너랑 내가 입에 풀칠이라도 하는 거야.

귀연은 게다가 프란츠가 그 식당을 온전히 산 게 아니라 이십 년 장기 임대를 했을 뿐이므로, 삼 년 안에 그 수익금이라는 것 자체가 없어진다고 또박또박 설명했다. 하지만 요세핀은 억보소리만 늘어놓았다.

그러니까 그 삼 년에 해당하는 내 몫을 미리 주면 되잖아.

현금으로 쌓여 있는 것도 아닌데, 그런 큰돈을 갑자기 어디서 구해.

엄마 갤러리 하려고 모은 돈 있는 거 다 알아.

귀연은 몸서리를 쳤다. 엄밀히 말해 자신에게 돈이 있다면, 외면하고만 싶은 '지금'을 간신히 버틸 수 있게 해주는 피 같은 돈이 있을 뿐이었다. 과장 없이 그대로 피였다. 갤러리를 갖기 위해 온갖 굴욕을 견디며 모아온 돈을 결코 함부로 흩어버릴 수 없었다. 하지만 요세핀은 순순히 물러나지도, 고집을 꺾지도 않았다.

귀연은 요세핀의 요구가 가당찮다고 말하면서도 내심 프란츠를 만나 상의해야겠다고 생각했다. 예전 같지 않은 식당 수익에 대해서, 또 가게의 임대 종료나 그 후의 일에 관해서도 이야기를 나누어야 했다. 프란츠는 이혼했어도 요세핀의 생일과 부활절, 크리스마스는 알뜰히 챙기던 사람이었다. 오 년 전쯤, 장기 임대에 따른 권리를 인정받아 건물을 구입해 양도할 수 있는지 알아보겠다고 먼저 말을 꺼낸 것도 그였다. 하지만 언젠가부터 연락이 끊어지나 싶더니 급기야 작년에는 페이스북에서마저 자취를 감추었고 요세핀이 보낸 메일에도 답을 하지 않았다. 이기적이나 기본적인 부정父情마저 없는 사람은 아닌데 이상한 일이었다. 프란츠를 만날 방법은 한 가지뿐이었다. 늙기는 했을지언정 아직 절대로 병들지도 죽지도 않았을 그의 어머니를 방문하는 거였다. 귀연은, 개인의 신념을 만인의 정전正傳으로 착각한 게

르만 여인, 세상 모든 사람이 어딘가로 떠나도 마지막까지 자신의 터에 눌어붙어 있을 이렌느를 만나러 가야만 하리라 생각하고 있었다. 도무지 내키지 않는 일이지만 어쩔 수 없으리라, 마음을 다잡고 있었다.

잡다한 생각에 빠진 사이 어느덧 목적지인 영웅광장 역에 도착한다. 귀연은 늦지 않았으나 여유를 부릴 틈도 없다는 걸 자각하며 재게 걷는다. 서늘하고 어두운 지하도를 빠져나오자, 그 지하도와 연결된 곳이라고는 도저히 믿을 수 없는 환한 원형 광장이 펼쳐진다. 양쪽으로 두 개의 미술관을 날개처럼 거느리고 있는 영웅광장은 갓 삶아져 나온 달걀의 흰자위처럼 매끈하고 탄력 있다. 귀연은 왼편의 쎕무베제티 뮤제움Szépmüvészeti Múzeum 쪽으로 걸어가면서 날개를 활짝 편 가브리엘 천사상을 일별한다. 금방이라도 태양을 향해 날아오르려는 듯한 천사상이 귀연의 마음을 다급하게 만든다. 봉사로 하는 미술관 안내이기는 해도 단 한 번도 소홀히 다룬 적이 없었다. 언제든지 느긋하게 커피 마실 시간을 계산해서 나왔는데, 오늘 같은 날은 분명 이례적이다. 마라톤도 마라톤이지만 억지를 부리고 있는 요세핀의 탓이 더 크다. 미술관만큼이나 거대한 아이의 고집…….

백 년 세월에 짓눌렸을 묵직한 문이 귀연을 대신해 한숨을 내쉬며 열린다. 귀연이 1시 55분을 가리키는 대형 벽시계 아래에 모인 관광객들을 일별하고는 함께 안내를 진행할 타마라와 눈을 맞춘다. 타마라는 곧장 지하 카페테리아로 내려가는 귀연을 말리지 않는다. 실제로 귀연이 하얀 그릇에서 각설탕 하나를 꺼내 입에 넣고 에스프레소를 머금어 녹이면서 다시 로비로 올라오기까지 사 분밖에 걸리지 않는다. 귀연이 사람들을 향해 부드럽게 미소 짓고는 안내를 시작한다.

지금부터 거의 백 년 전, 헝가리는 건국 천 년을 기념해 여러 가지 사업을 벌였습니다. 소위 밀레니엄 이벤트라 불린 거대 계획에 의해 영웅광장 옆에 미술관이 자리 잡았지요. 방대한 미술품을 소장하고 있던 에스테르하지Eszterházy가의 컬렉션을 모태로 출발한…….

요세핀에 관한 사념이 미련 없이 자취를 감춘다. 귀연은 치렁치렁한 머리카락을 싹둑 잘라버렸을 때처럼 깔끔한 만족감을 느낀다. 언제나처럼 완벽하게, 투어를 이끈다.

꿈과 신화

요세핀과 마태, 그리고 마태의 개 난도가 궁과 요새가 있는 구시가지를 산책하고 있다. 난도는 헝가리 국견인 비즐라 종으로 늘씬한 몸을 자랑하는 사냥견이다. 두 젊은이는 개를 운동시키고 엔데믹을 기념하는 록그룹의 야외 공연도 볼 겸 해서 나온 참이다.

요세핀과 마태는 고교 졸업 후 삼 년이 흐르도록 제대로 된 직업을 가진 적이 없었다. 대학 진학은 애초에 희망사항 밖이었다. 세계적 전염병 사태 후 일자리라는 것 자체가 줄어들기도 했거니와 딱히 직장을 가질 마음도 없던 두 사람은 용돈이 필요해지면 소소한 아르바이트를 했고, 얼마쯤 모이면 쉽게 일을 그만두었다. 요세핀과 마태가 성실히, 기꺼이 한 일이라곤 사이좋게 시간을 깔고 앉아 뜨는 해, 지는 해 따위를 식별한 것뿐이었다.

갑자기 난도가 넓은 공터를 달리기 시작한다. 웬 꼬마가 날린 프리스비frisbee에 반응한 것이다. 요세핀의 눈에 난도는 뛰어가는 게 아니라 거의 날아가는 걸로 보인다. 짧은 황금빛 털을 일렁이며 만유에 편재한 자유를 예리하게 삼키며 날아가는 한 마리 개.

난도, 그만!

마태가 다급히 개를 저지한다. 난도는 활동적인 성격이지만 훈련이 썩 잘 되어, 오라면 오고 멈추라면 반드시 멈추는 기특한 녀석이다. 난도가 아이를 덮칠 리 없겠지만 프리스비를 잡으려다 사고가 날 수 있다. 난도가 반쯤 베어 문 자유를 아쉽다는 듯 내려놓는다. 오늘은 공이며 음식이며 난도를 유혹하는 것들이 너무 많다.

아무래도 줄을 매야겠어.

마태가 목줄을 꺼내 든다. 하지만 버스나 트램을 탈 때가 아니고서는 여간해서 개를 묶으려 하지 않는 요세핀이 반대한다. 세상의 어떤 존재가 다른 어떤 존재를 구속할 수 있단 말인가. 요세핀은 질서니 예의니 들먹이며 강압적으로 구는 것들을 좋아하지 않는다.

그냥 둬. 다른 데로 가자.

요세핀, 마태, 난도가 울퉁불퉁한 돌길을 걷기 시작한다. 곧 부다페스트를 가로지르는 강이 한눈에 내려다보이는 왕궁에 다다른다. 아무 일 없었다는 듯 유순하게 흐르는 두나 강. 요세핀은 다른 나라에서는 낭만적인 분위기를 풍기며 도나우, 다뉴브로 불리는 저 강이 얼마 전 무엇을 했는지, 어떠했는지 어렴풋이 안다. 이제 더 알아야만 하리라……. 강을 따라 펼쳐진 신시가지에는 높낮이가 다른 자주색 모자를 개성 있게 뒤집어쓴 국회의사당과 막 비중 있는 경기를 치르고 나와 만감이 교차하는 표정인 대성당 등이 보석처럼 박혀 있다. 주변으로 촘촘히 늘어선 사람들의 집, 대문, 정원 등이 사근사근한 정취를 불러일으킨다. 요세핀은 자신이 제대로 가져보지 못한 것들을 오래 본다. 시리얼 조각들이 바스러지면서 작게 투덜거리고 거품 묻은 접시가 미끄러져 내리면서 깔깔거리는, 사소하지만 충만한 삶. 대충 세탁된 빨랫감에 남아 있는 얼룩들이 미련 없이 미소 짓고, 잘 말린 꽃이 짐짓 살아 있는 듯 뻐기는 그런 삶들. 떠나려고 생각하니, 갖지 못했던 것마저 그립다.

요세핀은 두나강이 흐르고 흘러서 서울의 한강까지 닿는 모습을 그려본다. 한국에 가면 그간 알지 못해 갑갑했던 것, 결국 알아야만 할 것들의 실체와 마주하게 될까? 제 피의 반을 채운 한국이라는 나라, 그러니까 귀연이 나고 자란 그곳이 두렵지 않은 건 아니다. 그러나 요세핀은 그 와중에도 기쁜 감정, 설레는 느낌을 무시할 수 없다. 어쨌거나 엄마를 떠나면 적어도 엄마와 살 때처럼 외롭고 공허하지는 않으리라. 요세핀은 단순하게 생각하려 노력한다.

그 단순함보다 더 단순한 마태의 웃음, 그리고 단순할 필요조차 없는 난도의 킁킁거림이 요세핀을 위로한다. 마태는 누구에게 가르침을 받은 적도 없고 자각의 체험을 하지도 않았으나 좀체 불안에 잠식당하지 않는다. 난도는 뒷다리를 치켜들어 오줌 방울을 묻히는 것만으로도 충만하게 존재한다. 요세핀이 아는 한, 마태와 난도의 세계는 그렇게 훌륭하다. 그러니 모두, 모두 괜찮을 것이다.

요세핀이 필시 좋은 의미로 만만한 상대인 마태에게 묻

는다.

마태, 너는 용감한 마자르족의 피를 이어받았지?

그럼, 그럼! 어머니가 헝가리인이잖아. 아버지의 조상들은 대대로 튀르크족의 용사였고.

아침부터 계속된 산책에 주니가 난 마태가 휴대전화기를 열었다 닫았다 하면서 건성건성 답한다.

난 뭘까?

둔한 마태지만 이번에는 다른 대답을 해야 하는 걸 안다. 전화기를 바지 뒷주머니에 넣더니 요세핀의 어깨를 다정하게 끌어안는다.

떠나려니 심란하구나?

…….

마태가 위로랍시고 자동차 경주 얘기를 꺼낸다. 그동안 엄두도 내지 못했던 F1 경주 표를 곧 구할 수 있을 것 같다고 한다.

한국 가기 전에 추억 하나 더 만들어야지.

그는 마치 자신이 경주차 자체이기라도 하듯 자랑스러워한다.

실제로 가서 보면 차들이 웽 소리를 내며 언제 봤나 싶게 눈앞에서 사라진대. 시속 삼백 킬로라니 상상이 가?

하지만 요세핀은 자동차 경주 따위를 얘기하고 싶은 기분이 아니다.

상상하고 싶지 않아, 마태.

사실 지금 요세핀은 자동차가 아니라 비행기에 대해 생각해야 한다. 한국까지 가는 항공권, 그리고 체류를 위한 최소한의 경비를 마련하는 게 시급하다.

요세핀의 한국행에 대해 엄마는 예상외로 격한 반응을 보였다.

한국에 가면 너를 반길 누가 있니? 설마 내 친척을 기대하는 건 아니겠지? 난 그런 거 없어. 네 친구라는 애들도 마찬가지야. 헝가리를 잠시 거쳐 간 그 애들이 너를 챙겨줄 거 같아?

가든지 말든지 마음대로 하라고 할 줄 알았는데, 그렇지 않았다. 한국이라는 장소 때문인지 아니면 돈 때문인지, 엄마는 평소의 냉정함을 유지하지 못했다. 요세핀은 오히려 힘이 솟았고, 엄마의 당황한 모습을 더 건드려보고 싶었다.

요세핀에게 엄마는, 침을 뱉으면 침이 아니라 얼음조각이 떨어진다는 시베리아 겨울보다도 더 냉랭한 사람이었다. 그 차가움은 화를 잘 내거나 성격이 나쁜 것과는 전혀 달랐다. 전적으로 투명하고 지나치게 날카로워, 들어설 자리가 없는 느낌이랄까? 어린 시절, 요세핀이 무언가를 조르거나 이유

없이 칭얼대면 엄마는 자리에 가만히 선 채 움직이지 않곤 했다. 요세핀이 옷을 잡아끌든 울며불며 떼를 쓰든 아무 반응도 보이지 않았다. 침묵과 동작 정지. 요세핀은 그런 엄마 곁에서 자신을 제외한 세상 전체가 다른 공간으로 이동해 버린 듯한 기분에 젖곤 했다. 덩그러니 혼자 남겨진 것 같은 무자비한 고독, 지독한 두통처럼 사람을 무기력하게 하는 그런 고독을 홀로 감수해야 했다. 요세핀은 자신이 아주 어린 아이, 그저 아이였을 뿐인데도 그런 걸 겪어야 했고, 하필 그게 엄마로부터 연유했다는 사실에 화가 났다.

자라면서 또래 친구들이 흔히 하는 가출이나 반항도 해보았지만, 엄마는 도통 먹히는 상대가 아니었다. 요세핀은 며칠씩 집을 나가 있어도 도무지 찾는 기색이 보이지 않아 지쳐 제 발로 들어온 몇 번의 경험 후로는, 웬만하면 가출을 시도하지 않았다. 정작 험하게 몸을 던져 손해를 보는 게 자신일 뿐이라는 걸 깨달은 탓이었다. 엄마는 건조하고 단편적인 잔소리를 간헐적으로 던지기는 했으나 요세핀을 함께 사는 동거인 이상으로 대하는 법이 없었다. 자신의 그림, 그 그림과 관련된 몇 가지 일 외에는 다른 아무것에도 열정을 낭비하지 않는 사람이었다.

한국으로 가겠다는 결심을 굳힌 후 요세핀이 노력을 기울이지 않은 건 아니었다. 독립할 나이에 이르고서도 엄마에게 여비며 체류비를 요구하기는 싫었다. 하지만 식당, 커피숍, 주유소 등에서 받는 급여는 너무 적었고 온전히 모이지도 않았다. 게다가 유람선 사고 후 거행된 기념식에서 흰옷 입은 여인의 공연을 본 후 이상하게 조급해졌다. 한복 소매 끝으로 빠져나온 가녀린 손이 가리키고 있었다. 여인의 웅얼거리는 소리가 같은 뜻을 반복해서 전했다. 한국으로! 떠나라! 요세핀은 짧은 기간에 많은 돈을 구할 다른 방법을 찾아야 했다. 엄마와 신경전을 벌이는 빌미가 되었다.

요세핀이 세상 걱정 없어 보이는 마태에게 말한다.

마태, 마녀가 돈을 안 줘. 방법을 좀 생각해봐. 어쩌지?

요세핀은 마태에게 묻지만 실은 스스로에게 묻고 있다.

어쨌거나 방법을 찾아야지.

절대로 방법을 찾지 못할 마태는 그답게 해도 그만, 안 해도 그만인 답을 한다. 문득 요세핀이 왕궁의 문설주 위에 앉은 검은 새 조각상을 바라본다. 마태도 요세핀의 시선을 따라 고개를 든다.

투룰turul이네. 저 새가 알모시 엄마의 자궁으로 곧장 돌진하자 샘물이 흘러넘쳤다지. 그 물이 서쪽으로 흘러 산을 넘고 저지대에 이르러 지금의 헝가리 땅이 되었고.

새가 자궁으로 돌진한 게 아니라, 새처럼 특별한 아이를 낳았다고 전하고 싶었던 걸 거야.

……그래?

한국의 왕들도 새의 알에서 태어났다고 해. 닭 부리처럼 생긴 입을 가진 왕들이 신화에 나온다더라고.

마자르족은 새의 후손이 아니라 용맹한 기마 민족의 후예야.

요세핀은, 그들이 평원을 마음대로 떠도는 기마 민족이었으니 하늘을 자유로이 나는 새도 숭상했으리라 짐작하지만 마태에게 설명하지는 않는다. 대부분의 헝가리 사람들은 자신들의 근원이 동양의 기마 민족에게서 비롯되었다고 믿는다. 그들은 스스로를, 활을 쏘고 말을 달리다 황금 가지를 뻗은 나무가 있는 곳에서 마침내 나라를 이룬 용맹한 마자르족이라 칭한다. 그러나 요세핀은 용맹함에 의문을 품는다. 그들의 용맹함 때문에 누군가는 약탈을 당했을 테고 심지어 죽기도 했을 텐데……. 어쩌면 그 용맹함이라는 겉옷은 뻔뻔함이라는 안감이 단단하게 박음질 된 허울뿐인 게 아닐까. 요세핀의 눈빛이, 강 주변을 두루 살피며 낚아챌 만한 것을 물색하는 투룰의 눈처럼 짙어진다.

잠시 후 요세핀이 왕궁 벽에서 몸을 떼고 아래를 내려다보며 말한다.

어차피 꿈이고 신화야.

마태는 맥락을 이해하지 못했으나 요세핀에 대한 호감으로 가득 차 크게 고개를 끄덕인다.

그렇지, 그래.

요세핀은 제 팔로 저를 안으며 마음을 다잡는다. 사람들은 언제나 자신이 현재 가진 것보다 이전에 가졌던 것, 그리고 가졌던 것에 연루되어 앞으로 가질 수 있는 것을 얘기하기 좋아한다. 꿈과 신화가 여전히 매력적인 이유다. 게다가 그것들은 누군가를 상처 주지 않고서, 무언가를 잃지 않고서 얻을 수 있는 게 없다는 사실을 우아하게 가린다. 요세핀은 그 옛날의 마자르족이나 튀르크족처럼 잠시 용감하고, 어쩔 수 없이 뻔뻔해져야겠다고 생각한다. 뻔뻔함을 용맹함으로 포장하는 것, 그것은 젊은이의 무모함이 아니라면 불가능할 텐데 요세핀은 어쩐지 그게 싫지 않다.

◦ D-11 ◦

영웅과 후예들

하늘로만 타오르는 머리카락을 가진 여자와 뒤를 돌아보지 않는 수염을 가진 남자가, 선택받은 이들의 조상이었다. 모두의 어머니이고 누이이고 연인이며 스승인 여자는 혼어미라 불렸고, 모두의 아버지이고 오라비이고 애인이며 지도자인 남자는 혼아비라 불렸다. 두 영웅이 상대를 사랑하면서도 스스로에 대한 사랑을 잃지 않았을 때, 기만 없이 순수하게 자신을 사랑했을 때 세상은 빛났다. 그들은 건강했고, 따라서 세상도 건강했다.

영웅과 후예들은 천진난만했다. 그들은 적과 싸우다가도 시야에 포착된 토끼가 마음에 들면 미련 없이 전쟁을 중단했다. 싸움의 계기가 된 어떤 것도 귀엽고 예쁜 토끼만큼의

가치를 지니지 않았다. 그들은 아름답고 아름다운 만큼 격렬한 '지금'이 자신들을 장악하도록 내버려 두었다. 스스로를 발효시키느라 곰팡내를 풍기는 일이 없었고, 미래를 가늠하며 절제하느라 현재를 목 조르는 일도 없었다.

알뜰한 그들은 시간을 낭비해가며 누군가를 그리워하거나 증오하지도 않았다. 사실 홀로 충만하기만도 벅찼다. 창공을 휘젓는 바람처럼, 대지를 적시는 비처럼 길 아닌 곳을 찾아 뛰어다니기 바빴다. 완강히 홀로인 채 은비한 미소를 짓는 얼굴들은 제각각 숭고했다.

숭고한 걸 좋아하는 강과 바다, 들과 산이 어디서나 그들을 불렀다. 머무르지 않는 영웅과 후예들의 숨결이 우랄산맥의 이쪽과 저쪽으로 넓게 퍼져나갔다. 그들의 말들이 일으킨 흙먼지가 만주 벌판을 넘어 대륙의 끝까지, 또 백두산을 넘어 한반도의 아래쪽까지, 그리고 볼가강과 키마강을 건너 카르파티아 분지에 이르기까지 자욱하였다.

신뢰로 보답하는

효령이 아파트 현관문을 나서자 하얀색 신형 소나타가 앞에 선다. 같이 브런치 모임에 가기로 한 민찬 엄마의 차다. 효령이 조수석 쪽 범퍼에 난 진한 스크래치를 일별하며 재빨리 차에 몸을 싣는다.

범퍼는 왜 또 그런 거야?

어제 찬이 학원 데려다주고 주차장서 나오다가 벽 긁었어. 찢어지는 소리가 글쎄, 밖에서 나는 게 아니라 내 속에서 나더라니까.

저런, 민찬 아빠 또 병나시겠네.

전화도 안 했어. 이젠 휴대폰에 내 이름 뜬 것만 봐도 심장이 벌렁거린대.

효령은 덤벙대서 자주 사고를 일으키지만 쾌활하게 실수를 인정하고 또 금방 털어버리곤 하는 민찬 엄마를 좋아한다. 그늘 없는 인간들만이 가질 수 있는 삶의 질적인 윤기가 내심 부럽기도 하다. 민찬 엄마와는 영재교육을 한다는 놀이방에 윤지를 보내면서 알게 된 후로 사소한 말썽 한번 없이 잘 지내왔다. 둘 다 아이가 하나씩이었고, 아이에게 헌신적이라는 공통점이 유대감을 강하게 만들었다. 민찬 엄마에게 민찬이가 존재 이유인 것처럼, 효령 역시 윤지가 삶의 의미였다. 때로는 치환하고 때로는 대입해, 효령은 윤지의 인생을 자신의 것과 얽어 짜나가고 있었다. 결코 적지 않은 비중으로 다가올 우연이나 운명 따위에 대해 모르지 않았지만, 그런 것에 대해서는 미리 걱정하지 않으려 애썼다. 자신과 딸이 함께 엮인 생이 완성된 후에 누가 그 삶을 소유할지, 혹은 두 사람 사이에 무엇이 남을지는 아직 생각할 필요가 없다고 믿었다. 지금은 그저 자신이 누리지 못했던 삶을 아이가 마음껏 누리게 해주고 싶었고, 아이와 관련된 모든 것에 기쁨을 느끼는 스스로를 대견하게만 보고 싶었다. 효령에게 윤지는, 어떤 순간에도 잃지 않을 유일한 하나였다.

여름 해가 뜨겁다. 시내의 브런치 카페가 아니라 해변으로 가라고 유혹하는 듯한 강렬한 햇살이다. 효령이 이글거리는 세계에 마음을 뺏긴 사이 문자가 와 있다. '입금을 확인하였습니다. 그간 감사했습니다. 필요하신 일이 있으면 언제든 연락 주십시오. 신뢰로 보답하는 명성기획 드림.' 아침에 보낸 사례비에 대해 심부름센터에서 확인 메시지를 보낸 것이다. 기획사는 예전의 흥신소 취급을 당하지 않기 위해서인지, 일 처리에 깔끔하다는 인상을 주려고 최선을 다하는 것처럼 보였다. 실장이라는 사람은 정해진 기일 안에 하기로 한 일들을 거의 마무리해주었고, 메시지나 메일을 보내 상황을 자세히 보고하곤 했다. 기획사 덕에 효령은 어렵지 않게 '그 여자'를 찾아냈다.

보고서에 의하면 여자는 유럽 여기저기를 떠돌다가 이십대 후반부터는 쭉 부다페스트에서 살고 있다. 결혼 후 오 년만에 이혼을 한 여자에게는 딸이 하나 있고, 위자료로 받은 작은 식당이 남겨졌다 했다. 효령이 블로그를 통해 여자의 딸을 찾은 건 우연이었다. 아니, 얼마 안 되는 교민들의 블로그를 모두 뒤졌으니 우연이랄 것도 없긴 했다. 요세핀은 청년기에 으레 가지게 마련인 불안과 불만으로 집을 뛰쳐나오려는 것 같았다. 효령은 자신을 함부로 던질 수 있을 시기에 접어든 요세핀을 티 안 나게 부추겼다. 하지만 막상 그 아이가 한국으로 오겠다고 마음을 굳히자 효령 쪽에서 덜컥 겁이 났다. 여자의 딸, 요세핀을 만나는 게 자신에게 어떤 타격을 줄지 가늠할 수 없었다. 효령은 실망과 기대를 동시에 하고 있었다. 어린 윤지와 남편으로 충분하다고 생각한 삶에 굳이 파란을 일으키려는 자신에 대한 실망, 동시에 여자의 딸을 통해 여자에게 복수할 수 있으리라는 기대.

최근 몇 달간 효령은 날마다 요세핀의 블로그에 들어갔다. 맨 처음 '마녀'라는 태그를 달아 올린 사진을 발견했을 때는 심장이 멎는 줄만 알았다. 납작한 이마, 쌍꺼풀 없이 가로 시원하게 뻗은 눈, 선이 흐려 오히려 육감적으로 보이는 입술. 언젠가 서랍에서 발견한 그 여자의 모습과 똑같아서였다. 요세핀이 올린 사진이 하필 제가 가진 사진과 비슷한 시기의 사진이라는 게 묘했다. 명성기획 실장이 최근에 보낸 사진은 불과 보름 전의 것이었는데, 이상하게도 여자는 늙었다는 느낌이 들지 않았다. 속세에 복무하는 시간이 여자만큼은 피부 세포 하나 건드리지 않은 채 조심조심 비껴간 느낌이었다.

여자는 지나치게 건조해 보였다. 어설프게 살아 있느니 차라리 바싹 말라 죽어버리고 말겠다며 꼿꼿하게 수분을 빼고 있는 드라이플라워 같았다. 효령은 사진을 들고 엄마에게로 달려갔다. 그러나 치매가 오고서도 엄마는 속마음을 열지 않았다. 아니, 치매가 왔으니 더 어찌할 수가 없는 건가. 효령이 사진 속 여자를 손가락으로 가리켜도 엄마는 딴청을 피웠다. 마치 징그러운 그리마라도 본 것처럼 미간을 찌푸리다가 곧 건강할 때처럼 푸닥거리라도 할 태세로 자신의 방울을 찾아 헤맸다. 효령이 부르짖었다. "날 위해 한 번이라도, 단 한 번이라도 뭔가를 할 수 없어? 제발 딱 한 번만이라도……." 하지만 엄마는 눈을 꼭 감은 채, 여전히 찾지 못했고 앞으로도 찾지 못할 방울을 맹렬히 흔들어댔을 뿐이다.

치매 외에도 당뇨합병증이 겹쳐, 엄마의 상태는 좋지 않았다. 의사는 다음에도 같은 일이 일어나면 그대로 끝일 수 있다고 경고했다. 엄마가 효령과 간병인의 눈을 피해 언제 구했는지 알 수 없는 햇반을 퍼먹고서 쇼크가 온 직후였다. 효령이 엄마를 요양원에 모시지 않는 건 모두 '그 여자' 때문이었다. 여자를 보고 똑바로 말해주고 싶어서였다. 자, 이게 네가 버리고 간 자들이 살아온 모습이야. 효령이 아팠던 딱 그만큼, 아니 그 이상으로 아프게 하고 싶었다. 그런데 느닷없이 요세핀이 등장하면서 모든 게 어그러지고 말았다. 예상치 못한 일이었다.

올림픽 대로에서 살짝 차가 막힌다. 도로의 광물질들이 거품을 내며 끓는 듯하고, 금속성 차체들이 액체처럼 물컹해진 듯하다. 녹아내린 세계가 음충맞게 제 세계를 위협할 듯도 해 효령은 괜히 긴장한다.

덥네, 오늘 정말!

효령이 냉방 세기를 좀 더 강하게 한다. 민찬 엄마가 외치듯 말한다.

이런 날엔 해변으로 가야 하는데 말이야!

해변이라……. 효령은 인간을 곧잘 위로하거나 고무시키는 해변의 풍광을 영원히 볼 수 없을 것 같은 결핍감을 느낀다. 동시에 거한 한정식을 먹고 나온 듯 징건한 느낌. 실망과 기대가 산망스레 교차하며 효령을 휘젓는다. 명성기획이라는 곳에서 신뢰로 보답하지 않았더라면 차라리 낫지 않았을까?

무가치한 사냥

네덜란드 회화를 소장하고 있는 더치 갤러리에서 귀연이 전날 했던 것과 똑같이 자신을 소개하고 있다. 물론 투어에 참여한 사람들은 전날 왔던 이들이 아니다.

내 이름은 이귀연입니다. 발음하기 어려울 테니 그냥 연이라 불러주세요. 만나서 반갑습니다.

다양한 국적의 관광객들이 넘치는 호감을 표하며 다투어 자기를 소개한다. 한 시간의 투어 후에는 두 번 다시 볼 일이 없는 사람들이지만 귀연은 꼭 기억하고야 말겠다는 듯 꼼꼼하게 사람들과 눈을 맞춘다. 지금 그들에게서 얻는 신뢰는, 귀연이 억한 마음을 품고 그들에게 가할 수도 있을 저주만큼이나 절실하다. 스페인에서 왔다는 노부부가 두 쌍이고, 스타일에 적잖이 신경을 쓴 듯한 중년의 영국인 남자가 둘이다. 둘 중에 키가 작은 쪽은 척 봐도 이것저것 아는 체를 하며 나대지 싶은 인상인데, 귀연은 이제 어떤 사람들이 자신을 내세우고자 하는지, 어떤 사람들이 군중 속에 묻히고자 하는지 안다. 얇은 입술을 꼭 다물고 한 곁에 얌전히 서 있는 헝가리 여인은 십중팔구 자신을 숨기고 싶을 것이다. 귀연은 그녀의 예민해 보이는 입술이 마음에 든다.

주지하시다시피 17세기는 네덜란드의 황금기였습니다. 무역이 번창하였고, 왕정이 무너지면서 돈 많은 신흥 귀족들이 앞다투어 부를 축적하던 시대였죠. 이 시기 네덜란드 미술계에는 소위 장르 페인팅이라 불리는, 일상의 순간을 포착한 그림들이 등장하였고…….

스페인 노부부 두 쌍 중 붉은 베리 모양 귀고리를 탐스럽게 늘어뜨린 여인이 자신의 어머니가 네덜란드 사람이라며 사뭇 자랑스러워한다.

특히 피터 클라스의 정물화를 좋아해요. 외할머니가 그 정물화를 너무 좋아해서, 가지고 있던 도감을 내게도 자주 보여주었죠.

이 경우에는 다소 과장되게 "이런 훌륭한 그림들을 그려낸 화가가 있는 나라가 어머니의 나라라니 정말 자랑스럽겠다"라는 말로 동조해주어야 한다. 자랑하고 싶은 관광객들은 거개 자신이 가지고 있었거나 혹은 가질 수도 있었던 것들을 마치 현재 가지고 있는 것처럼 말하기 때문에, 포인트를 짚지 못하고 넘어가면 마지막까지 뚱한 얼굴을 곤욕스럽게 마주해야 한다. 그건 찬사가 넘쳐나야 할 귀연의 투어를 위해서도 좋은 일이 아니다. 지금의 귀연은 스스로를 기만하며 적절히 비나리치는 데에 익숙하다. 귀연은 노부인의 상기된 볼이 참아줄 만큼은 귀여운 얼굴이라고 생각하며 맞장구친다.

오, 잘됐군요! 우리 미술관도 피터 클라스의 그림을 가지고 있어요. 저쪽 방에 하나 있죠.

노부인은 아는 그림을 만나게 된 것으로 자신의 격이 높아지기라도 한 양 호들갑스럽게 감탄한다. 귀연은 제 표정을 충분히 의식하며 미소를 보내고는 첫 번째 그림을 설명한다. 빌렘 바이테베크의 「메리 컴퍼니」는 화려한 옷을 입은 젊은 남자 셋과 여자 하나를 그린 그림이다. 바닥에 내동댕이쳐져 있는 칼이며 술잔, 술병, 그리고 벽에 걸려 있는 류트lute 등은 더는 전쟁이 필요 없는 평화의 시대에 넘쳐나는 쾌락의 물결을 상징한다.

이 그림 속 여러 오브제가 당시 네덜란드의 부와 권력, 자신감을 드러내고 있어요. 무엇이 보이시나요?

투어에 적극적인 몇 사람이 의견을 던진다.

지도예요. 해상무역을 통해 세계로 뻗어 나간 네덜란드의 힘을 보여주고 있어요.

악기들, 술잔들, 번쩍이는 옷들이 모두 풍요와 여유를 가리키고 있습니다.

누군가가 답할 때마다 사람들은 고개를 끄덕여주고 맞장구를 친다. 아메리고 베스푸치의 신대륙 발견에 동참이라도 한 것처럼 몹시 자랑스러워하기도 한다. 유럽 생활이 근 이십 년째인데도 귀연은 서로를 지나치게 의식하고 배려하는 듯한 사람들의 태도가 신기하다. 가끔 생각한다. 과장된 호응은 배타적이고 공격적인 본능을 역으로 감추려는 데서 나온 게 아닐까…….

근데 저 원숭이는 체인에 묶여 있군요. 특별한 이유가 있나요?

드디어 키 작은 영국인이 모르는 척 나선다. 투어 초반에 귀연이 주목했던 그 남자는 원숭이가 왜 체인에 묶여 있는지 이미 답을 알고 있다. 귀연이 조소를 삼키며 묻는다.

예리하게 보셨네요. 어떤 이유가 있을까요?

영국 남자가 반소매 체크 남방 아래 털 많은 두 팔을 엇갈리게 걸며 부드러운 자신감을 드러낸다. 그는 자신의 질문을 통해 정작 쾌감을 맛보는 게 결국 귀연이 되리라는 걸 아직 모른다. 아마 상당 부분 뭉개지고 나서야 분개해 마지않을 텐데……. 귀연은 비중 있는 사냥감이 될 영국 남자를 향해 미소를 보낸다. 미소를 자신에 대한 호의로 오해한 그가 천진하게 눈을 찡긋거린다. 귀연은 사냥이 시작되리라는 예감에 짜릿하다. 스페인 부부 중 남편이 끼어든다.

언제든 사라져 버릴 수 있는, 도망가 버릴지도 모를 노획물에 대한 경고, 불안한 심리 같은 거 아닐까요?

그 원숭이가 저 멋쟁이 젊은이들이 마시는 술을 훔쳐 마셨거든요. 술 취한 원숭이들이 또 다른 술 취한 원숭이를 벌하려고 묶어버린 거죠.

키 작은 영국 남자보다 훨씬 가벼운 느낌을 주는 키 큰 영국 남자의 말에 모두 웃음을 터뜨린다. 귀연은 영국인다운 싱거운 유머라고 생각한다. 키 작은 영국인이 지금이야말로 나서야 할 타이밍이라 생각한 듯 팔짱을 낀 채로 상체를 젖힌다. 한바탕 설명을 쏟아부으려는 기세다.

황금시대의 네덜란드인들은 노획한 것들로 파티를 즐기고 흥청망청 인생을 노래했지만, 기본적으로 인간의 한계를 자각하고 있었어요. 당시 청빈과 청렴, 순종을 주조로 하는 칼뱅주의의 종교적인 영향이 사회 전반에 영향을 미치고 있었으니까요. 보편적으로 원숭이는 인간의 지혜, 호기심을 상징하잖아요. 원숭이를 묶은 체인은 언제 나락으로 떨어질지 모르는 인간의 자만심에 대한 경고로 보입니다.

다른 사람들이 탄복하면서 연신 고개를 끄덕이는데 정작 영국인은 별거 아니라는 듯 차분하다. 처음부터 끝까지 '아마도'나 '명백하게'라는 말을 적절히 배치함으로써 자신이 학습받아 알고 있는 사실이 아니라 논리력에 근거한 추론을 했을 뿐이라는 사실을 과시한다. 하지만 이 박식한 영국인은 부다페스트미술관의 수준을 너무 낮게 보았든지 혹은 귀연이라는 도슨트의 봉사 정신을 다소 높게 평가한 게 틀림없다. 귀연은 그림에 관한 한 누구에게도, 어떤 것도 양보하려 들지 않는다. 작은 무대이긴 해도 절대 다른 사람을 더 돋보이게 할 만큼 헌신적일 수 없는 귀연이다. 관람자들의 찬사를 받지 못한다면, 설명을 통해 자신의 해박한 지식을 과시할 수 없다면, 귀연은 애초에 미술관 봉사에 자원하지 않았을 것이다. 언젠가 미술사 공부를 제대로 한 대학교수가 참여하는 바람에 투어를 송두리째 빼앗긴 일이 있었는데, 귀연은 두고두고 그 일을 잊지 않았다. 영국인이 앞 절만 읊었더라면 귀연도 너그럽게 넘어갔을지 모른다. 하지만 귀연은 영국인이 결코 그럴 사람이 아니며, 저지하지 않으면 투어 전체를 먹어버리고 말리라 확신한다. 게다가 어차피 자신이 더 많이 안다고 생각하는 영국인은 귀연의 유료 투어에도 관심을 보이지 않을 것이다. 귀연은 대부분의 유럽 사람들이 이런 상황에서 그렇게 하는 것처럼 양손의 검지와 중지를 천진스레 까딱이며 전투를 개시한다.

우리 미술관은 영국분이 오시면 긴장해요. 아는 게 너무 많으시거든요. 얼마 전에 이곳을 방문했던 어느 영국분도 그러셨죠. 아무도 유심히 보지 않는 이 조그만 사슬을 결코 놓치지 않으셨다니까요. 아마도 영국분들은 사슬에 강하게 연루되어 있나 봐요.

농담인 줄만 아는 사람들이 부드럽게 웃는 데 반해, 예민한 영국인은 얼굴이 굳는다. 그는 귀연이, 영국인이라면 대개 알고 있는 내용을 열심히 추론까지 할 건 없지 않겠냐고 비아냥거렸다는 사실을 눈치챘을 것이다. 체인의 의미 정도야 사실 간단한 웹서핑만으로도 쉽게 알 수 있을 터이다. 귀연은 자발없이 날뛰는 이 영국인이 그간 온 세계 미술관을 다니며 얕은 지식을 뽐냈으리라 짐작한다. 참아줄 수 없다. 귀연은 얼굴이 굳은 영국인에게는 눈길도 주지 않은 채 보란 듯이 설명을 이어간다.

바이테베크는 그림을 많이 그려낸 화가가 아니었죠. 현재 남아 있는 건 열 점 정도에 지나지 않는데 모두 즐거운 모임, 즉 '메리 컴퍼니'가 주제였어요. 매번 이런 그림을 그리면서, 화가는 사람들의 기쁨이 무엇일까 고민했나 봅니다. 여기 인물들의 동작은 상당히 인위적으로 보입니다. 입고 있는 의상 역시 지나치게 댄디하고요. 마치 마네킹처럼 기계적으로 메리 컴퍼니를 연기하고 있다는 느낌이 들지 않나요? 어쩌면 이게 우리네 삶의 모습인지도 모르죠. 우리의 인생 중 어떤 부분이 자연스럽고 어떤 부분이 조작되어 있을까요? 내가 알고 있는 것, 즐기고 있는 것조차도 남들에게 드러내지 않으면 허망하다고 느끼는 사람들이 있죠. 화가는 당대 사람들의 그런 허탈한 유희를 꿰뚫어 보았던가 봐요.

귀연이 '남들에게 드러내지 않으면'에 관한 강박증이 자신과는 전혀 무관하며, 아마 체인을 지적한 사람과 관련되어 있지 않겠느냐는 듯 그 대목에서 영국인을 똑바로 응시한다. 어쩌면 영국인은 그저 아주 조금, 정말 미약하게나마 여행자의 소박한 기쁨을 누리려 했던 것뿐인지 모른다. 그저 좀 더 적극적으로 투어에 참여하고 싶었던 것뿐인지도 모른다. 하지만 귀연의 적의에 의해 그의 의도는 조작될 수 있는 것으로, 허탈하기만 한 것으로 격하되고 만다.

귀연은 이제 목적 없는 사냥에 중독된 마른 평원의 여전사가 된다. 키 작은 영국인은 영문을 모른 채 귀연이 던지는 창을 피해, 쏘아대는 화살 사이로 달아나야 할 것이다. 그러나 제아무리 기를 쓰고 도망가도 결국 말발굽에 짓이겨져 납작하게 되고 말 것이다. 전투를 치르다가도 예쁜 꽃 한 송이에 반해 주저앉는 시절 따위의 기억을 잃은 귀연은 끝까지 사냥감을 몰아댈 것이다.

키 작은 영국 남자의 얼굴이 말라가는 치즈처럼 급격히 뒤틀린다. 귀연은 그를 깡그리 무시하고 설명을 계속한다.

그림 속 남자들의 시선이 정면으로 관중을 향하고 있는데 반해, 화관을 머리에 쓴 여인은 다른 곳을 보고 있어서 더 시선을 끌어요. 웃는 듯도 하고 멍하니 딴생각에 잠겨 있는 듯도 하죠. 어쩌면 여인은 몇백 년 후에 미술관에 와서 자신을 보게 될 사람들을 유혹하는 중인지도 몰라요. 이리로 들어와서 자신들의 허망한 유희에 동참하라고 말이에요. 여인이 말하네요. 체인 따위는 원숭이 목에나 감겨두라고 말이죠.

귀연의 마지막 멘트에 몇몇 사람들이 영국 남자를 비웃기라도 하듯 크게 웃는다. 남자의 눈빛이 사납게 일렁인다. 하지만 이미 상처를 입은 사냥감은 결코 다시 일어설 수 없을 것이다. 귀연은 태연스레 일행을 인도해 다음 그림 쪽으로 이동한다. 워낙 부드럽게 영국인을 무시해서, 분위기는 전혀 가라앉지 않았다. 영국 남자는 끝까지 감정을 들키고 싶지 않을 정도의 자존심은 있는 모양인지 곧 굳은 표정을 풀고 동료와 함께 이야기를 나누며 따라온다. 또 다른 메리 컴퍼니의 연기인지도 모른다.

이런 경우 여느 때 같으면 신이 났을 귀연인데 오늘은 왠지 그다지 즐겁지 않다. 엄마는 도대체 왜 그림, 그림 하는 건데? 결국, 사람들에게 인정받고 싶은 거잖아. 아니야? 평생 그렇게 그림만 부둥켜안고 살아봐, 어디. 하지만 그게 사는 거야? 머리 안에서 계속 요세핀의 음성이 울리기 때문인지 모른다. 딸이지만 언제나 낯선데 그게 꼭 자기 자신만큼이나 낯설다. 귀연은 영국 남자의 기분을 상하게 한 스스로가 혐오스럽다. 그게 뭐라고, 그까짓 게 뭐라고 그랬을까?

어쩌면 요세핀에게 화가 난 것을 영국 남자에게 풀었는지도 모른다. 그저 자신을 괴롭히고 싶어 다른 사람을 채찍질

한 건지도 모른다. 사실 귀연은 갤러리에 목매는 스스로가 마음에 들지 않는다. 그림을 자랑하고 싶은가? 그림을 그리는 자체로 만족할 수는 없는가? 왜 번듯한 갤러리를 내서 그림을 전시하고 싶은가? 결국 젠체하려던 영국인과 하나 다를 게 없지 않은가.

영국인은 어느 결엔가 보이지 않는다. 귀연은 갑자기 모든 게 지겹다. 마음에 없지만 두루뭉술한 칭찬을 해주어 영국인의 기분을 맞춰줄 수도 있었는데……. 빨리 투어를 끝내고 싶다. 귀연은 먹지도 않을 동물을 겨냥한 무가치한 사냥이 결국 자신에게 상처를 냈다는 사실을 깨닫는다.

떠나야 할 때

요세핀이 가끔 하던 관광가이드 일마저 접은 것은 삼 년 전의 사고 때문이었다. 두나강 머르기트 교각 아래서 허블레아니호라는 작은 유람선이 대형 크루즈 선박에 들이받혀 전복되었다. 폭우와 빠른 물살 때문에, 스물여섯 명의 한국인과 두 명의 현지인이 순식간에 삶의 경계를 넘었다. 소식을 들은 요세핀은 비슷한 시각, 다른 장소에서 불현듯 제가 느꼈던 것이 사고와 무관하지 않으리란 점, 그리고 자신이 그 배에 탔을 확률이 그리 높았는데도 용케 피했다는 사실에 충격을 받았다.

유람선 가이드 일을 소개해준 건 한인 교회의 교사였던 진이었다. 그녀는 한국 여행사에 소속된 헝가리 상주 직원이었다. 진은 교회에서 친구들과 잘 어울리지 못하는 듯 보이는 요세핀에게 관심을 보였다. 요세핀은 자청해서 겉도는 거라고 말하고 싶었지만, 진의 미소가 너무 선해 보여 그러지 못했다. 진이 신앙을 고백하듯 자기 얘기를 요세핀에게 했다. "어린 나이에 헝가리로 유학을 와서, 또 적성에 맞지 않는 의대에 다니면서, 물론 결국 그만뒀지만……. 잃은 게 너무 많아. 이제 더는 아무것도 잃고 싶지 않아." 진은 요세핀에게 교회 밖에서는 언니로 부르라고, 언니처럼 생각하라고 다정하게 말하곤 했다. 요세핀은 진이 스스로 무너지고 싶지 않아 다른 누군가를 챙기는 부류가 아닐까 생각했다.

어쨌거나 진의 안내로 요세핀은 어렵지 않게 가이드 자격증을 땄다. 헝가리 국적을 갖고 있고 한국어를 곧잘 하는 요세핀은 원한다면 언제든 안정적으로 일을 할 수 있었다. 사실 이렇다 할 기술도 학력도 없는 요세핀이 다른 곳에 비해 보수가 월등히 높은 가이드 일을 마다할 이유가 없었다. 그러나 진은 대타가 필요할 때마다 요세핀을 부르면서도 정식으로 일해보라고 강권하지는 않았다. 뭐든 조급하게 결정할 필요가 없다는 것 또한 자신이 살면서 얻은 교훈 중 하나라고 했다.

허블레아니호에 탑승할 수도 있었을 높은 가능성을 끌어내린 건 서커스였다. 며칠 전 진의 연락을 받은 요세핀은 다른 날이었다면 굳이 거절할 이유가 없어 배를 탔을 거였다. 하지만 그날 요세핀은 마태와 서커스 구경을 가기로 되어 있었다. 두 사람은 분기마다 새로 시작하는 서커스의 첫 관람을 놓친 적이 없었다. "천금을 줘도 첫 공연과는 못 바꾸지." 요세핀은 그렇게 말하는 마태와 함께 웃은 후, 진에게 '미안하지만'으로 시작하는 문자를 보냈다.

사고가 있던 그 시각에, 요세핀은 서커스를 보다가 뛰어나와야만 했다. 갑자기 축축하고 차가운 무언가가 요세핀을 감싸더니 강하게 죄는 듯했기 때문이다. 몸이 납작해지다 못해 실처럼 가늘어지는 느낌이었고 숨쉬기가 어려웠다. 마태가 구급차를 불렀다. 하지만 구급차가 도착하기 전에 통증이 가라앉았다. 아픔이 사라지면서 요세핀이 마지막으로 느낀 건 압도적인 슬픔이었다. 요세핀은 나중에야 그게 유람선 사고와 관련되었으리라 짐작했다. 기이한 건, 죽어가는 사람들의 고통보다 그들을 집어삼킨 강물의 고통이 더 크게 감지되었다는 점이다. 이유는 알 수 없었다.

요세핀이 그런 걸 느낀 건 그때가 처음이 아니었다. 하지만 그렇게 강렬한 데다 사람, 그것도 한국 사람이 연루된 건 허블레아니호 사고 때가 처음이었다. 기억하기로는 일곱 살 무렵, 학교 정원과 이어진 숲에서 두더지들을 발견했을 때부터였다. 요세핀은 점심시간이 끝났는데도 어쩐지 교실로 돌아가고 싶지 않았다. 커다란 느티나무를 지나 너도밤나무가 있는 곳까지 갔다. 흙더미가 파헤쳐진 곳에 어미 두더지와 눈도 뜨지 않은 대여섯 마리의 새끼들이 꼬무락거리고 있었다. 분홍빛 새끼들은 너무 작아 포유류가 아니라 곤충이라 해도 믿을 수 있을 정도였다. 요세핀은 두더지가 자신을 불렀다고 확신하며 주변을 살폈다. 가문비나무 뒤에서 윤기 흐르는 밤색 털을 지닌 포식자가 뜻밖의 훼방꾼을 노려보고 있었다. 요세핀은 족제비를 위협은 하되 다치게 하지는 않을 작은 돌을 던졌다. 안전하지 않은 장소에 새끼를 낳은 어미 두더지가 한심했지만, 나름대로 사정이 있으리라 짐작했다. 요세핀은 신고 있던 양말을 벗어 두더지들을 감싸 안고 공원으로 향했다. 풀이 무성한 곳을 지나 작은 시냇물이 흐르는 곳 근처에 흙을 팠다. 어미 두더지가 정확히 원하는 곳이었다.

그런 일이 계속되었다. 고양이, 까마귀, 여우……. 여우와의 관계는 특별히 오래 지속되었다. 열다섯 살 즈음이었다. 길가에 세워놓은 음식물 쓰레기통을 넘어뜨리며 먹을 것을 찾던 여우와 눈이 마주쳤다. 요세핀은 정육점에 드나들며 내장, 뼈, 지방 등을 얻어 여우에게 주었다. 일 년쯤 지났을 때 여우가 느닷없이 네 마리의 새끼를 보여주었다. 요세핀은 여우가 원하는 바를 똑바로 이해했다. 일주일간 매일 밤 새끼들에게 영양을 공급할 달걀 네 개를 뒤뜰에 두었다. 어미 여우는 그다지 고마울 건 없다는 태도로 달걀을 물고 갔다. 반년이 흐른 후 여우가 저보다 몸이 더 커진 새끼여우들을 데리고 나타났다. 애들이 너무 커서 이제 다른 곳으로 옮겨 갈 거야. 어쨌거나 고마웠어. 요세핀은 그렇게 알아들었다. 먀얄먀얄하게 굴어도 할 건 한다는 듯 구는 여우가 마음에 쏙 들었다.

요세핀은 아무에게도 얘기하지 않았다. 처음에는 제게만 그런 일이 일어난다는 걸 알지 못해서였다. 친구가 거의 없는 요세핀이 세상과 소통하는 유일한 창구인 동화책에서는 자연스러운 일이기도 했다. 조금 자라고서야 제게 남다른 일이 일어나곤 한다는 걸 깨달았다. 그러나 여전히 입을 다물었다. 엄마라면 쓸데없이 상상력이 풍부하다며 비웃었을 테고, 학교 선생이라면 정신과 검사를 유도했을 거였다. 요세핀은 가끔 친구나 연인이 되는 가까운 이에게도 그런 일들을 털어놓지 않았다. 영민한 그녀는 무엇이든 함부로 드러냈다가는 결국 빼앗기고 말리라는 걸 본능적으로 알았다.

사고 후에도 머르기트 섬이나 머르기트 다리 근처의 관광객은 줄지 않았다. 단 칠 초. 칠 초라고 했다. 배가 뒤집히고, 산 자가 죽음의 경계를 넘기까지 너무 짧은 시간이었다.

요세핀은 다시는 헝가리에 오지 않으리라 말하며 떠나가는 진을 배웅했다. 그날 자기 대신 다른 가이드를 배에 태운 진은 살아남은 걸 다행으로 여기지 않았다. 겨우 이십 대 후반에 불과한 젊은 여인은 '다 이루었다'고 말한 예수에 견줄 만한 '다 잃었다'는 태도로 휘적휘적 걸어 나갔다. 뼈도 살도 모두 녹아내린 듯한 모습이었다. 더는 아무것도 잃고 싶지 않았으나 끝내 소중한 무언가를 또 잃은 게 분명한 진이 바람에 날리는 비닐봉지처럼 힘없이 떠나갔다.

이후로 그날의 경험이 요세핀을 장악했다. 서커스장에서 느꼈던 엄청난 고통이 사고와 무관하지 않다는 확신을 가진 후로 요세핀은 무어라 설명할 수 없는 기분에 휩싸였다. 무자비한 힘에 대한 공포만이었다면 오히려 납득했을 거였다. 공포는 잠깐이었다. 요세핀은 무시무시한 것에 딱 붙어 천천히, 하지만 집요하게 다가오는 기묘한 다른 힘을 느꼈다. 인간을 무력하게 만들었던 애초의 공포조차 기꺼이 끌어안을 수 있을 듯한, 뜻밖에 친근하기까지 한 어떤 기운, 끌어안을 뿐만 아니라 주무르고 어르고 달래서 얌전히 손바닥에 올려놓을 수도 있을 것만 같은 그런 기운이었다. 요세핀은 그 거대한 힘에 압도당했다.

한동안 요세핀은 빠른 물살에 휩쓸리지도 않고 탁한 물 아래 가라앉지도 않은 채 그냥 강 위를 부유하듯 지냈다. 마침내 헝가리를 떠나야겠다고 결심한 건, 코로나 사태가 가라앉고서 열린 두나 강변의 추모제를 통해서였다. 하얀 한복을 입은 여인이 희생된 자들을 위해 노래를 불렀다. 씻김굿이라 했다. 요세핀은 전율을 느꼈다. 한 번도 들어보지 못한 가락이었으나 기이하게도 익숙했다. 여인의 손가락이 가리켰고 노래가 명령했다. 한국으로! 떠나라! 요세핀은 진과는 다른 이유로 한국에 가야 하리라 생각했다. 돌아가기 위해서가 아니라 떠나기 위해서, 진처럼 잃고 나서가 아니라 이제부터 잃기 위해서. 알아야만 할 것을 알기 위해 자신을 던질 때라고 막연히 짐작했다. 그 무렵 블로그를 통해 별칭이 파란인 한국 여자를 알게 된 건 그저 우연이었을까.

분명한 건 누군가가 자기를 부르고 있다는 거였다. 파란은 아니었다. 진도 아니었다. 누굴까?

◦ D-10 ◦

채찍의 행보

영웅의 후예들은 가축을 감금해 미쳐가게 두지 않았으므로 즉, 가축을 기르지 않았으므로 굶주림에 시달렸다. 곳곳에 있어서 실은 아무 데도 없는 것과 마찬가지인 먹잇감을 찾기 위해, 남자들은 길을 떠났다. 딸린 어린것들을 데리고 뒤처져 따라가던 여자들은 영영 못 돌아올지 모를 남자들의 이름을 아이들에게 물려주지 않았다. 어머니들의 성을 물려받은 아기들은 배가 고파 자꾸 울었다.

후예들은 흔들렸다. 그들이 스스로를 믿지 못하자 자존감이 순식간에 바닥을 드러내며 헛된 것들을 부풀렸다. 께느른한 시선으로 솥 바닥에 눌어붙은 밥알을 긁어대는 이들이 늘어났다. 운명이 내정한 어느 날, 후예들은 길을 잃기로 작정한 채 미로 한가운데 주저앉았다. 제자리를 잃은 그들의 모습은 처량했다. 두려움에 혼을 맡긴 사람들을 흉내 내어, 백 명의 인간을 한꺼번에 죽이기도 했고 가치 없는 전리품을 그러모으기도 했다. 자유로이 하늘을 나는 매의 영혼을 회복하지 못한 채 날아다니던 일을 잊은 물오리처럼 늪에 안주해버렸다.

그러나 병도 되고 약도 되는 세월이 후예들에게 채찍을 가했다. 순탄한 길 따위는 가본 일이 없고 가려고 한 적도 없는 혼어미가 여전히 건재해서였다. 벌판의 피를 이어받은 자답게 두려움 없이 제 길을 가는 혼아비가 아직 곁에 있어서였다. 영웅들은, 후예들이 실타래처럼 엉긴 우주의 혈관을 통해 연결된 그들 자신이기도 하다는 사실을 모르지 않았다. 그러므로 두 영웅은 함부로 연민을 남발하지 않은 채 채찍의 행보를 응시하며 가만히 기도했다.

간절한 기도가 닿아서일까, 마침내 후예들은 깨달았다. 누구도 제게 손 내밀지 않을 것임을, 결국 제 손은 제가 잡을 수밖에 없다는 사실을. 얼마 남지 않은 후예들이 분연히 떨치고 일어섰다. 그들은 마침내 음식을 저장하고 자리를 차지하고 감정을 연루시키는 비루한 생활을 청산했다. 이곳저곳 어디에나 있는 대지와 하늘 사이에 우뚝 선 두 영웅이 말했다. "너는, 너를 사랑하는 너를 사랑한다." 후예들이 합창하듯 따라 했다. "나는, 나를 사랑하는 나를 사랑한다."

분홍빛 인생

효령이 아침부터 서둘러 집을 나선다. 한 해 등록금이 웬만한 대학의 등록금을 능가하는데도 불구하고 지원자가 넘치는 외국계 사립초등학교 설명회가 있기 때문이다. 오늘도 민찬 엄마의 차를 얻어 탄다.

환기를 위해 잠시 유리창을 내린 사이, 효령의 눈에 구부정하게 등을 구부리고 걷는 노파가 들어온다. 노인은 밭도 매고 밥도 하고 아이도 낳은, 그 모든 일을 한나절에 모두 다 한 듯 지친 얼굴이다. 효령은 그간 동네에서 그녀를 한 번 두 번 본 게 아니다. 문방구에 갈 때나 세탁소에 갈 때, 혹은 마트에서 돌아오거나 윤지를 학원에 데려다줄 때, 효령은 예기치 않은 곳에서 노파를 보곤 했다. 하지만 땅도 하늘도 건물도 아닌 애매한 곳에 시선을 두고 있는 노파는 단 한 번도 효령을 쳐다보지 않았다.

민찬 엄마, 저 할머니 알아?

누구?

하지만 차는 이미 모퉁이를 돌았고, 노파는 시야에서 사라져버렸다.

지난번에도 물어봤던 그 할머니? 그때도 모른다고 했는데, 왜 자꾸 물어?

아니야, 그냥.

효령은 동네에서 알고 지내는 다른 사람들을 우연히 보기보다 훨씬 더 자주 노파를 보는 게 마음에 걸린다. 과장해서 생각하는 게 아니다. 최근 들어 집을 나서기만 하면 거의 매번 그녀를 본다. 자신에게는 유독 눈에 띄는 사람인데 같은 동네에 사는 민찬 엄마는 노파의 존재조차 모른다. 하지만 달리 생각하면 노파를 의식하는 자신이 이상한지도 모른다. 의식하지 않으면 눈에 띄지도 않을 테니 말이다. 효령의 생각은 남편의 전화로 잠시 중단된다. 남편은 효령이 어디에 가는지, 점심은 어디서 먹는지 시시콜콜한 것들을 물어본다. 겨우 전화를 끊고 나자 민찬 엄마가 부럽다는 듯 말한다.

얼마나 가정적이야? 민찬 아빠도 좀 그랬으면 좋겠다.

살아봐. 가정적인 게 좋기만 한지.

효령이 웃으며 말한다. 민찬 엄마가 일단 살아보면 알 수 있을 텐데 살아볼 기회 자체가 없다며 덩달아 웃는다.

효령과 민찬 엄마가 서둘러 설명회장으로 들어간다. 이미 자리가 꽉 차 있다. 남편은 그렇게까지 유난 떨 필요가 있느냐며 반대했지만, 효령은 들어가고 싶다고 다 들어갈 수도 없는 곳이라며 고집을 부린 터였다. 강사는 노련한 사람이었다.

대학 진학률이 팔 할을 넘어서는 기형적인 나라에 사는 우리 아이들이 얼마나 불쌍한지는, 저보다 부모님들이 더 잘 알고 계실 겁니다. 과열 경쟁으로 말미암아 아이들의 학습량이 상상도 하지 못할 만큼 늘어났습니다. 예전에 서울대를 나온 부모들도 요즘 같으면 자신들의 실력으로는 서울대가 어림없다고 말하죠.

효령은 강사가 어떤 방향으로 말을 이어갈지 짐작할 수 있다. 아이들은 줄고 대학은 많아지겠지만, 전국 의대와 인기 대학의 경쟁률은 여전히 높을 것이다. 높아진 교육열과 생활 수준으로 모두 일류를 원할 테니까. 결국 국내든 해외든 아이들의 자질이 아깝지 않은 길을 열어주는 게 부모의 도리요, 의무다. 아마도 강사는 자기네 학교만이 유일한 답이라고 강조할 것이다. 효령 역시 그럴 수 있다고 생각하기에 설명회에 왔다.

가치 있는 삶을 위한 설계든 아름다운 세상을 위한 봉사든, 그것 자체가 이미 하나의 거대한 스펙쌓기로 탈바꿈해 있는 요즈음이다. 사회 일원으로서 당연히 할 수 있는 선행조차 필요한 점수를 얻기 위한 방법론적 차원에서 전략적으로 제시된다. 아이들은 초지일관 인생을 설계하고 도전해

온 흔적들을 보여주기 위해 더 어려서부터 인위적으로 길을 닦아나가야 한다. 서둘러 꿈을 정하고 동시에 다른 꿈에 대한 가능성을 재빨리 접어야 하는 것이다. 빨리 목표를 세우고 정하지 않으면 생활기록부에 소위 '꾸준히'라는 말을 넣을 수 없다. 아이들은 세상에 무엇이 더 있을지 그런 것들을 어떻게 하면 잘 볼 수 있는지를 배우는 대신, 조급하게 설정된 목표를 향해 얌전히 따라가는 성실함을 배워야 한다. 부모들은 그 꿈이 아이들의 꿈인 것처럼 자연스럽게 스며드는 방법을 찾는 데에 골몰하고, 아이들은 부모들의 지원을 비판하는 법을 알지 못한 채 그런 게 사랑이라 받아들이며 자란다.

설명회를 들으러 온 사람들 대부분이 아이를 위해서라면 썰매 끄는 시베리아의 개라도 되겠다는 듯 충성스러운 표정이다. 모든 것이 교묘하게 왜곡되었지만 어쩔 수 없다는 걸, 효령도 민찬 엄마도, 또 앉아 있는 부모들 대부분도 수긍하는 것이리라. 세상에 단 하나뿐인 자신들의 아이가 곧 자기 자신이니 말이다. 효령도 알고 있다. 본령을 상실한 것들이 득세하고 있는 현실이 얼마나 가증스러운지 모르지 않는다. 한국에서 교육이야말로 마약을 능가하는 마취제라는 견해에도 동의한다. 하지만 개인의 특성이 집단의 특성에 맞설 수는 없다. 결국 아이는 누군가와 함께, 정확하게는 누군가와의 비교우위 속에서 살아야 하고 혼자서는 살아갈 수 없다. 효령은 윤지를 남부럽지 않게, 행복하게 만들기 위해 남들처럼 움직일 수밖에 없다고 생각한다.

우리 아이들이 이 좁은 나라에서 어마어마한 학습량에 눌려 버둥대야 하겠습니까? 아니면 역량을 펼칠 수 있는 다른 곳으로 나아가야 하겠습니까?

강사가 다시 말을 시작한 사이, 민찬 엄마가 오른쪽으로 난 작은 통로를 가리킨다.

저기, 용민 엄마 아냐? 자기 아이는 튼튼하게만 키우는 게 목표라더니 별수 없나 보지?

용민 엄마 왔어? 어디 있는데?

사실 아이를 튼튼하게만 키우기도 어려운 세상이다. 병든 소, 병든 닭 안 먹이고 유기농 채소에 무농약 과일을 먹이려면 돈이라도 많아야 하는데 아니, 농약을 잔뜩 뿌린 수입산 과일, 원산지를 알 수 없는 돼지고기, 유효기간이 다 된 값싼 우유라도 먹이려면 최소한의 돈이 있어야 하는데, 어찌 됐든 돈이란 것은 아이가 맹하지 않아야만 가질 수 있기 때문이다. 튼튼하게만 자라려 해도 이 나라에서는 돈이 필요하고, 돈을 더 벌지는 않더라도 최소한 간수라도 하려면 사실상 맹하지 않은 것만으로는 안 된다.

효령은 용민 엄마를 찾아 민찬 엄마가 손가락으로 가리키는 곳을 본다. 하지만 용민 엄마 대신 또다시 그 노파를 본다. 효령은 조금 전 동네에서 봤던 노인이 설명회장까지 왔다는 걸 믿을 수 없다. 노파는 피부처럼 쭈글쭈글 늘어진 인생을 수습할 길이 없다는 듯 터덜터덜 통로를 걷고 있다. 산책하는 사람처럼 느리지도 않고, 볼 일 있는 사람처럼 빠르지도 않은 종잡을 수 없는 걸음걸이. 노파가 보는 것은 정면 강단도 아니고, 사람들이 앉아 있는 좌석도 아니다. 그녀는 그저 자기 자신을 바라보며 걷고 있는 듯하다. 효령은 장소에 어울리지 않아 보이는 노파가 심하게 거슬린다. 무엇보다 어째서 또 눈에 띄는지를 이해할 수가 없다. 노파는 지금, 누렇게 뜬 얼굴과 완전히 따로 노는 듯한 하얀 옷을 입고서 사람들 사이에 섞여들고 있다. 효령은 맥없는 노파의 팔을 낚아채 묻고 싶다. 왜 자꾸 나타나는 거죠?

찾았어? 저기 보라색 블라우스 입고 있잖아.

멍해져 있던 효령이 민찬 엄마의 손끝을 따라 시선을 옮긴다. 순식간에 노파가 시야에서 사라지고, 부채를 맹렬하게 부치고 있는 용민 엄마만 눈에 들어온다.

응, 보이네.

그새 어느 자리에라도 앉은 걸까? 효령은 보이지 않는 노파 때문에 초조하고 화가 난다. 민찬 엄마에게 말하면 또 그

할머니 타령이냐며 핀잔을 주겠지. 노파는 어디로 가버린 걸까? ……. 그나저나 요세핀은? 아이와 밥을 먹는데 느닷없이 해변에 핀 순비기꽃이 떠올랐던 때처럼, 혹은 치마를 입을지 바지를 입을지 고민하다가 문득 이생 이전의 사랑이 궁금해졌던 때처럼, 효령은 연관성 없는 자리에서 갑자기 요세핀을 떠올린다. 그리고 요세핀의 엄마인 그 여자를 떠올린다.

다른 생각에 온통 마음을 빼앗긴 효령이 민찬 엄마에게 팔뚝을 가볍게 꼬집히고서야 겨우 정신을 차린다. 강사는 화면에 자료를 띄우고 해마다 늘어가는 외국 대학 출신들의 국내 취업률 상승세를 설명하고 있다.

오늘 왜 이리 집중을 못 해?

민찬 엄마가 나지막하게 묻는다. 효령은 답을 할 수가 없어 멋쩍게 웃어 보인다. 그 사이 강사는 학교의 입학요강과 추첨일 등을 짚어주며, 필요한 서류들을 열거한다. 강사가 마지막으로 농담을 던진다.

너무 많은 지원자로 서류를 담당하는 직원들이 몸살을 앓습니다. 주변에는 알리지 마시고, 오늘 오신 분들만 조용히 그날 다시 뵙겠습니다.

평판을 높이려는 학교 측의 전략을 모르는 바 아니지만,

모인 사람들은 기꺼이 장단을 맞춰 웃어준다. 너도 알고 나도 아는 야바위장에서 얌전히 제 역할들을 다 한다. 효령은 유용해 보이는 몇 가지 항목에 형광펜을 칠하며 아이를 꼭 이곳에 보내겠다고 결심한다. 아이의 인생이 펜의 분홍색처럼 곱게 빛났으면 좋겠다고도 생각한다. 존재에 대한 깊은 이해가 없다 해도 대신 그 이해로 인해 무언가를 잃는 일 없이, 그저 주어지는 것은 기꺼이 누리되 가질 수 없는 것은 조금만 애태우면서, 가만히 살아가면 좋겠다. 자기를 파괴하고 주변을 망치고서야 이르게 되는 헤아림이 있다면, 그 헤아림이 어떤 경지든 효령은 윤지가 그것을 향하도록 내버려 두지 않을 것이다. 무모하게 도전하기보다 안전하게 포기하게 할 것이다. 실쌈스레 타협하도록 가르칠 것이다. 그러나 그 모든 노력에도 불구하고 윤지가 부득이 생의 채찍을 맞아야 하는 순간이 온다면 효령은 기꺼이 몸을 던져 대신 채찍을 맞을 것이다. 좌절의 채찍이든 배신의 채찍이든 실연의 채찍이든, 그 어떤 채찍이라 해도 아이의 무고한 피부에 상처 내지 못하게 하리라. 털끝 하나 건드리지 못하게 하리라.

효령은 아이를 비롯해 제 울타리 안에 있는 모든 것들에 열렬한 애정이 치솟는 걸 느낀다. 남편과 민찬 엄마와…….
하지만 요세핀은? 다시 한번 요세핀이 효령의 마음을 찌르고 들어온다. 불안하다. 요세핀은 어쩌면 효령 스스로 불러들인 암초가 될지 모른다. 순탄한 항해에 제동을 걸며 효령의 삶을 위협할지도 모른다. 효령이 부지불식간 고개를 세차게 흔든다. 그러는 효령을 민찬 엄마가 놀라서 바라본다.

윤지 엄마, 왜 그래?

어? 아냐. 아무것도…….

효령은 민찬 엄마가 눈치채지 못하도록 깊게 심호흡을 한다. 어쨌거나 요세핀은 효령이 누구인지 아직 모른다. 시간은 많다. 효령은 천천히 정리할 수 있으리라 자신한다. 요세핀을 만나도 결코 흔들리지 않을 것이다. 아니, 어쩌면 아예 만나지 않을지도 모른다. 그 아이 역시 자신처럼 버림받도록 내버려 둘지도 모른다.

만만찮은 대결

완전 무장을 한 요세핀이, 달리는 말 위에서 상체를 돌려 화살 하나를 쏜다. 화살이 귀연의 귀를 스치자 붉은 피가 사방으로 흩뿌려진다. 요세핀이 소리친다.

나는 떠날 거야! 내 일은 내가 알아서 해!

귀연이 요세핀이 탄 말을 겨냥해 들고 있던 손도끼를 던진다. 말의 오른쪽 뒷다리에 정확히 도끼가 박히자, 말이 고

꾸라지면서 요세핀도 같이 굴러떨어진다. 신경질적인 흙먼지가 도처에 자욱하다. 귀연의 목소리가 먼지를 뚫고 피어오른다.

알아서 한다는 게 고작 한국엘 가는 거냐?

귀연은 사생결단을 하고 덤비는 저돌적인 아이에게 틈을 주지 않기 위해 목소리를 낮춘다. 요세핀이 얼마나 우스운 꼴인지 스스로 깨닫게 하려면, 이쪽에서 먼저 냉정을 잃어서는 안 된다고 생각한다. 요세핀이 쓰러진 채 거품을 물고 있는 말을 쓰다듬으며 악을 쓴다.

내 말을 죽였어. 마녀 같으니라고! 어쨌든 난 한국에 갈 거야.

겁에 질린 마태가 두 사람의 싸움을 지켜보며 눈을 끔뻑거리고 있다. 귀연이 별안간 마태의 머리 윗부분을 휘어잡는다. 마태의 눈이, 얼마 전 그가 어렵사리 구한 페라리 재킷에 담뱃불이 떨어졌을 때처럼 휘둥그레진다.

닭 볏 머리를 한 이놈이랑 그냥 계속 빈둥거리기나 하는 게 어때?

재빨리 자세를 가다듬은 요세핀이 돌멩이를 던져 마태의 머리카락을 쥔 귀연의 손을 정확히 맞춘다. 어지간해서는 신음 한 번 내지 않는 귀연이 길게 비명을 내지른다. 마태가 두려움에 떨며 뒷걸음질 치다 달아난다. 귀연은 윗도리 아랫단을 찢어 살점이 떨어져 나간 왼쪽 손에 칭칭 감는다. 귀연에게 그림을 그리는 왼손은 한 발, 아니 두 발 모두를 잘라낸다고 해도 맞바꿀 수 없을 만큼 소중하다. 그녀가 이를 악물며 말한다.

한국으로 가든 중국으로 가든 마음대로 해. 하지만 너한테 줄 돈은 없어.

왜 없어! 갤러리 낸다고 재작년에 나랑 같이 가서 적금 든 거 있잖아.

귀연의 얼굴에서 얼음 알갱이 같은 것들이 뚝뚝 떨어지나 싶더니 진공 포장된 고기처럼 일그러진다. 귀연은 헝가리어가 유창하답시고 요세핀을 데리고 은행에 간 게 미친 짓이었다고 후회하는 중이다. 줄 돈이 한 푼도 없다고 말하지 못해 더 화가 난다.

요세핀은 갤러리를 위해 모은 돈이 귀연에게 어떤 의미인지 잘 알고 있다. 그러므로 귀연이 천 쪼가리 하나 제대로 두르지 않고 화장품 하나 변변히 바르지 않으면서 모은 돈을 제게 순순히 줄 리 없다는 것도 잘 알고 있다. 하지만 어쨌거나 요세핀은 그 돈이 절실하다. 귀연이 소중히 여기는 걸 아는 만큼 사실 더 간절하다. 요세핀이 보기에 귀연은 그림에 제 인생을 저당 잡힌 한심한 사람이다. 스스로를 다그쳐 가며 그림 앞에만 머무르는 데 평생을 허비하는 사람이다. 사실 귀연의 그림들은 열심히 그려져서 화장실 옆방에 차곡차곡 쌓이기만 할 뿐 어디에도 팔리거나 전시되지 않았다. 캔버스들은 집을 더욱 비좁고 어수선하게 만들 뿐 어디서도 존재감을 드러낸 일이 없다. 그런데도 왜 그림을 계속 그리는 거지? 그림이 도대체 뭐라고? 요세핀은 도저히 그 점을 이해할 수 없었다.

요세핀이 아는 한 귀연이 그림을 그리지 않는 날은 정말 몸이 아파 손가락 하나도 들어 올리지 못할 때뿐이었다. 언젠가 귀연은 어른이 앓으면 치명적이라는 수두에 걸린 적이 있었다. 그리기는커녕 물도 마시지 못할 지경이었지만 귀연은 열이 조금 내리자마자 붓을 들고 그림 앞에 다시 앉았다. 물론 심하게 몸이 떨려 붓질을 하지는 못했지만, 한동안 그렇게 이젤 앞에 앉아 그림을 노려보고 있었다. 그날 요세핀은 엄마가 얼마나 외로운 사람인지 알았다. 하지만 그 외로움을 스스로 불러들였다는 것도 알았다. 누군가가 다가오지 못하도록 벽을 두른 인생은 결국 귀연이 선택한 것이었다.

요세핀이 능갈스레 말한다.

은행에 데리고 가지 말았어야지. 그랬다면 엄마가 돈 있는 줄 몰랐을 텐데 말이야.

귀연이 미친 듯이 채찍을 휘두른다. 요세핀의 오른편 어깨 살갗이 재활용할 일 없는 포장지처럼 함부로 찢긴다. 요세핀은 피가 맺힌 어깨를 부여잡고 실성한 듯 웃는다. 귀연이 깔끔한 태도를 버리고 기를 쓰는 걸 보는 게 사뭇 유쾌하다. 귀연이 또다시 채찍으로 내려치지만, 이번에는 가볍게 피해버린다. 표적과 능력을 동시에 잃은 채찍이 허망하게 허공을 가른다.

뽀얀 먼지구름이 두 사람 가운데서 어찌할 바를 모른다. 그 사이로, 귀연은 자신과 꼭 닮은 얼굴이 자신을 노려보고 있어서 새삼 놀란다. 어째서 이 아이는 프란츠를 하나도 닮지 않은 걸까? 귀연은 특히나 냉랭해 보이는 눈빛이 딱 자신의 것이라 느끼며, 잠시 숨을 멈춘다. 무작정 떠나게 둘 수는 없다고 생각한다.

사기꾼들이 득시글거리는 세상에 인신매매를 당할지 사기를 당할지 모르면서 겁도 없이 한국엘 가겠다고? 가서 뭘 해 먹고살 거냐. 누가 널 공짜로 먹여준다던?

내가 그 정도 분별도 못 할까 봐? 일자리 구할 거야!

누가 너한테 일자리를 준다던? 주금에 누룩 장사 하겠다는 소리로구나.

넴 이르템(Nem értem, 이해 안 가). 무슨 말이야? 죽음에 뭐?

말도 안 되는 소리 하지 말라는 뜻이야.

그러니까 돈을 좀 달라는 거 아냐! 내 몫을 미리 달라는 건데, 그게 안 돼?

적의에 찬 요세핀이 마구잡이로 검을 휘두르며 귀연을 공격한다. 귀연의 허벅지 살점 한 덩어리가 몸에 지녔던 수첩이나 지갑인 양 무심하게 툭 떨어져 나간다. 귀연이 비명을 지르지 않기 위해 이를 악문다. 이 정도 고통은 아무것도 아니다. 그간 당한 고통에 비하면, 이런 것쯤은 그저 가벼운 통증에 불과하다. 귀연이 그렇게 말하는 듯한 표정으로 요세핀을 노려본다. 요세핀은 귀연의 고통에 대해 알고 싶지 않다. 그녀에게도 나름 사정이란 게 있다는 사실을 아는 척하고 싶지 않다.

요세핀이 체력이 떨어진 귀연의 손에서 재빨리 채찍을 빼앗아 휘두른다. 젊은 요세핀에게서 젊음만이 가질 수 있는 잔인한 힘이 나온다. 귀연의 몸이 갈기갈기 찢긴다. 단정하던 머리가 풀어 헤쳐져 땀으로 범벅된 얼굴에 엉겨 붙는다. 그러나 요세핀과 똑같은 얼굴을 한 귀연은 요세핀만큼이나 메꿎게 한 치도 양보하지 않는다.

난 도와줄 수 없어. 너도 알다시피 나는 돈 없다. 없단 말이다.

요세핀이 돈을 요구하는 건 애초에 프란츠가 양육비 명목으로 식당을 내주었다는 사실에 근거했다. 식당 수익금을 미리 달라는 건 귀연이 그간 갤러리를 위해 든 적금을 깨라는 말이다. 하지만 귀연은 결코 그럴 수 없다. 식당 수익이라는 게 갈수록 적어지고 있는 상황이기도 하거니와 돈이란 흩어지기는 쉬워도 모으기는 절대로 쉽지 않다는 걸 알기 때문이다. 그간 갤러리 오픈하는 것만을 목표로 버텨온 귀연으로서는 적금을 깨느니 이대로 요세핀의 발아래 쓰러지는 게 나았다. 어림도 없는 일이다. 요세핀이 제 어깨가 빠질 만큼 세차게 채찍을 휘두르며 다시 덤빈다.

쥬고리(Zsugori, 구두쇠)! 달란 말이야!

줄 수 없어!

힘 조절에 실패해 제대로 휘두르지 못한 채찍이 역으로 요세핀의 손목을 내리친다. 어쩌면 그건 요세핀이 아니라 실수인 척하는 데 능수능란한 채찍이 한 짓인지 모른다. 요세핀은 아픔에 놀란 데다 과도하게 체력을 쓴 탓에 균형을 잃고 쓰러지고 만다.

이제 한증탕의 수증기처럼 두텁게 피어오른 먼지 때문에 두 사람은 서로가 어디에 있는지조차 알 수 없다. 자신을 상대로 한 싸움과 흡사하게, 출구도 보이지 않는다. 사각근께가 조여오면서 숨쉬기가 힘든 것을 가까스로 진정시킨 귀연이, 제 무능함으로 서둘러 도피한 먼지 안개 속에서 말한다.

며칠 내로 오스트리아에 갈 거다. 프란츠랑 상의할 테니

기다려.

아버지가 내게 돈이라도 줄까 봐? 그럴 거면 내 메일에 벌써 답했지. 전화번호도 바꾸지 않았겠지.

먼지가 조금씩 걷힌다. 두 사람은 이제 더 싸울 기력이 없다. 화가 나서 귀연을 쳐다보는 요세핀의 얼굴이나 고통을 참으며 요세핀을 바라보는 귀연의 얼굴 모두 끝까지 싸워 본 자답게 후회의 빛은 비치지 않는다.

귀연은 갑자기 자신과 꼭 닮았으면서도 미묘하게 다른 딸의 모습을 그리고 싶다. 가늘고 기다란 동양적인 선, 엷고 투명해 보이는 피부. 귀연은 조금 전까지 격앙되었던 감정을 대번에 팽개친다.

너 잠깐 내 모델 좀 해. 스케치만 하자.

요세핀이 잠시 황당한 얼굴을 했다가 히물거리며 말한다.

그래, 해줄게. 돈 준다고 약속하면.

귀연은 약이 오른다. 당장 그림을 그리기 위해서라도, 줄 수 있는 돈이 있다면 정말 줘버리고 싶다.

이 순간에도 엄마는 자기 그림밖에 모르지. 보쏘르카니(Boszorkány, 마녀)! 질려, 정말 질려!

요세핀이 경멸 가득한 표정을 지우지 않은 채 입에 고인 피를 소리 나게 뱉고는 아득한 곳으로 걸어 나간다. 귀연은 어째서 요세핀의 얼굴을 그리겠다는 생각을 이제야 했을까, 잠시 후회한다. 자신과 닮았지만, 전혀 다른 느낌의 요세핀. 귀연은 허겁지겁 스케치북을 꺼낸다. 하지만 요세핀의 실체와 더불어 이미지도 분위기도 모두 증발해버리고 없다. 귀연이 아쉬운 한숨을 내쉬며 중얼거린다. 아름답구나, 저 아이!

◦ D-9 ◦

홀로 누워 자는 사람들

이미 한차례 채찍을 경험한 후예들은 결코 정착해서 안주하는 삶을 택하지 않았다. 타인의 시선 때문에 눈이 아리고 싶지도 않고, 서로에게 올무가 되는 치렁치렁한 관계 따위도 맺고 싶지 않은 그들은 언제나 홀로 누워 잠이 들었다. 후예들은 검고 투명한 밤하늘에 제 얼굴이, 제 얼굴만이 비치는 게 흡족했다. 타인의 체온을 오래 견디지 못하는, 아니 견디지 않는 그들은 누군가를 그리워하여 새우처럼 몸을 구부리는 법이 없었고, 이리 뒤치고 저리 뒤치며 잠 못 드는 법도 없었다. 홀로여서 고고한 영광만이 그들의 잠자리를 덮혔다.

자신의 체온만으로도 후끈 달아오른 이 호방한 인간들은

바람의 변덕에 기꺼이 몸을 맡긴 채 흙먼지 자욱한 곳으로 뛰어들곤 했다. 우랄산맥의 남동쪽으로 이동하는가 하면, 오래전 영웅들의 주 무대였던 만주 벌판에서 느닷없이 방향을 바꾸어 메소포타미아 지방에 이르기도 했다. 기록하는 것으로 마음에 위안을 얻는 자들이 그들을 부여, 고구려, 신라, 가야, 혹은 돌궐, 말갈, 흉노, 훈 등이라 칭했지만, 대륙의 기운이 하찮은 종이 위에 흐르는 건 아니라 믿는 그들은 정작 자신들을 이름 짓지 않았다. 영혼을 구속하는 어떤 것도 그들의 이름이 되지 못했다.

이름 없는 후예들은 끝을 생각하지 않은 채 끝없이 움직이는 걸 즐겼다. 그러나 때로 길을 선택하는 게 귀찮아지거나 싫증이 나면 그대로 깊이를 알 수 없는 계곡, 망망한 바다 가운데에 우뚝 멈춰버리기도 했다. 그럴 때 산은 무궁한 안개를 피워 올려 용의주도하게 그들을 가렸고, 바다는 완만한 파고를 유지한 채 찰랑거리며 시치미를 떼곤 했다. 그렇게 스스로를 지워버린 곳에서, 후예들은 나체로 일광욕을 즐기며 나태한 잠에 빠져들었다. 까만 밤을 노란색 혹은 파란색으로 칠해놓은 채 그대로 밤 자체가 되기도 했다. 돌체 파르 니엔테Dolce far Niente, 무위의 쾌락이여! 자신들의 삶에 관한 한 터럭만큼도 양보할 마음이 없는 그들은 저만의 무대에 옴팡지게 누워 아주 긴 꿈, 매우 즐거운 꿈을 꾸곤 했다.

엄마라는 사람

빌라 앞에서 효령이 십여 분째 서성이고 있다. 엄마를 돌보는 윤 여사가 전화를 받지 않아 근처를 지나가는 길에 들렀지만, 들어가고 싶지 않아서다. 효령은 윤 여사도 없는 집에서 엄마와 단둘이 있고 싶지 않다. 데데한 것들로 가득 찬, 행망쩍기 이를 데 없는 공간으로 들어설 엄두가 나지 않는다.

보나 마나 윤 여사는 엄마가 먹고 싶다고 졸랐을 식료품을 사러 나갔을 것이다. 윤 여사가 집에 있을 때는 내내 전화기만 들여다보고 있으니, 통화로든 문자로든 연락이 안 되는 경우가 없다. 하지만 엄마가 닦달한다는 핑계로 나갔을 때는 거의 통화가 되지 않는다. 변명은 한결같다. 양손 가득 짐인데, 어떻게 전화를 받아? 효령은 윤 여사가 시장에서 동네 아줌마들과 수다를 떠느라 혹은 본인이 필요한 물건들을 사느라 전화를 무시했으리라 짐작하지만, 그걸 따져 묻지는 않는다. 윤 여사가 그만두면 그야말로 대안이 없어서다. 다른 간병인들은 아무리 환자라도 무서워서 견딜 수가 없다며 하루도 버티지 못하고 달아났다. 엄마는, 누군가가 생의 밑바닥에 닿는 걸 끊임없이 보았거나 직접 그러기도 했다는 경험 많은 간병인마저 기피하는 환자였다. 다행히, 엄마는 혼자 집을 나서지는 않았다.

윤 여사에게 다시 전화를 해보지만 역시 받지 않는다. 효령이 심호흡을 하고 현관문을 연다.

엄마…….

마음을 진정시키려고 부러 차분히 불러본다. 효령은 사실 '엄마'라 부르고 싶지 않다. 생물학적으로 친모거나 아니거나를 떠나 통상 '엄마'라는 단어가 품고 있을 법한 따뜻한 기운과 아무런 관계가 없는 사람이기 때문이다. 그러나 달리 부를 말도 없다. 남들처럼 보현보살이나 보현도사라고 부를 수는 없지 않은가. 어쨌거나 그 '엄마라는 사람'은 아무런 기척이 없다.

화장실 문부터 열어본다. 특별히 이상한 흔적은 없다. 엄마가 보인 주 증세 중 하나가 아무 물건이나 변기에 쑤셔 넣는 거였다. "잡귀야, 물렀거라! 물렀거라!" 엄마는 정작 잡귀에 씐 듯 보이는 게 자신일 리 없다는 듯 그렇게 중얼거리며 치약, 칫솔, 비누 등 물건들을 닥치는 대로 변기 안에 쓸어 넣었다. 엄마가 눈 대변과 소변 사이를 헤집고 욕실용품들을 건져내고도 해결이 안 될 때는 업체를 불러야 했다.

윤 여사가 온 후로는 그런 일이 없었다. 윤 여사는 엄마를 어떻게 다루어야 하는지 대번에 파악했다. 거짓말을 일삼고 요령을 피워도 윤 여사만 한 간병인이 없다는 걸 인정해야 했다.

엄마?

다시 한번 불러보지만, 여전히 아무런 소리가 들리지 않는다. 별일 없으리라 생각해도 당장 보이지 않으니 불안하다. 안방 문 손잡이를 돌려본다. 잠겨 있다. 효령이 신발장 서랍에서 송곳을 꺼내 잠금장치 옆 구멍에 밀어 넣는다. 문이 열린다. 호피 무늬 원피스 차림의 엄마가 기역 자로 몸을 꺾은 채 합장을 하고 있다. 엄마 방에서 끝내 치우지 못했던 월광보살도를 향해서다.

그냥 절을 하는 게 아니다. 엄마는 기울인 허리에 경련이 올 때까지 한 자세를 유지한다. 어떤 때는 두 시간도 넘게 그러고 있다가, 그대로 베어낸 나무처럼 쿵, 쓰러지기도 한다. 의사가 말했다. "몸이 엄청 고단한데도 뇌가 그걸 모르는 겁니다. 그래서 근육 파열도 일어나고, 뼈에도 무리가 가지요. 못 하시게 잘 달래야 합니다." 효령은 잘 달래지 못했다. 효령이 억지로 몸을 펴게 하고 눕히려 들면, 엄마는 발작을 일으켰다. 닥치는 대로 물건을 집어 들어 던지거나 효령을 때렸으며 나중에는 벽에 자기 머리를 박기도 했다. 몇 번이나 구급차를 불러들인 후 효령은 제가 할 수 있는 일이 아니라고 판단했다. 주변에서 다들 요양시설에 모실 것을 권했다. 하지만 그럴 수는 없었다. 효령은 여자를 찾아 자신들이 살아온 나날을 보여주기 전까지 절대로 엄마를 보내지 않을 작정이었다. 잘 익은 무화과처럼 대범하게, 헤프게 속살을 드러낼 예정이었다. 주변에서는 효령이 그야말로 보기 드문 효녀라며 칭찬했다. 효령은 눈에 보이는 것만을 믿는 사람들을 비웃지 않았다. 아무것도 없는 사람에게는 아무것도 아닌 것마저 절박한 법이다.

"난 네 엄마가 아니다." 정신을 잃기 전의 엄마가, 언젠가 접신 상태가 채 풀리지 않은 상태로 말한 적 있었다. 효령이 앉아 있는 엄마의 가슴을 주먹으로 치자, 엄마가 기운 없이 나동그라졌다. 하지만 엄마는 할 말을 해야 한다는 듯 단호하게 한 번 더 말했다. "넌 내 자식이 아니다!" 접신 상태가 끝난 후 효령이 울부짖으며 따졌지만, 엄마는 마른 대추처럼 탄력을 회복하지 못한 목소리로 무성의하게 답했다.

신경 꺼라. 다른 사람 얘기겠지.

하지만 효령은 신경이 쓰였다. 선명하지 않은 얼굴의 호리호리한 형체가 떠올라서였다. 결정을 유보한 채 떨리던 무릎, 일부러 방향을 상실한 듯 웅크린 어깨, 구천을 떠도는 넋처럼 허망하게 꺾인 목 등이 간헐적으로 떠올라서였다. 한때는 그게 늙거나 지치기 전의 엄마 모습일 거라고 여겼다. 그러나 그렇다고 하면 아무것도 사개가 맞지 않고, 평범한 자연의 섭리조차 어긋나 버린다. 엄마가 폐경기에 가까운 나이에 이르러 아이를 낳았다는 사실이나 그 아이를 무심코 털어버릴 수도 있는 보푸라기 취급하는 태도도 설명되지 않았다.

효령은 결혼할 무렵 작정하고 의학과 과학의 힘을 빌렸다. 그러나 유전자 검사는 도움이 되지 않았다. 대략 열여섯 개라는 상염색체 중 돌연변이가 발견되어 추가 검사를 진행했으나 '판정 불가'로 나왔다. 다음에는 '친자 일치'와 '판정 불가'가 번갈아 나왔다. 효령은 검사가 끝없이 자신을 농락하기만 할 것 같아 곧 그만두었다.

효령이 마침내 '그 여자'의 실체를 확인한 것은 엄마가 발병한 후 짐을 정리하면서였다. 낡은 책장 서랍 밑바닥에 깔아둔 달력 종이 아래에서 한 장의 사진이 나왔다. 여자는 필사적으로 타인과 거리를 두려는 방어적인 얼굴을 하고 있었다. 사진을 본 순간, 효령은 언젠가 엄마가 "난 네 엄마가 아니다"라고 했던 말을 떠올렸다. 하지만 이미 뇌 기능을 상실한 엄마는 여자에 대해 아무것도 기억하지 못했다. 횡설수설하다가, 당뇨로 이를 거의 잃은 합죽한 입 주변을 복주머니 주름처럼 만들었을 뿐이다. 효령은 암담했지만, 엄마로부터 끌어낼 수 있는 게 없다는 것을 받아들여야 했다.

엄마!

효령이 세 번째로 엄마를 부른다. 그러나 엄마는 눈을 꼭 감은 채 기울인 허리를 풀지 않고 빠르게 기도문을 중얼거리고 있다. 엄마가 예전에 자주 언급한 홀로 누워 자는 이들을 위한 기도일까? 정신이 온전했을 때의 엄마는 뜬금없이 어떤 홀로인 자들의 화평을 기원하곤 했다. 홀로여서 온전하고 홀로여서 아름다운 어떤 사람들……. 정작 지금의 엄마는 홀로 두면 그대로 쓰러지고 마는 치매 노인에 지나지 않는다. 어디에도 화평의 기운은 없다. 엄마의 병든 얼굴은 번뇌의 먹구름이나 인연의 업보 따위를 잊기는커녕 오히려 그 모든 것들로부터 한 치도 벗어나지 못한 채 두려움에 떨고 있는 듯 보인다. 도대체 누가 치매 환자들이 아이처럼 맑고 천진하다고 했던가. 그건 엄마를 제외한 다른 사람에게나 해당하는 말인 게 분명하다. 늙은 얼굴은 아직도 회한에서, 욕심에서 벗어나지 못한 듯 곤궁하고 불안하다. 효령은 어쩌면 그래서 엄마가 여전히 기도하는 건지도 모른다고 생각한다. 못다 한 기도가 아직 남아 있는 거다. 그러나 멀쩡했을 때도 다다르지 못한 경지에 지금이라고 다다를 수 있을까.

효령은 엄마가 더 미운지 그 여자가 더 미운지 가늠해본다. 아주 잘 알고 있던, 그러나 차라리 눈에 보이지 않기를 바랐던 엄마와 아주 오래 존재조차 몰랐던, 눈에 보이지도 않던 그 여자 중 누가 더 증오스러운가……. 효령이 변기에 처박힌 기분으로 하릴없이 서 있는데 윤 여사가 들어온다. 복숭아와 포도가 든 검은 비닐이며 빵 봉지 등을 내려놓더니, 엄마를 들여다보지도 않은 채 과일을 꺼내 씻는다.

왔어? 잘됐네. 같이 먹고 가.

윤 여사는 효령이 함께 먹지 않을 걸 알면서도 그렇게 말한다. 효령은 왜 전화를 받지 않았는지 묻지 않는다. 사실 엄마가 어떤지를 보러 온 게 아니라 엄마가 완전히 방치된 건 아니라는 걸 윤 여사에게 알리기 위해 온 것뿐이다.

꼼짝하지 않던 엄마는 윤 여사가 복숭아 하나를 깎아 코앞에 들이밀자 순식간에 몸을 일으킨다. 간잔지런한 눈을 한 채 윤 여사를 따라 나온다. 효령은 윤 여사가 그것 보라는 듯 당당하게 엄마를 식탁에 앉히는 걸 보고는 현관으로 향한다.

왜? 좀 앉았다 가지.

윤 여사가 붙잡지만, 효령은 더 있고 싶지 않다.

윤지 올 때 됐어요.

도망치듯 나가는 효령을 윤 여사도 더는 잡지 않는다. 효령은 빠르게 걸으며 손으로 머리를 털고 목덜미를 쓸어내린다. 엄마로부터 제 몸 어딘가에 옮겨 붙었을지 모를 츱츱한 기운을, 불운의 징표를, 그런 강박적인 동작을 통해 떨어낼 수 있다는 듯이.

폐허의 잔상

버스를 타고 종점에 내린 귀연이 화강암 블록이 깔린 길 위로 걷는다. 건너편으로 로마 식민지 시대의 흔적이라는 아퀸쿰Aquincum이 보인다. 신전과 교회, 목욕탕 등의 유적이 많이 남아 있다고는 하지만 얼핏 보기에는 그저 폐허가 된 담장과 집터가 있을 뿐이다. 화려했으나 방탕했던 고대인들의 삶은 진정한 자유를 담지하지 못했기에 허망하게 끝났다. 어쩌면 그들은 끝없이 귓전을 맴도는 은밀한 속삭임을 이해하지 못해, 술에 취해 괴성을 지르며 발악했을지 모른다. 귀연은 그들의 절망적인 소리를 듣는다. 그리스의 영웅처럼 전 우주를 상대로 맞짱 뜨지도 못했고 안으로 파고들어 자신에게 치열하지도 못했던 약하고 비겁한 자들의 절규가 바람을 타고 흐른다. 나는 아니야. 귀연은 필사적으로 그렇게 자신을 위로한다. 어리석은 고대인들과 다른 길을 가고 있다고 믿는다.

폐허 위로 펼쳐져 있는 하늘이 그 모든 것에 관여했고, 어쩌면 지금도 그러고 있다는 사실을 알리기 위해 시퍼런 춤을 춘다. 기다란 구름 창을 흔들며 고백하고 변명하기도 한다. 고의는 아니었어. 언제나처럼 부둥켜안고 누운 덩어리를 꿰기가 더 쉬운 법이니까…….

귀연이 돌연 귀를 닫았으므로 한 남자가 그녀를 대신해 하늘의 번설을 들어주기 시작한다. 하늘이 풍부한 표현력을 동원해 신이 나서 떠드는 동안 남자는 묵묵히 그 하늘을 응시한다. 잠시 후 남자가 기지개를 켜듯 목을 한껏 젖혔다가 내린다. 내리지 말았어야 하나……. 남자의 시선이 문득 귀연의 시선과 마주친다. 귀연이 반사적으로 얼굴을 찌푸린다. 예상치 못한 마주침에 당황한 건 남자도 마찬가지지만 그는 노련하게 웃는다. 귀연은 남자를 지나치고서야, 헐렁한 마 소재의 옷을 걸친 그가 한국인임을 알아차린다. 어디선가 그를 만난 적이 있다. 어디서지? 남자는 멈춰 선 채 돌아서서 귀연을 보고 있다. 그러나 그녀는 수고로이 한 번 더 돌아보지 않고 간단히 그를 잊어버린다. 자조하며 비틀거리지도 않고, 누군가를 의식하며 빨리 걷지도 않는 귀연을, 남자 홀로 오래 바라보고 있다.

모퉁이를 돌아 골목 안으로 깊숙이 들어가자, 귀연이 손수 만들고 칠해서 달았던 음식점의 간판이 보인다. 꽃 모양의 주물에 노란 양귀비꽃이 그려져 있고 그 위에 '키나이 에떼렘 삐빠츠Kínai Étterem Pipacs'라는 글씨가 씌어 있다. '중식당 양귀비'라는 이름에 걸맞게 양귀비를 뜻하는 삐삐츠가 내부 장식의 주 소재이다. 귀연은 사람들이 등장하기 이전에 그 어떤 경계도 만들지 않았던 자연을 그리고 싶었다. 지중해에서, 소아시아에서, 또 백두산과 헝가리 평원에서 요염한 미소를 자유로이 날리던 양귀비꽃. 사십오 도 경사로 누운, 금방이라도 간판을 빠져나갈 듯한 서체가 제 주인인 귀연을 공손히 맞는다.

그러나 식당 문은 잠겨 있다. 귀연은 불시에 들이닥쳐 상태를 보려고 일부러 기별 없이 간 터라 당황해하지 않는다. 영업 시간이 아니니 메이가 장을 보러 갔을 수도 있다. 귀연이 모자를 접어 가방에 넣은 후, 챙겨 온 보조 열쇠로 문을 연다. 귀연이 공들여 배치한 가구며 장식품 등이 호도깝스레 주인을 맞는다. 백두산 두메양귀비 꽃을 그린 액자, 노랑과 하양의 체크무늬 테이블보, 그 테이블보의 가벼운 인상을 은은하게 보완해주는 파스텔톤 갈색 벽지 등이 순식간에 귀연의 눈을 낚아챈다. 여전히 괜찮아 보인다.

왼편 벽에 걸린 시계가 귀연의 감회에 호응하여 미세하게 움직인다. 얼추 네 시에 이르러 있다. 천구의와 지구의가 교차한 모양의 시계는 분침 없이 시침만 있어서 언제나 두루뭉술한 시간만을 알린다. 삐삐츠를 열 무렵, 귀연은 더는 세월에 쫓기지 않으리라 결심했다. 생각만큼 쉽지 않았지만,

의식적으로 시간을 무시하기 위해 애썼다. 사람들은 분침 없는 시계를 재미있어했다.

식당을 오픈하고 꽤 반응이 있자, 그때까지만 해도 이혼을 생각하진 않은 프란츠가 탄성을 지르며 귀연을 칭찬했다. 신선하고 독창적이야! 그는 고풍스러운 장식과 어두운 조명에 익숙한 헝가리 사람들의 호감을 얻을 줄은 몰랐다며 귀연을 치켜세웠다. 물론 내부 장식만으로 식당이 잘 운영된 것은 아니지만 귀연은 우쭐했다. 우쭐할 수도 있는 자신이 놀라웠다. 웅어리져서 도통 나올 기미를 보이지 않던 자족감이 오랜만에 움트는 걸 느꼈다.

하지만 식당은 식당, 그림은 그림이었다. 만족감이 서서히 투미해져 가면서 아무런 일도 일어나지 않은 채 또다시 일상이 이어지자 귀연은 초조해졌다. 유럽 전역의 이런저런 대회에 출품한 작품들이 모두 예선도 통과하지 못했을 때, 그녀는 제 자질과 시각을 의심했다. 세간의 평가를 우습게 여기면서도 무시하지 못하는 자신을 발견하기까지 그리 오래 걸리지 않았다.

귀연은 불안을 잠재우기 위해 프란츠가 운을 띄운 갤러리에 비중을 두었다. 희망 때문에 아둔패기가 되기는 너무 쉬웠다. 프란츠는 머지않아 쟁쟁한 지인들을 초대해 거창하게 갤러리 오픈 행사를 할 수 있을 거라고 말하곤 했다. 귀연은 기대를 품지 않으려 저항하면서도 어쩔 수 없이 그 기대에 함몰되었다. 프란츠의 말이라는 게, 햄버거를 먹으면서 으레 흘리게 되고야 마는 양배추나 양파에 불과하다는 걸 알면서도 그랬다. 갤러리가 타인의 평가에 목매는 약하고 허술한 방편이라는 걸 모르지 않았는데도, 정말이지 어쩔 수가 없었다.

귀연은 "나만 생각할 거야"라고 말했지만 "나만 생각하고 있어"라고는 말하지 못했다. 나, 나, 나, 나, 나, 하고 수천 번 주문을 외우다가도 순식간에 그 '나'가 사라지는 걸 목도했다. 갤러리를 내는 게 귀연 자신이나 귀연의 그림과 상관없다고 생각하면서도 미친 듯 갤러리에 집착했다. 그 마음은 저 혼자 덩치를 키워 프란츠가 더 이상 귀연을 사랑하지 않는다며 이혼을 요구했을 때에도, 갤러리와는 전혀 상관없는 말로 들렸을 정도였다.

이혼 후 '나'의 쇠락은 더욱 가속도가 붙었다. 귀연은 무시로 터질 기회만을 노리는 갤러리에 대한 욕망을 누르느라 녹초가 되곤 했다.

하지만 지금은 갤러리만이 아니라 생활을 위해서도 식당이 중요하다. 그나저나 메이는 이 시간에 가게를 닫아놓고 어디로 갔을까? 어쩌면 주방 안쪽 조그만 골방에서 낮잠을 자고 있을지 모른다. 귀연이 갈색 커튼을 젖히고 주방으로 들어선다. 개수대 선반에 막 설거지를 마친 듯한 그릇들이 물기를 남긴 채로 이리저리 포개져 있다. 조금씩 이가 깨져 있거나 금이 간 접시들도 보인다. 귀연은 주방을 두루 살피며 혹시나 하는 마음에 메이를 불러본다.

메이, 안에 있어요?

갑자기 좁은 통로 저쪽에서 인기척이 난다. 놀라서 후닥닥거리는 소리가 선명하다.

메이?

귀연이 다시 한번 부르는데, 별안간 한 남자가 나오더니 귀연에게 고개를 까딱, 하고는 주방 문을 빠져나간다. 곧바로 메이가 뛰어나오지 않았더라면 귀연은 그를 강간범으로 오해할 뻔했다. 메이는 얼굴이 빨개졌을 뿐, 강간을 당한 것 같지는 않다.

오셨소?

급하게 추스른 흔적이 역력한 메이의 옷차림과 부스스한 머리 모양새로 보아 사태를 짐작할 수 있다. 귀연은 조금 전의 그 남자 역시 단추를 채우지 않은 셔츠 차림이었던 걸 떠올린다.

연락이라도 하고 오시지.

메이가 변명하듯 중얼거린다. 귀연은 어이가 없다. 어눌한 말투나 화장기 없는 얼굴 때문에 순박하게만 보아왔는데, 남자를 식당으로 끌어들이다니……. 귀연은 불쾌한 표정을 굳이 감추지 않고 돌아서서 홀로 간다. 메이가 허둥거리며 찻주전자와 잔을 들고 따라 나온다.

요즘 왜 매출이 떨어지나 했더니……. 사생활이니 일 끝나고 따로 만나는 거야 뭐라고 하지 않겠어요. 하지만 아직 저녁 장사도 남았는데……. 그걸 몰라서 이래요?

귀연의 엄한 표정과 단호한 말투에 무안해서인지 메이의 얼굴이 더욱 빨개진다. 귀연은 메이가 자기 체구의 세 배쯤 되어 보이는 배불뚝이 남자의 무엇에 그리 끌려 대낮부터 일을 벌였는지 의문스럽다. 또한, 그 남자는 중늙은이에 가까운 메이의 어디에 반한 걸까? 잠시 메이의 얼굴을 뜯어본다. 자연스럽지 못한 문신을 한 눈썹 아래로 가로 찢어진 눈과 있는 듯 없는 듯 보이는 낮은 코. 귀엽지도 예쁘지도 않은 얼굴이다. 메이에게 외모와 상관없이 남자를 녹이는 교태나 애교가 있어 보이지도 않는다. 그런 메이와 몸을 섞고 싶어 더운 시간에 일하는 곳까지 찾아온 남자라니. 두 사람은 어떤 자세로 정사를 나누었을까. 그의 불룩한 배와 메이의 늘어진 배가 마주한 장면이라면……. 귀연은 두 사람의 모습을 상상하는 자신을 의식하고는 겸연쩍어한다. 지금 중요한 건 메이와 남자의 애정사가 아니다. 사실 메이가 식당에서 연애를 하건 섹스를 하건 귀연이 참견할 바 아니다. 문제는 매출이 떨어지는 이유다.

자, 제대로 해명해봐요. 지지난달 합계가 44만 포린트 forint, 지난달에는 40만 포린트도 안 되던데 이유가 뭐라고 생각해요? 거기서 재료비 빼고 메이 월급 주고 나면 나는 뭐 먹고 삽니까? 여기 와서 밥이라도 먹어야 할 판이라고요.

메이는 초조하게 입을 달싹이더니 차마 말을 못 하겠는지 허벅지만 맹렬히 문지르고 있다. 일단 현장을 들켰으니 할 말이 없긴 할 게다. 귀연이 컵의 물을 들이켠다. 차가운 재스민 티에서는 아무런 향도, 맛도 나지 않는다. 귀연은 이 또한 메이의 손길이 게을러진 증거라 생각한다. 그러나 메이를 탓하는 게 문제를 해결하는 방법은 아니다. 애써 말투를 부드럽게 바꾼다.

얘기해보세요. 저랑 알아온 지도 십 년이 넘었습니다. 왜, 장사가 잘 안됩니까?

그거이…….

메이가 허벅지를 좀 천천히 문지르는가 싶더니 겨우 입을 뗀다.

근처에 큰 중국집이 생겼지 않습네까. 더 싸고 맛있다고 함다. 장사가 아무래도 안 되고, 내래 늙어선지 음식도 안 됨다. 손님들 모두 여기로 안 옴다. 거기 주인, 중국 갱단임다.

중국집이 생긴 건 알고 있었지만, 타격이 이리 큰지는 몰랐다. 거기로 갈 사람은 가더라도 삐삐츠의 분위기를 좋아해서 혹은 입에 맞아서, 귀연의 식당도 나름 경쟁력을 가지고 있는 줄로만 알았다. 게다가 그곳 주인이 메이의 말처럼 정말 갱단이라면 사태가 심각하다. 장사가 잘돼도 문제가 될 소지가 있다. 메이가, 작정한 김에 내처 해치워버리고 말겠다는 듯 빠르게 말한다.

그 사람이 같이 살자고 함다. 여기 떠나서 시골로 감다. 나도 외로와서 인제 혼자 못 삼다. 사람 구할 때꺼정만 있겠슴다.

겁을 먹고 쭈뼛거리면서도 할 말을 다 하는 메이를, 귀연이 기가 막혀 바라본다. 예상치 못했던 일이다. 어찌해야 할지, 무슨 말을 해야 좋을지 알 수가 없다. 식당은 메이 없이는 어림도 없을 것이다. 대형 중국 상점이나 음식점들이 생기면서 중국인과 조선족이 넘쳐나긴 해도 믿을 만한 사람은 드물다. 설령 그런 사람을 구한다 해도 귀연처럼 드문드문 관리하는 주인 밑에서, 조폭이 운영하는 중국집과 경쟁해가며 일할 수 있을까. 그렇다고 식재료로 작품은 만들어도 먹을 음식은 만들지 못하는 귀연이 식당을 직접 운영할 수도 없는 노릇이다. 식당 일을 하면 그림은 뒷전으로 밀려나고야 말 텐데, 그런 건 상상하기도 싫다.

세상에 별반 놀라울 것도 무서울 것도 없는 귀연이지만, 생계에 대한, 그리고 갤러리에 대한 보장이 없어질지 모를 상황에서 호기를 부릴 수는 없다. 두통이 시작된다. 감정의 흐름에 민감하게 반응하는 신경 체계가 기다렸다는 듯 귀연을 쥐고 흔든다.

메이가 조심스레 귀연의 눈치를 살피더니 문지르던 손을 멈추고 말한다.

어찌해도 장사는 점점 안 됨다. 빨리 정리하는 게 낫슴다.

메이의 말이 맞을 것이다. 귀연은 이제 프란츠를 만나야 할 이유가 너무 많다고 여기며, 동시에 그 모든 번거로운 과정을 떠올리며 인상을 쓴다. 미간 사이 잘 숨어 있던 주름들이 숨어 있어야 할 당위를 상실한 채 헤프게 모습을 드러낸다. 귀연이 모자의 구겨진 챙을 눌러 펴며 일어난다. 메이가 겁에 질린 얼굴로 따라 일어선다.

벌써 가시는 겜까?

그 남자는 얼마나 만난 거예요? 뭐 하고 사는데?

이 년 넘었슴다. 연금 받고 그냥저냥 산다 함다.

헝가리 사람?

네…….

프란츠랑 식당 문제 의논해볼 테니까, 당분간은 딴생각

말고 열심히 해줘요. 그만둘 때 그만두더라도 메이도 나도 먹고는 살아야죠. 알겠죠?

네…….

귀연은 메이가 죄인처럼 등을 구부린 채 조아리는 걸 못 본 척하며 길을 나선다. 달구어진 포석 위를 어정거리며 먹이를 찾고 있는 비둘기에게 멍하니 눈길을 준다. 부리가 깨질 듯 땅을 세게 쪼아대는 모습이 식당의 운명처럼 암울해 보인다. 삐삐츠는 이제 과거의 쾌활함을 자랑할 수 없겠지. 귀연의 우울한 구두 소리가 식곤증으로 반쯤 눈이 감긴 한낮의 거리를 깨운다.

백 년은 더 되어 보이는 아름드리 느티나무가 광장에 상심한 그림자를 드리우고 있다. 그림자 아래로 들어선 귀연은 갑자기 한꺼번에 나이를 먹어버린 듯 연로해 보인다. 이미 폐허가 된 아퀸쿰이 저보다 더 피폐해 보이는 귀연의 모습에 놀라 연신 풀썩인다.

아까 삐삐츠로 가는 귀연을 유심히 보았던 한국 남자가 버스 정류장 벤치에 앉아 담배를 피우고 있다. 남자는 빵빵하게 부풀었다가 급격히 바람이 빠져버린 풍선처럼 쭈글쭈글해진 귀연에게서 눈을 떼지 않는다. 너그러워서가 아니라 귀찮아서 잠시 귀연을 비껴가려던 불운 역시 그녀를 예의주시하고 있다. 귀연은 남자가 자기를 뚫어지게 보는 걸 의식하고 의아해하지만, 곧 더 중대한 일로 생각을 옮긴다. 당장 떠나야겠다, 이렌느의 집으로, 오스트리아로!

남자는 쓰러져 있기보다 해야 할 일을 찾아 일어서는 귀연이 대견하다. 한편, 그녀를 그렇게까지 몰아붙인 당사자가 자신일지 몰라 미안하다. 남자가 부다페스트에 도착하고서도 내내 거리를 두다가 마침내 모습을 드러낸 건, 관광이 지겨워져서거나 혼자 있는 게 외로워져서가 아니다. 진짜로 귀연에게 살짝 미안해져서다. 그러니까 그 남자는 나다.

귀연은 남자를, 즉 나를 애써 외면하며 버스에 오른다. 버스가 초조한 엔진 소리를 내며 떠난다. 잠시 설렜다가 금방 낙담하여 가라앉는 먼지 사이로, 곧 무언가를 잃을 사람의 잔상이 드러난다. 이제 그걸 줍는 건 내 몫이리라.

머르기트 섬의 산책

지난번에 엄마 때문에 놀랐지? 미안해.

요세핀이 마태에게 사과하자, 마태가 정수리에 한 줄로 늘어선 머리카락을 손가락으로 쓱쓱 쓸더니 말한다.

아니야. 내 머리 스타일이 스킨 헤드, 뭐 그런 걸 상징하는 줄 몰랐어. 그냥 멋있어 보인다고만 생각했지.

요즘 그런 게 어딨어? 엄마가 괜히 트집 잡은 거야.

그래도 이제 머리 기르려고. 이 머리 지겹기도 하고.

요세핀은 너그러운 마태가 고맙다. 누군가는 지나치게 단순하고 낙천적이라고 비난할지 모르나 요세핀은 복잡하게 꼬여서 비관에 전 것보다 백배 낫다고 여긴다. 진중하답시고 속 깊은 척 마음을 드러내지 않는 사람보다 얕고 투명해서 속이 훤히 드러나는 마태가 더 믿음직하다고도 생각한다.

요세핀과 마태, 그리고 난도의 오늘 산책은 도미니쿠스회 수도원 쪽으로 이어진다. 요세핀이 머르기트 공주에게만큼은 작별 인사를 해야겠다고 결심해서다. 이끼가 후터분한 냄새를 피워 올리는 곳, 팔백 년의 세월이 흐르는 동안 몇 개의 주랑과 벽돌 일부가 남았을 뿐인 폐허에 다다르자 기다렸다는 듯 비운의 공주가 뛰어나온다.

왜 이제 와! 얼마나 심심했는지 몰라.

마태가 누군가와 낄낄거리며 전화를 하는 사이, 요세핀이 공주와 비쥬를 하며 인사를 나눈다. 거친 베로 짠 공주의 옷이 요세핀의 살결에 닿아 쓸린다. "어째서 이런 옷을 입고 있는 거지?" 언젠가 요세핀이 그렇게 물었을 때 공주가 씁쓸해하며 답한 적 있다. "나를 수도원에 맡긴 아버지를 비롯해 모든 남자가 싫어. 이 거친 옷과 철로 만든 속옷이 나를 지켜

줄 거야."

1245년, 공주의 아버지 벨러 4세 왕은 몽고의 침략만 멈추게 해준다면 막내딸을 봉헌하겠다고 신에게 서약했다. 겨우 세 살이던 머르기트는 베수프렘에 있는 도미니쿠스회 수도원에 보내졌고, 이후 지금의 머르기트 섬으로 옮겨져 평생을 살았다. 공주는 사소한 일에 놀라고, 놀라는 그 순간에만 죄의식이 없는 융통성 없는 수녀들 틈에서 자랐다. 공주는 경건하기 위해 자비심을 버린 주위 사람들에게 아무것도 기대하지 않도록 스스로를 단련시키고자 했다. 아버지를 용서하고 싶지 않았지만 그럴 수 있게 해달라고 신께 빌기도 했다. 사람들은 평생 순결을 지키고 수도원에서도 가장 험한 일을 도맡아 했던 공주를 성녀로 받들어 추앙했다. 하지만 머르기트의 마음은 끝내 성인의 평정심에는 이르지 못했다. 공주가 원망을 깨끗이 정리하지 못한 건, 딸을 수도원에 보내고도 모자라 더한 욕심을 부린 아버지 때문이었다. 벨러 4세는 몽고의 위협이 얼마간 가시고 정세가 바뀌자마자 딸을 다시 이용하려 들었다. 보헤미아의 왕 오토만 2세와의 정략결혼을 추진했을 때가 최악이었다. 머르기트 공주는 교황의 권위에 기대 장엄서원을 함으로써 털북숭이를 사위 삼으려던 아버지를 보기 좋게 엿 먹였다. 이후로 공주는 사람에 대한 불신에서 오는 고독과만 어울려 살다가 스물여덟 해의 짧은 생을 마감했다.

공주가 죽은 후, 사람들은 오만가지 장소에 '머르기트'라는 이름을 붙여 공주를 기렸다. 머르기트 섬, 머르기트 다리, 머르기트 레스토랑 등 섬 안에도 섬 바깥에도 그 이름이 떠다녔다. 상상력에 무슨 책임이 있느냐고 떠드는 어떤 사람들이 머르기트 다리 근처에서 일어난 유람선 사고에 공주를 연루시키기도 했다. 인어라는 이름을 가진 그 배와 노래로 유혹해 사람들을 죽음으로 몰아넣는다는 세이렌을 연관시키며 머르기트 공주 운운했던 것이다. 당연히 공주는 억울해했다. 요세핀은 평생을 수도원에 갇혀 지냈고, 그 후로도 평안한 영면에 들지 못한 공주를 안쓰럽게 여겼다. 인사라도 하고 떠나고 싶었다.

누르고 안고 베고 던졌던 세월의 힘 때문에 눈치가 빨라진 공주가 불안한 듯 요세핀에게 묻는다.

어딘가로 가려는 거지?

응. 한국으로 갈까 해.

왜? 한국에 왜?

그냥. 가야 할 것 같아.

공주가 시르죽은 표정으로 이끼 많은 땅을 발로 찬다. 흙이 이리저리 튀어 요세핀의 검은 단화에도 얼룩을 남긴다. 아버지의 명을 거역하지 못한 데 대해 평생 회한이 있을 공주가 화병이 도지는 듯한 얼굴을 하고서 요세핀을 바라본다.

그걸 네 엄마가 허락해?

허락하든 말든 상관없어.

혹시 나 때문에 떠나는 거야?

요세핀이 아니라는 뜻으로 고개를 가로젓는다. 허블레아니호 사고 이후, 공주는 뭐든 제 탓으로 끌어들여 가뜩이나 부족한 자존감을 더 끌어내리곤 한다.

나 때문인 거야. 모든 게 나 때문이야.

요세핀은 차분히 기다리기로 한다. 아무리 아니라고 해도 공주는 어차피 성에 찰 때까지 자신을 학대할 것이다. 자학의 위로에 중독되었기 때문이다.

내가 더 잘할게. 내 곁을 떠나지 마.

너 때문에 떠나는 게 아니라니까. 그냥 떠나는 거야.

그냥 떠나다니……. 그럴 수가 있어?

나도 몰라. 하지만 꼭 가야 해.

가면 누가 있는데? 한국이라니, 너무 멀잖아.

공주의 말처럼 아는 사람도 없고, 멀기도 멀다. 세상 경험이 많지 않은 요세핀도 제가 얼마나 무모한지 잘 알고 있다. 블로그에서 알게 된 '파란'이란 여자로부터 도움을 받고 있기는 하지만, 전적으로 믿을 수 없다는 것 정도는 안다. 파란은 한국에 대해 이것저것을 알려주었고 일자리를 구할 수도 있을 거라며 용기를 북돋아주었다. 그러나 과연 한국이 그렇게 만만한 곳일까?

만만찮을 거야.

어쨌거나 떠난다니, 떠나야겠지. 대단해. 난 그러지 못했어.

오래전에 수도원을 탈출했어야 했는데도 그러지 못한 공주가 자신을 책망한다. 팔백 년간의 한을 한 토막씩 쌓아 올리더니 기어이 흐느낀다. 요세핀이 공주를 살포시 안아준다. 요세핀이 설명해도 공주는 이해하지 못할 것이다. 아니, 실은 요세핀 스스로도 뚜렷하게 설명할 수가 없다. 어째서 꼭 한국으로 가려는 건지, 한국이 아니면 안 되는지. 요세핀은 공주를 요령 있게 다독이지 않고 그저 조용히 기다린다. 시간이, 녹이고 풀고 제 할 일을 근면하게 다 할 때까지 가만히 함께한다.

요세핀에게 안겨 있던 공주가 갑자기 요세핀의 머플러를 만지작거리며 천진하게 묻는다.

이 머플러 처음 보는 건데?

공주가, 죽어도 잊지 않을 것처럼 말해도 의외로 쉽게 잊어버리는 건 이미 죽었기 때문인지 모른다. 요세핀이 제 목에 걸린 머플러를 벗어서 공주에게 둘러준다. '실크와 조금도 다르지 않은 폴리에스테르'라는 것 자체가 말이 안 된다는 사실을 알고서도 산 싸구려 머플러지만 감촉이 썩 나쁘지 않다. 공주에게 줄 게 있어서 다행이라 여긴다.

마태가 나무에 머플러를 감고 있는 요세핀을 의아한 듯 쳐다보며 묻는다.

마음에 안 들어서 그래? 그러기에 싸다고 무턱대고 사는 게 아닌데 그랬어.

아냐, 그런 거.

마음껏 코를 킁킁거리고 오줌을 눈 난도가 바람에 날리는 머플러를 보며 짧게 컹, 한 번 짖는다. 마태가 문득 요세핀의 신을 보더니 바지 주머니에서 손수건을 꺼낸다.

에이, 흙 묻었네. 반짝반짝 닦아줄게. 좋은 신이 좋은 곳으로 인도한다잖아.

…….

우정과 사랑 어디쯤을 넘나드는 침묵이 잠시 찾아든다. 마태가 어색함을 깨려는 듯 수도원에 작별을 고한다.

요세핀이 없어도 우린 여기 또 올 거야. 그럴 거지, 난도?

마태의 서운한 마음을 읽은 난도가 꼬리를 아주 조금만 흔든다. 요세핀이 공주에게 인사한다.

잘 지내, 머르기트!

잘 지내지 못할 거야.

머플러 때문에 이미 기분이 밝아졌을 텐데도 공주가 그렇지 않은 척하며 고개를 가로젓는다. 그저 '척'일 뿐임을 잘 아는 요세핀이 간결한 젊음을 흩뿌리며 공주에게 손을 흔든다. 머플러를 이리 감고 저리 감아 흔들며 춤추고 있는 공주는 이미 자신의 시간에 취해 있다. 당분간은 소박한 머플러가 고독한 공주를 위로할 것이다.

◦ D-8 ◦

달의 친구, 별의 연인

밤이 낮의 진정한 얼굴이라는 걸 아는 후예들은 낮처럼 푼더분하게 굴지 않았다. 요란스레 다른 누군가를 그리워하지도, 외롭다며 엄살을 떨지도 않았다. 달의 친구나 별의 연인인 그들은 타인의 시선을 갈망하기보다 깔밋하고 도도한 고독을 갈망했다. 그러므로 밀어내고 배신하는 손보다 다가오고 충성하려는 손을 언제나 더욱 경계했다. 그들 중에는 온몸에 구멍을 뚫어 마음에 뚫린 구멍을 아무것도 아닌 것으로 만들거나, 수십 개의 반지와 수십 개의 팔찌로 외로움이 스며들 틈을 모조리 막아버린 자들도 있었다. 과연 그들은 어우러져 빛나도 수억 광년 이상 거리 두는 법을 잊지 않는 달과 별의 후예들이었다.

달의 친구 중 어떤 영험한 자들은 제사장이 되어 기도를 올렸으며 하늘의 뜻을 듣고 사람들에게 전했다. 그들의 당당한 방울과 깃발이 때로 하늘을 깨웠고, 비굴하지 않은 외침이 자주 대지를 흔들었다. 영웅의 서사를 온몸에 새긴 그 사람들은 나신을 드러내 이야기하기를 주저하지 않았다. 그들의 이야기에는 없는 것을 있는 것처럼 보이게 하는 가식도 없었고, 작은 것을 큰 것으로 만드는 과장도 없었다. 물을 땋아 댕기를 드린 해초나 바람을 휘감아 입은 풀, 하늘을 업은 구름 등이 적절한 추임새를 넣을 뿐이었다. 그들의 신명 나는 잔치마당은 맺힌 것을 풀고, 푼 것을 태워버리기도 하는 치유의 장이었다. 먹고 마시고 노래하고 춤추고 맨발로 칼날 위를 걷는 축제의 장……. 찢어지는 악기 소리가 약하고 비겁한 자들을 쫓아내는 가운데, 다양한 개성을 가진 신령들이 초대되었다. 웃고 울고 토라지고 화내고 침울해하고 변덕을 부리고 질투하고 아양을 떠는 신들이 제각각의 목소리를 냈다. 신령들은 완전하지 않았으나, 완전하지 않음으로 인해 인간들을 위로할 수 있었다.

별의 연인 중 어떤 걸출한 자들은 모험에 앞장섰다. 하늘을 아비 삼고 땅을 어미 삼아 자신의 길을 홀로 연 그들은 이렇게 말했다. "내 아비가 물을 휘저어 물고기를 몰았고, 내 어미가 하문으로 그 물고기들을 받았다. 내가 눈 오줌이 바다를 이루었고, 내가 눈 똥이 사방 천지로 튀어 섬들을 만들었다." 그러므로 그들이 노니는 산천, 그들이 오르내리는 높은 하늘, 그들이 반으로 갈라버린 강과 바다가 그대로 전설이 되고 신화가 되었다. 거쿨진 그들은 보란 듯 자신을 학대하는 일도 서슴지 않았다. 제 귀를 자르거나 제 눈을 뽑아 스스로 얼마나 강한지를 증명했다. 그러고도 아무렇지 않다는 듯 아픈 게 뭐 대수라고, 늡늡하게 중얼거리며 또다시 길을 떠나기도 했다. 그들은 도처에 있었다. 때로는 빛나는 수염에 붉은 피를 물들인 채 포효하는 장수였고, 때로는 짐승 같은 이로 공을 물어뜯는 축구 선수였다. 세상이란 공연장에 공짜로 들어선 걸 감사하며 아무도 보지 않을 사진을 찍는 사진사나 자신을 대상으로 위험한 실험을 강행하는 과학자도 있었다. 황홀한 사랑에 빠진 별들이 언제까지나 그들을 따라다녔다.

너는 너다

효령이 요세핀의 블로그를 이리저리 살피고 있다. 전날 제가 보낸 글에 답이 달려 있다. '파란님, 알려준 대로 잘 준비합니다. 감사해요!' 이번에는 맞춤법이 거의 틀리지 않았다. 효령은 실소한다. 과연 요세핀의 감사를 받을 만한 일을 하고 있는 걸까……. 강하지도 용감하지도 않은 스스로에 대한 실망이 헐거운 오후를 느른하게 가라앉힌다. 어디로 가는지, 얼마나 갈 건지 모든 게 불분명하다. 제대로 가고 있기는 한 걸까…….

띠링! 돌연 알람이 울려 효령의 상념을 단번에 흩어버린다. 이어 급할 것도 아쉬울 것도 없이 또박또박 비밀번호를 누르는 소리. 윤지다.

엄마, 버스가 일찍 도착했어! 선생님이 문자 했대.

아이의 작은 몸이 헤싱헤싱 흩어져 있던 일상을 순식간에 끌어모은다. 윤지가 유치원에서 일어난 여러 일을 늘어놓기 시작한다. 그래서, 엄마. 있잖아, 엄마. 엄마, 엄마, 엄마……. 효령이 간신히 발음했던 '엄마'와는 차원이 다른 '엄마' 소리. 효령이 솟구치는 감정을 주체하지 못해 갑자기 아이를 꽉 껴안는다.

엄마……. 엄마 왜?

그냥. 우리 윤지 너무 예뻐서.

윤지도 엄마 예뻐.

…….

이렇게 예쁜, 귀한 존재를 누군가는 허섭스레기 취급할 수도, 버릴 수도 있다는 사실이 믿기지 않는다. 효령이 아쉬운 듯 포옹을 풀자 아이가 쪼르르 식탁으로 달려가 효령이 손수 구운 호두 파이와 과일 주스를 맛있게 먹는다.

잠시 후 학원 가방을 멘 윤지와 효령이 아파트 현관으로 내려간다. 아이는 아직 피아노 학원이든 논술 학원이든 싫다고 하는 법이 없다. 학원에 가야 친구들을 만나는 세상이어서인지, 오히려 어느 친구가 다닌다는 음악 학원이나 스포츠센터에 가겠다고 조르기도 한다. 효령은 버스를 기다리는 동안 윤지가 자신의 손가락을 쥐고 팔딱거리며 부르는 노래를 즐거이 감상한다. 아이의 천진한 목소리가 초저녁 공기를 신뢰할 만한 것으로 만든다. 그래, 그럴 것이다. 다른 사람들이 투 플러스 원인 물건 앞에서 멈칫거리거나 반려견 매장 앞에서 강아지를 살지 말지를 두고 갈등에 휩싸이는 것처럼, 또 유행하는 신발을 한 번쯤 신어보거나 인기 있는 가방을 필요도 없이 사기도 하는 것처럼 효령과 윤지 역시 그렇게 살 것이다. 남들 사는 것과 크게 다르지 않은 나날, 대단하진 않을지라도 안락한, 그런 나날이 이어질 것이다.

불현듯 노파의 형상이 눈에 뜨여 효령은 깜짝 놀란다. 건너편 화단에 쭈그리고 앉아 무언가를 들여다보고 있는 노파는 이전보다 더 기이해 보인다. 효령이 부지불식간 세차게 고개를 젓는다. 그러나 땅에서 솟아난 바위처럼 단단하게 자리를 잡은 노파의 모습은 좀체 사라지지 않는다.

효령이 노파에게서 시선을 떼지 못하고 있는 사이, 윤지를 태울 버스가 온다. 어쩌면 노파가 유난히 효령의 눈에 띄는 외모를 하고 있기 때문인지 모른다. 지나치게 못생겼거나 혹은 그 반대여서 시선을 끄는 거다. 하지만 효령이 그렇게 생각하고 다른 사람들을 보니 노파는 특별한 구석이 아무 데도 없다. 넙데데한 얼굴에 이마며 뒤통수가 납작한, 전형적인 동양인의 얼굴이다. 그렇다면 도대체 왜? 효령은 노파가 망원경 같은 것으로 효령을 감시하다가 그녀가 집을 나서기만 하면 따라나서는 스토커라고까지 가정해본다. 엄마처럼 치매나 정신 질환이 있는 노인일지도 모른다. 그러나 그렇다면 어째서 다른 사람은 그녀를 모르는 걸까?

윤지의 손을 잡아 버스 계단에 오르던 선생님이 멍해져 있는 효령을 보고 이상하게 쳐다본다. 퍼뜩 정신이 든다.

잘 부탁드립니다!

효령이 선생과 눈을 맞추고 기계적인 인사말을 던진다. 선생이 아이에게 인사를 시킨다. "다녀오겠습니다, 해야지." 윤지가 순정한 분홍빛 입술을 움직여 선생의 말을 따라 한다. "다녀오겠습니다." 효령은 금방 다시 만날 텐데도 버스에 탄 딸을 향해 열심히 손을 흔든다. 그러나 윤지를 위해 튼튼한 울타리를 세우려던 손, 몰라도 될 세계에 두꺼운 암막을 치려던 그 손에 어쩐지 기운이 없다.

버스가 사라지자 다시 노파가 보인다. 효령은 자신도 모르게 노파를 향해 몇 걸음을 내딛다가 깜짝 놀라 뒷걸음질을 치고 만다. 그녀 주변으로 누렇고 커다란 덩어리들이 잔뜩 있는데, 아무래도 똥 무더기처럼 보여서다. 노파는 찰흙놀이를 하는 어린아이처럼 그 덩어리들을 주무르고 있다. 즐거워서 아무 생각도 안 난다는 듯 열중해 있는데, 효령은 그 행동이 금방이라도 자신이나 아이에게 피해를 줄 것만 같아 두렵다. 누구라도 노파의 괴이한 행동을 저지해주었으면 싶다. 하지만 버스가 떠난 뒤로 이상하게 오가는 사람이 없다. 이 무렵이면 늘 순찰을 하곤 하는 경비원도 일부러 자취를 감춘 듯 보이지 않는다. 하지만 그럴 리가 없지 않은가. 모든 게 우연이다. 노파의 모습 역시 환영에 불과할지 모른다. 사실 노파가 정말 똥 무더기를 주무르고 있다면 냄새가 진동했을 테고, 아파트의 경비 아저씨며 이웃 사람들이 그런 노파를 그대로 두었을 리가 없다.

효령은 엄벙한 모든 가정으로부터 멀어지기 위해 급히 엘리베이터로 뛰어간다. 버튼을 누르고 문이 닫히지도 않은 짧은 순간, 갑자기 소리가 들린다. 네모난 공간 가득 목소리가 쩌렁쩌렁 울린다. 너는 너야! 너는 너다! 삶으로부터 아무것도 기대하지 않는 듯한 설설한 목소리.

효령은 엘리베이터에서 튀어나와 서둘러 집으로 들어간

다. 놀란 가슴을 진정시키기 위해 물을 한 잔 따른다. 하지만 바로 그 물잔에서 회오리가 일며 다시 목소리가 포효한다. 너는 너다! 네 어미는 또 네 어미고. 우리는 우리 각자라니까! 효령은 들고 있던 컵을 떨어뜨린다. 산산이 부서진, 다시 돌아올 길을 영영 잃은 듯 보이는 유리 조각들이 멀리 흩어진다. 효령은 망연자실하여 무너지듯 주저앉는다.

유리 조각들을 쓸어 담고, 청소기를 돌리고, 그것도 미심쩍어 손걸레로 바닥을 훔치고 나니 몹시 고단하다. 효령이 소파에 길게 몸을 누인다. 깜빡 졸았나 싶은데 눈을 떠보니 저녁 거미가 내려앉아 어둑하다. 전화기가 메시지 수신음을 울리며 남은 잠을 선뜻 쫓아낸다. '부탁하신 박**님의 소재를 확인하였습니다. 입금하실 금액은…….' 이렇게 빨리 결과가 나올 줄은 몰랐다. 효령은 기획사의 놀라운 수완에 감탄하며 폰뱅킹으로 사례금을 보낸다. 곧바로 지도와 함께 주소가 뜬다. '성북구 돈암동…….' 효령의 집에서 멀지 않다. 직접 운전하거나 택시를 타면 삼십 분. 이제 다 찾았다. 귀연도, 무당도. 하지만 찾고자 한 모두를 찾았다는 사실이 만족스러운지 거북스러운지 알 수 없다. 사실 효령은, 저 스스로 부러 긁어 부스럼을 내지 않나 싶어 두렵다. 물론 무당을 만나지 않을 수도 있다. 아직 귀연을 만나지 않은 것처럼. 다시금 소리가 들린다. 너는 너다! 너는 너야! 효령이 신경질적으로 외친다. 그래서 어쩌라고? 어쩌라고! 효령의 비명에 놀란 공기가 순식간에 움츠러들며 농밀한 어둠을 만들어낸다. 어둑한 공간 가득, 자조의 냄새가 번진다.

나만 생각할 거야, 나만

귀연이 'English guided tour'라는 팻말 앞에 모인 사람들에게 고개 숙여 인사한다. 많은 서양인이 자신의 여행 경험담 중 일부가 되는 이런 식의 동양적인 인사를 좋아한다. "유럽의 동양이라는 헝가리에서 한국인 도슨트를 만났는데, 그 여자가 고개를 숙여 인사하더라고!" 하면서 이야기를 꺼낼 수 있기 때문이다. 귀연은 이제 미술관 내에서의 거래나 교환에 익숙하다. 그다지 공들일 필요도 없는 친절한 인사가 사람들의 추억 한 자락이 되는 대신 호의를 얻을 수 있는 걸 안다. 물론 호의는, 귀연이 돈을 받고 제공하는 또 다른 투어로 이어질 때만 가치가 있다.

동료 도슨트인 타마라가 먼저 무리를 끌고 「랍비」라는 제목을 단 노학자의 초상화 앞에 선다. 칠흑같이 어두운 방, 촛대와 책만이 부옇게 빛을 발하는 책상 앞에 늙은 남자가 앉아 있다. 타마라가 통통하고 촉촉한 벌레 같은 입술을 오므렸다가 펴며 그림을 소개한다.

이 그림은 오랫동안 렘브란트의 그림으로 알려져 왔지만, 최근 렘브란트 리서치 프로젝트를 통해 화가의 제자나 추종자 중 한 사람이 그렸다는 설이 유력해졌어요. 우리 미술관으로서는 충격적이고 애석한 일이지만…….

귀연이 저도 모르게 인상을 찌푸린다. 타마라의 해망쩍은 설명이 미술관만이 아니라 자신의 위상도 깎아내리는 것 같기 때문이다. 타마라와 짝을 이뤄 안내를 한 지는 이 년쯤 되는데, 들고나는 봉사자가 많은 걸 감안하면 꽤 질긴 인연이라 할 수 있었다. 타마라는 늘 귀연을 충분히 신뢰한다는 듯한 태도를 보였지만 귀연은 그렇지 않았다. 「랍비」만 해도, 타마라가 렘브란트의 진품일 수도 있는 구체적인 정황을 제대로 설명하지 않는 게 못마땅하다. 오랜 기간, 화가가 아내 사스키아를 사별한 바로 그해에 자신의 허전하고 외로운 마음을 투영해 그렸다고 알려졌지 않았는가 말이다. 숫자를 들먹이는 게 자신이 없어서인지 실제로 렘브란트 리서치의 결과에 승복해서인지는 알 길이 없으나 타마라는 늘 그 부분을 어물쩍 넘겼다. 타당한 근거가 될 수 있는 얘기는 일부러라도 하는 것이 옳다고 몇 번이나 충고해주었건만…….

렘브란트 프로젝트는 1969년 여섯 명의 학자가 세계 각지에 흩어져 있던 렘브란트의 작품들을 심사하면서부터 시작되었다. 평소 제자나 추종자, 그리고 모방 화가들이 수도 없이 많았던 렘브란트의 행적을 감안해 진품을 가려내야 한다는 분위기가 팽배해서였다. 조사 후 결과는 어이없었다. 원래 930여 점으로 알려진 진품이 230여 점으로 감소했던 것이다. 다수의 학자가 이의를 제기했는데 귀연 역시 진품을 가려내려다 진품을 잃어버린 꼴이라 생각했다. 사십삼 년에 걸쳐 왕성한 창작을 한 렘브란트가 일 년에 평균 다섯 점의 그림만을 그렸다는 계산은, 괴로울 때도 즐거울 때도 그리기를 멈추지 않은 부지런한 화가에 대한 모욕이었다. 특히 늙은 랍비의 초상은……. 귀연은 렘브란트 아닌 다른 사람이 이런 그림을 그릴 리 만무하다고 생각했다. 끈질긴 영혼의 항로를 드러내는, 가두리가 나달나달한 책 옆에 긴 세월한 길을 가고서도 여전히 더 가야 할 길이 있다는 듯 새 초를 준비한 늙은 현자의 모습은 숭고했다. 귀연은 포기를 모르는 그 영혼의 힘에 전율했고 공감했다. 현자가 마침내 이르게 될 곳이 궁금하기도 했다. 길의 끝에 이르면, 수고했다며 등 토닥여줄 무언가가 기다리고 있을까? 아무것도 잃어버리지 않고 어딘가에 이르렀다고 자신할 수 있을까? 사실 랍비의 얼굴은 길의 끝에 무심한 듯 보였다. 끝은 무의미하며 길 위에 조각조각 흩어져 있는 것이야말로 삶이라고 말하는 듯했다. 렘브란트에게 그런 삶은 필시 그리기였을 텐데, 귀연 역시 그러했다.

귀연은 아주 어렸을 때부터 그림과 함께였고 그게 아닌 다른 것으로 사는 법을 알지 못했다. 두렵거나 외롭거나 슬프거나 화가 날 때, 귀연은 그리는 걸로 마음을 달랬다. 타인에 대한 방어도 공격도 거개 그림으로 해결했다. 아버지와 어머니가 각자의 세계에서 처절하게 아귀다툼을 벌였을 때, 마침내 가족이라는 살점이 다 찢기고 너덜너덜한 아픔만 남았을 때도 그림이 있어서 살 수 있었다.

나만 생각하고 살 거야, 나만.

스물두 살에 한국을 떠나면서 귀연이 스스로에게 한 말이었다. 쉽지 않았다. 매몰차게 자신만을 바라보기로 작정했음에도 불구하고 어느 순간 타인에게 눈을 돌렸으며, 그 때문에 결혼도 했고 아이도 낳았다. 고단하지 않은 날이 없었다. 자신만 생각하며 살겠다고 이를 악물었지만, 번번이 그 결심이 실수인 척, 우연인 척 느슨한 틈을 찾아 빠져나갔다. 포기해버릴까 싶은 생각도 많이 했다. 가족, 연인, 친구 등 다른 사람을 끌어들여 스스로를 못 본 척 밀어두면 모든 게 순조롭다는 걸 모르지 않았다. 하지만 그러지 않기로 작정하고 떠나온 한국이었다. 이십 년 넘게 이국땅에 살면서 오기 하나로 버틴 건, 예전 상태로 돌아가고 싶지 않아서였다. 나만 생각하고 살 거야, 나만. 귀연에게 그 '나만'은 언제나 그림을 의미했다. 그림은 귀연의 모든 감각이었고 신체였으며, 영혼 자체였다. 죽음과만 맞바꿀 수 있는 유일한 삶이었다.

랍비의 그림은 그런 귀연의 마음을 대변하고 있었다. 귀연은 타마라가 개략적인 설명만으로 그림을 폄훼하게 둘 수 없다고 생각한다. 설명을 대충 마무리 지으려는 타마라를 만류하며 관람객들을 붙잡는다.

아시다시피 렘브란트는 빛의 예술가였습니다. 그는 지나치게 어둡고 지나치게 밝은색의 대조, 즉 키아로스쿠로chiaroscuro라 불린 명암대비 기법을 통해 신비감을 증폭시켰습니다. 화가는 왜 이런 극명한 대비를 선호했을까요?

누군가 작게 말한다.

그림자가 짙을수록 빛은 더욱 강렬하니까?

어디서 많이 들어본 말이다. 비슷하게 흔한 다른 말도 나온다.

명암이 교차하는 삶을 표현한 게 아닐까요?

귀연이, 표정이 좋지 않은 타마라를 무시한 채 모두의 말이 맞다는 듯 고개를 끄덕인 후 설명을 더한다.

이 그림에서는 어두운 부분을 좀 더 적극적으로 볼 필요가 있습니다. 화가가 중요한 걸 감춰둔 곳이 바로 여기, 그림자일지 모르니까요. 랍비의 뒤, 이 컴컴한 곳에 엄청나게 많은 책이 꽂힌 책장이 있답니다. 책들이 보이나요?

사람들이 앞다투어 그림 가까이 고개를 들이민다. 무언가가 희미하게 보이는 것도 같다며 감탄을 연발한다. 귀연이 설명을 이어간다.

책상 아래 어두운 부분에 또 다른 물건이 있습니다. 연구자들이 언젠가 현미경으로 난방용품을 발견했지요. 랍비는 가난했습니다. 하지만 시린 발을 녹여가며 책 읽는 일을 중단하지 않았지요. 책과 난로와 뚜렷하게 알 수 없는 여러 다른 물건들……. 렘브란트는 이것들을 왜 선명하고 환하게 그리지 않았을까요? 어쩌면 어두운 곳에, 보이지 않는 곳에 진짜 삶이, 더 간절한 본질이 숨겨져 있다고 말하고 싶었던 건 아닐까요? 잃어버리고 싶지 않은 유일한 것, 결코 잃어서는 안 될 소중한 것을 그림자 속에 감춰두었을지도 모릅니다.

낮보다 더 주목해야 할 부분은 밤이다. 많은 걸 움켜쥔 쪽은 빛이 아닌 암흑이다. 귀연은 자신의 거의 전부를 움켜쥔게 밝음이 아닌 어두움이었으므로 여태 살아올 수 있었다고 생각한다. 그림자에 묻어두고 봉인할 수 없었다면 끝내 한국을 떠나지 못했으리라.

그러나 지금의 그림자는……. 귀연은 부지불식간 또 요세핀을 떠올린다. 자신조차 분간할 수 없는 검은 곳에 도사린 요세핀이 굳이 한국으로 가려는 이유를 이해할 수 없다. 차라리 아메리카나 아프리카로 떠난다고 했으면 반대하지 않았을 것이다. 요세핀은 왜 내가 모든 걸 버리고 떠난 한국으로 가려는 걸까? 거기에 도대체 뭐가 있길래…….

귀연은 내친김에 렘브란트 리서치의 결과에 승복할 수 없는 여러 정황도 설명한다. 사람들이 연신 고개를 끄덕이는 사이 안절부절못하던 타마라도 다소 차분해진다. 귀연이 마무리한다.

제가 아쉬워서 몇 마디 덧붙였습니다. 어쨌거나 인상적인 그림이어서요.

관람객들이 열렬히 손뼉을 치며 고개를 좌우로 흔든다. 귀연은 격한 감동을 표하는 그들의 동작을 유심히 본다. 똑같이 고개를 가로젓지만, 부정을 뜻할 때는 좀 더 고개를 세우고 긍정을 뜻할 때는 고개를 살짝 내린다. 작은 차이로 전혀 다른 뜻이 되는 것이다. 언제나 미세한 차이로 결정적인 국면을 맞고야 마는 삶처럼.

귀연은 정확히 같은 의미가 아니라 하더라도 얼마간 자신이 가리키는 바를 이해한 듯한 사람들이 기특하다. 투어를 가로챘으니, 타마라는 기분이 상했겠지. 하지만 귀연은 해야 할 말을 하지 않은 채 렘브란트의 그림을 떠날 수 없었다.

청바지 차림의 미국인 모녀가 귀연에게 다른 갤러리를 안내해줄 수 있는지 묻는다. 엄마와 딸은 부유한 티를 경박하게 드러내지 않으려고 오히려 검소하게 차려입은 듯 보인다. 되고말고! 귀연은 그들이 얼마만큼 미술관에 흥미를 갖고 있을지 가늠해본다. 한 시간 투어에 1만 유로. 잘하면 두 시간 투어도 가능할 것이다. 돈을 모아야 한다. 무슨 일이 있어도 갤러리를 내야 한다. 여전히 '나'만 생각하고 있다고 착각한 귀연이 만족스럽게 고개를 끄덕인다. 투어는 계속될 것이다.

용감하고 뻔뻔한 선택

오늘 산책은 춤추는 물 분수가 있는 공원이다. 마태가 머리부터 발끝까지 장신구를 치렁치렁 늘어뜨리고 여러 겹의 천이 덧대어진 검은 원피스를 입은 요세핀의 차림을 칭찬한다. 스크린에서 경쾌한 마성을 드러내곤 하는 영화배우 헬레나 본햄 카터 같단다. 마태는 말하곤 했다. "나는 군살 없는 네 몸에 반했어." 요세핀은 더할 나위 없이 가벼운 마태의 식견에 대체로 만족하는 편이다. 영혼을 사랑한다는 둥, 목숨 바쳐 사랑한다는 둥 하는 말들은 요세핀을 질리게 하기

일쑤였지만, 그저 몸이 아름답다고만 하는 칭찬은 전혀 부담스럽지 않았다. 마태는 거추장스러운 가식이 없었고, 골치 아픈 얘기 따위는 하려 들지 않았으며 할 줄도 몰랐다. 그는 태생적으로 현재에 충실했다. 미래의 어느 시점에서 자기애에 흠뻑 젖어 돌아보게 될, 과거로서의 현재를 사랑하는 감상적인 인간이 아니었다. 지금 발 딛고 선 적나라한 현재만을 열렬히 사랑할 줄 아는 인간이었다. 더군다나 마태는 어느 순간에도 요세핀의 내면을 다 알고 있다는 듯, 바로 그 내면을 사랑한다는 듯 진지하게 굴지 않았다. 요세핀은 그 점을 가장 높이 샀다.

요세핀은 지적이고 섬세한 사람이 보여주는 진지함이 얼마나 버거운지 이미 경험한 바 있었다. 진과 마찬가지로 한인 교회에서 교사를 했던 유 선생이 그랬다. 사실 그는 나름 괜찮은 사람이었다. 이성이나 감성 어느 면도 손색없이 고루 발달한 데다 그런 사람일수록 애써 은폐하려 드는 열등감이나 패배 의식도 많지 않았다. 하지만 요세핀은 언젠가부터 그와 있는 게 편하지 않았는데, 헤어지고서야 그 불편함이 얼마나 컸는지를 실감했다. 요세핀이 친구였던 마태를 연인으로 받아들인 건 그가 유 선생과 완전히 다른 사람이어서였다.

요세핀은 학교 친구를 따라 7학년 때 처음 한인 교회라는 데를 갔다. 맛있는 음식을 이것저것 맛볼 수 있는 점도 좋았지만, 무엇보다 한국 사람들이 궁금해서였다. 엄마가 나고 자란 나라, 그리고 떠나게 된 그 나라에 대해 알고 싶었다. 따지고 보면 이상할 것도 없는 끌림이었다.

엄마는 단 한 번도 한국 음식을 해준 적이 없었다. 한국 음식은커녕 요리라는 것 자체를 혐오하는 사람이었고, 기껏해야 슈퍼마켓에서 빵이나 고기 등을 사다 놓는 게 다였다. 한인 교회를 다니기 시작하면서 조금씩 맛본 음식들은 요세핀의 기대 이상이었다. 김밥이든 잡채든 고추장 불고기든 무엇이나 혀에 착착 감겼다. 요세핀은 특히 한국의 매운 음식들이 너무 좋았다. 유 선생과도 그 매운 음식 때문에 친해졌다.

이 감칠맛과 매운맛이 바로 한국의 맛이야. 헝가리 음식들은 뭐든 느끼하지?

그렇지 않아요. 구야쉬gulyás 수프에 매운 고추 넣어 먹으면 얼마나 칼칼한데요.

매운 고추 넣어 먹는 곳 못 봤는데?

엄청 매운 고추 넣어 먹는 데 알아요.

요세핀은 아는 게 있으면서 굳이 모르는 척할 필요가 없다고 생각했다. 아마도 상대가 유 선생이기 때문이었을 테지만 요세핀은 스스로 제 속마음을 알지 못하는 척 구야쉬 수프 핑계를 댔다.

유 선생은 기쁜 마음을 감추느라 애를 먹었다. 사실 그는 구야쉬가 아니라 다른 무엇을 핑계 삼아서라도 요세핀에게 접근했을 거였다. 단순한 호감만이 아니었다. 유 선생은 "첫 눈에 반하지 않고서 사랑이라 할 수 있을까?"라고 노래한 크로스토퍼 말로우의 말 그대로 급격하게 요세핀에게 빠져들었다. 그는 수프가 정말 매우면 자신이 꼭 계산하겠다며 요세핀을 불러냈다.

두 사람은 매워서 눈이 빨개지는 구야쉬 수프를 먹었고, 그 후로 자주 만났다. 암묵적인 동의하에 비밀리에 만났고 한 번도 입을 열어서 사귀느니 어쩌느니 하는 말을 꺼내지 않았지만, 두 사람은 분명 남들이 흔히 하는 연애를 했다. 유 선생은 좁은 한인 사회를 의식해 늘 조심스럽게 행동했으나 터져 나오는 사랑을 감출 수는 없었다.

유 선생은 좋은 사람이었다. 진한 스모키 화장을 하고 피어싱을 하고 머리카락을 물들이고 집시 같은 옷을 입고 다니는 요세핀을 편견 어린 시선으로 보지 않았다. 세속적인 여건을 두고 자신을 평가절상하는 부류도 아니었고, 요세핀의 고집이, 강함에서 비롯된 게 아니라 강한 체하고 싶은 마음에서 비롯되었다고 넘겨짚으며 보호자처럼 구는 권위적인 사람도 아니었다. 온갖 감상적인 태도로 요세핀에 대해 경탄하지만, 정작 자신의 남루한 감상에 더 경탄하고 마는 시시한 남자도 아니었다. 그러므로 요세핀 역시 한동안 유 선생에게 빠졌던 게 사실이었다. 그러나 말 그대로 '한동안'일 뿐이었다. 요세핀의 사랑은 오래가지 않았다. 사랑이라는 게 사람들이 흔히 말하듯, 상대가 끊임없이 보고 싶고 몸이 뜨거워지면서 까닭 없이 슬프기도 한 그런 감정이라면, 그 감정은 '그때는' 유효했다. 그러나 곧 사라져버렸다. 요세핀은 강렬하지 않은 감정에 미련을 두지 않았고, 변해버린 마음을 그대로 방치하지도 않았다. 요세핀은 곧 유 선생을 왜 좋아했는지 잊어버렸고, 다시 생각해내려고 애쓰지도 않았다. 사실, 잦은 가출과 반항으로 세상을 일찍 맛본 요세핀에게 그런 감정은 처음도 아니었고 단 한 번인 것도 아니었으며 영원한 것도 아니었다.

그건 요세핀 스스로도 제어할 수 없는 모종의 '문' 같은 것 때문일지 몰랐다. 요세핀은 유 선생만이 아니라 그 누구라도 제게 깊이 들어오는 걸 허락하고 싶지 않았다. 딱 거기까지만. 그렇게 말하고 싶은 지점이 있었다. 어설픈 상징일지언정 피어싱과 문신이 도움이 되었다. 요세핀은 눈썹 아래며 코, 혀에 뚫은 구멍과 그 구멍에 끼운 구슬이나 고리 등이 보초병처럼 문을 지킨다고 느꼈다. 어쩌면 유 선생이 그

문을 너무 '진지하게' 활짝 열려고 한 게 잘못이었을 수 있었다. 요세핀은 경계했고 얼른 유 선생을 떠밀어냈다. 싫었다. 다른 이유를 대지 않았다. 떠올릴 수도 없었다. "선생님이 싫어졌어요." 그게 전부였고 사실이었다.

유일하게 마음에 걸리는 건 유 선생이 지나치게 좋은 사람이라는 점이었다. 요세핀은 그런 사람을 괴롭히고 싶지 않았다. 헤어진 지 반년이 되도록 '사랑이 아니어도 괜찮다'는 듯 안부를 물어오는 그에게 희망 고문 따위를 하고 싶진 않았다.

그러나 지금 요세핀은 유 선생이 필요하다. 약탈과 살인도 불사한 먼 옛날의 기마인처럼 용감하고 뻔뻔한 선택을 해야만 할 것이다. 잠시 고개를 젖히고 하늘을 보던 요세핀이 마음을 굳힌 듯 전화기를 꺼낸다. 몇 번의 신호음이 이어진 후, 비현실적으로 가까이 있을 것만 같은 유 선생이 전화를 받는다.

선생님, 저 요세핀이에요.

응. 잘 지냈어?

저음의 부드러운 음성, 상처받은 일 없다는 듯한 차분한 목소리다. 유 선생은 요세핀이 설명하는 내용을 조용히 들으며 가끔 응, 하고 대답한다. 예전의 그 '응'은 삽삽한 친밀감을 뜻했다. 지금은 기분이 나쁘다거나 슬프다는 인상을 주지 않기 위한 강한 절제를 뜻하는 듯하다.

풀 사이즈 바이올린 하나랑 지터르zither예요.

알았어. 최대한 빨리 알아봐 달라는 거지?

네.

요세핀은 담담한 유 선생의 목소리를 통해 간신히 지탱했던 그의 자존심이 무너지는 소리를 듣는다. 미안하지 않은 건 아니다. 통화하는 내내 제 옷에 붙어 있는 스팽글 장식 하나를 맹렬히 돌려댄 게 증거다. 유 선생은 치졸하게 보이기를 원치 않을 테고 책임감도 강한 사람이니 금방 연락을 줄 것이다. 요세핀은 미숙하지 않다고 오기를 부리는 자신의 세계가 한숨 내쉬는 소리를 듣는다. 착하고 점잖은 사람에게 또다시 상처를 주었을 스스로가 한심하다. 그러나 필요한 일이라는 생각에 오래 자책하지 않는다. 실이 늘어진 스팽글 장식 하나가 기어이 옷에서 떨어진다. 한 줄에 꿰여 있던 다른 구슬 몇 개도 같이 떨어져 나간다.

요세핀이 마음을 다잡기 위해 난도의 장난감 공을 힘껏 던진다. 공을 물어오는 난도의 털이 연민 따위는 모를 표범처럼 번들거린다. 요세핀이 개를 쓰다듬으며 말한다.

가자, 계속 산책하는 거야.

요세핀이 검은 앵클부츠를 성큼 내밀며 걷기 시작하자,

마태도 난도도 씨엉씨엉 따라나선다. 음악에 따라 춤을 추는 물 분수의 하얀 날개가 세상을 관조하며 퍼덕이고 있다. 지나치게 초록인 나뭇잎도, 너무 부드러운 풀잎도, 심하게 단단한 자갈들도 모두 빛난다. 요컨대, 햇빛 아래 반짝이지 않는 것이 없다.

◦ D-7 ◦

구야쉬 수프

우둘투둘한 돌길을 따라 준수한 외모의 젊은이가 걸어온다. 깔끔하게 면도한 얼굴과 단정한 옷차림이, 반듯한 그의 성품을 가감 없이 드러낸다. 젊은이는 피아노도 잘 친다. 그가 다니는 리스트 음대는, 아침에 매일 먹는 삶은 달걀만큼이나 클래식이 친숙한 유럽 사람들도 들어가지 못해 안달하는 곳이다.

그가 내 맞은편 자리에 다소곳이 앉는다. 자세를 잡기 위해 의자를 끌어당기는 동작에서 훈련된 교육의 힘이 물씬 느껴진다. 어쨌거나 참한 젊은이다. 나는 그의 몫으로 롱 커피 한 잔을 더 주문한다.

오셨군요. 여행은 어떠셨나요?

특별할 게 뭐 있나. 서울에서 빈까지 기내식은 훌륭했고, 빈에서 헝가리까지는 귀가 아파서 좀 고생했어.

담배 하나 피워도 돼요?

유 선생이 테이블에 놓인 내 담배를 가리킨다. 속이 타기도 하겠다 생각하며 그에게 담배와 라이터를 밀어준다.

에쎄esse네요. 여기서는 구하기 힘든데.

한국에서 일부러 챙겨 왔지.

에쎄가 존재, 실재라는 뜻이라죠.

아, 그런가? 담배 이름치고는 너무 거창하고만.

내가 알기로 유 선생은 담배를 피워본 적이 거의 없다. 그러나 그는 초보처럼 콜록거리지도 않고 자세를 어떻게 잡아야 할지 당황하지도 않은 채 연기를 뿜는다. 실연이, 그가 한참 후에나 가지게 될 원숙함을 미리 끌어들인 탓이리라. 그 실연이나 또 다른 어떤 사연에도 무연無緣할 뿐인 바람이 길쪽에서 우리가 앉은 노천카페로 불어온다. 바람을 타고, 삐딱하지도 너저분하지도 않은 담배 연기가 차분하게 날린다. 나는 그가 요세핀이 준 상처를 어떻게 감당하고 있는지 궁금하다.

잘 지내고 있는 거지?

아시면서……. 그 애가 했던 말, 제가 싫어졌다는 거 정말이었을까요?

그 애가 그렇게 말했던가?

왜 싫어진 걸까요? 우리는 한참 불타올랐고, 권태기가 올 틈도 없었다고요.

유 선생은 사실, 자신이 요세핀에게 과분하면 과분했지 모자란 인간은 아니라고 내심 생각하고 있을지 모른다. 하지만 그가 배우고 체화해낸 배려나 겸손 때문에 결코 그렇게 말하지는 않을 것이다. 이 훌륭한 젊은이는 자신을 버린 상대에 대해 억울한 마음을 갖지 않으려고 죽을힘을 다해 노력한다. 막무가내로 화를 내는 사람들보다 갑절로 고달플 테지…….

요세핀이 느닷없이 더는 만나지 않겠다고 했을 때, 유 선생은 타당한 이유 없이는 받아들일 수 없다는 태도로 침묵했다. 교육이라는 것에 젖어 본 일 없는 요세핀은 자신의 상태를 설명할 다른 방법을 알지 못해, 다만 이렇게 말했다. "그냥, 선생님이 싫어졌어요." 가장 요세핀다운, 솔직한 말이기도 했다.

나는 요세핀이 그렇게 일방적인 이별 통보를 하기 전에 교회에서 유 선생의 어머니를 본 적이 있다는 사실을 알고 있다. 유 선생의 어머니는 아들을 보기 위해 한국에서 남편과 함께 부다페스트에 잠시 다니러 온 참이었다. 추수감사절 예배라 한층 식탁이 풍성했던 주일, 요세핀은 뷔페식으로 차려진 테이블을 돌면서 우연히 유 선생의 어머니 옆에 서게 되었다. 여인은 귀와 코에 피어싱을 하고 목에 문신을 한 요세핀을 무심히 일별했다. 그녀는 아들과 요세핀의 관계를 알지 못했으므로 요세핀에게 아무런 관심을 주지도, 말을 건네지도 않았다. 그러나 요세핀은, 유 선생의 어머니를 본 순간 그간 간과했던 유 선생의 모습을 제대로 보게 되고야 말았다.

요세핀은 젊은 피부에 때 이르게 생긴 진한 기미를 보기라도 한 것처럼 악, 소리가 나는 것을 가까스로 누르며 생각에 잠겼다. 유 선생은 다정한 사람이었다. 제 감정보다 요세핀의 감정을 먼저 챙겼고, 행여 그 감정 때문에 자신의 이성이 교란당해도 너그럽게 넘겼다. 착하고 성숙한 사람이었다. 하지만 요세핀은 그런 선함과 배려가 불편했는데 왜 그런지는 알 수 없었다. 유 선생의 어머니를 만나자 조금 선명해졌다. 그간 흐릿했던 거부감에 비로소 윤곽이 생긴 듯도 했다. 요세핀이 본 건……. 그건 순수하게 요세핀을 사랑했을 뿐이고 마마보이 같은 자도 아닌 유 선생으로서는 억울한 일일 수 있었다. 요세핀으로서도 괴롭지 않은 게 아니었다. 하지만 요세핀은 터틀넥 스웨터를 입었을 때처럼 계속 목 조이는 기분이고 싶지 않았다. 요세핀은 갑작스레 이별을 선언했다. 유 선생이 그런 요세핀을 이해하지 못하는 건 당연했다.

요세핀이 떠난 게 자네 잘못이라고 생각하나?

어쩌면요. 저는 함께 영화를 보고 이야기를 나누고 잠깐씩 살이 닿아 짜릿하기도 한 물리적인 진행에만 취해 있었어요. 요세핀의 마음이 변하는 걸 보지 못했어요.

변하지 않는 마음이라는 게 있겠나?

제 마음은 변하지 않았으니까요. 전 오래전부터 그 애에게 빠져 있었어요.

알아. 고등부 선생을 자처한 것도 요세핀 때문이었잖아. 종교적 사명인 척하면서 요세핀을 포함한 아이들 전부를 불러내서 소풍도 가고 음악회도 데려갔지.

제가 잘못했나요?

아니야. 젊은 날에 좋아하는 사람을 위해 그 정도도 못 하겠나?

그 애가 그리워요. 그 애 눈썹에 달린 고리, 그 애 입술을 뚫고 있는 살기 어린 바늘, 작고 단단한 턱, 도전적인 눈빛, 단호한 말투……. 어느 것 하나 그립지 않은 게 없어요.

유 선생은, 지나치게 젊으므로 유순할 수만은 없는 슬픔에 깊이 매몰되어 있다. 나는 어쩐지 가슴이 뭉클해져서 소용도 없을 몇 마디를 주억거린다.

내가 알기로는 요세핀도 자네를 사랑했네.

그런데 왜 마음이 변했을까요?

내가 어찌 알겠나. 여자들 마음을 잘 알았으면 내가 이리 혼자 여행을 왔겠는가?

뛰어난 피아니스트가 될 이 전도유망한 젊은이는 결코 알 수 없을 것이다. 두 사람 사이에 꼬리를 퇴화시킨 동물과 진화시킨 동물만큼이나 복잡한 차이가 존재한다는 것을. 교회를 그렇게 오래 다녔어도 그는 결코, 바벨탑이 무너진 후의 소통불능 상태에 대해 이해할 수 없을 것이다. 어찌 알겠는가? 요세핀은 알았다기보다 느꼈다. 같은 동양어지만 중국어와 일본어가 다르고, 또 같은 유럽어지만 영어와 헝가리어가 다르다는 사실만큼이나 유 선생과 자신이 다르다는 사실을, 또한 언젠가 유 선생의 손가락 하나까지도 낯설어지는 순간이 오리라는 것을 감지했다. 그러니까 요세핀이 유 선생의 어머니를 통해 본 건, 사랑이라는 이름의 사슬일지 몰랐다. 자신을 점차 소외시키다가 언젠가는 완전히 말살해 버릴 수도 있을 어떤 사랑에 대한 본능적인 거부감……. 하지만 요세핀은 유 선생에게 제대로 설명할 수 없어서 그냥 내빼버렸다. 물론 더 강해진 후라면, 다른 선택을 했을지도 모른다.

유 선생이 이번에는 물어보지도 않고 내 담배를 하나 더 꺼내 피워 문다. 그는 마음을 다친 인간이 오 밀리미터 두께,

십여 센티미터 길이의 하얀 원기둥에 의존할 수밖에 없는 세상, 그 취약한 세상을 조금씩 알아가고 있다. 하지만 그가 요세핀과 같은 사람을 온전히 알 날이 올까…….

저는 부모 잘 만나 누릴 거 다 누리면서 허영에만 들떠 있는 그런 놈 아니에요. 전 요세핀에게 진심이었어요.

누가 아니래? 그건 요세핀도 잘 알 거야.

그런데 요세핀은 왜 저한테 못되게 구는 걸까요? 어제는 저한테 아무렇지도 않게 악기를 팔아달라고 했어요.

헤어진 지 얼마나 됐지?

마지막으로 얼굴 본 게 육 개월 전입니다. 하지만 매일 꿈에서 요세핀을 봐요. 그간 무심한 척하려고 애썼어요. 교회에서 행사가 있으면 문자로 연락하고, 음악회 초대권도 보내고……. 여전히 너무 사랑해요.

기다리면 돌아올 줄 알았나 보군.

요세핀은 아직 어리니까요. 감정이 바뀔 수도 있다고 생각했어요.

나는 속이 타는 젊은이에게 한국에서 가져온 담배를 모조리 다 빼앗길지 몰라 슬그머니 담배와 라이터를 셔츠 윗주머니에 챙겨 넣는다. 그러는 나와 눈이 마주친 웨이터가 환하게 웃으며 다가오더니 더 필요한 게 있는지 묻는다. 유 선생이 맥주 두 잔을 주문한다.

제가 계산할게요. 시원한 게 마시고 싶어서요.

꼭 자네가 계산해야 하네.

맥주는 한 잔에서 두 잔이 되고, 두 잔에서 넉 잔, 여덟 잔으로 마구 늘어난다. 술을 잘 마시지 못하는 유 선생은 금방 취한다. 그가 꼬부라진 혀로 꼬부라진 기억을 펼쳐낸다.

제가 처음으로 요세핀을 따로 불러낸 게 언제인지 아십니까?

왜 모르겠나? 구야쉬 수프 먹으러 가자고 했을 때 아닌가?

그때 제가 얼마나 기뻤는지 모르실 겁니다.

그가 말하는 기쁨을 흐리마리 흩어버릴 엄청난 졸음이 그를 장악하는 게 보인다.

단둘이 만날 수 있는 핑계……, 핑곗거리가 처음으로 생겼으니까요.

그가 잠꼬대하는 것처럼 요세핀의 이름을 웅얼거리더니 철퍼덕, 테이블 위에 엎어진다. 두 사람의 교집합이 기껏 구야쉬 수프 한 그릇 정도에 불과하다는 사실을 알지 못하는 찬란한 젊음이 함께 엎어진다. 사랑이 매운 수프 한 그릇만큼, 딱 그만큼이라면 얼마나 좋을까? 앞으로도 더 상처받을, 그리고 또 마땅히 그래야만 할 그가 가엽다. 나는 새 에쎄, 소위 존재 한 갑을 꺼내 테이블에 놓고는 일어선다. 어쩔 수 없이 술값은 내가 계산한다.

눈썹뼈를 지켜내는 시간

다소 민망하지만 내가 얼마 전에 젊은 부부의 잠자리를 지켜보았다는 사실을 말해야만 하겠다. 그 안락한 침대에서 남편은 아내를 사랑한다고 믿었으며 아내 역시 남편을 사랑한다고 생각했다. 솔직히 나는 그런 게 사랑인지, 사랑이 아니라면 다른 무엇인지 알지 못한다.

아내가 남편의 배꼽 언저리를 부드럽게 혀로 핥았다. 운동을 게을리하지 않는 남편의 탄력 있는 근육들이 일제히 역동적으로 반응했다. 사다리꼴이거나 네모꼴인 복근들이 단단하게 경직되고 가슴께의 대흉근이 터질 듯 부풀어 올랐다. 아내의 입술이 조금씩 아래로 위치를 옮길 때마다 허벅지며 종아리의 살들이 성실하게 반응하며 떨렸다. 어떻게 하면 남편을 쉽게 흥분시킬 수 있는지 아내는 잘 알고 있었다. 그간의 결혼 생활이 요리나 청소처럼 부지불식간 섹스의 요령을 터득하게 해서였다. 아내는 식재료를 계량하듯 정확히 수위를 조절하곤 했다. 남편이 너무 오래 발기하면 제가 힘에 부쳤고, 너무 빨리 사정하면 자존감을 세우지 못한 그가 시무룩해졌기 때문이다. 남편은 전적으로 아내를 신뢰했다.

아내가 남편의 몸 위에 걸터앉은 채 슬립의 한쪽 끈을 내렸다. 그녀의 작은 어깨가 흘러내린 끈 때문에 더욱 도드라져 보이는가 싶더니 순식간에 알몸이 되었다. 아내는 어떻게 하면 몸이 더 예쁘게 보이는지 알았다. 그녀가 풍만한 가슴과 뾰족해진 젖꼭지로 남편의 무릎 언저리를 자극했다. 우연히 닿는 것 같았지만 세밀한 계산이 저변에 깔려 있었다. 보드라운 혀가 샅 사이에 닿자마자 남편이 낮게 신음했다. 아내는 불두덩 아래 어디쯤이 남편을 넘어가게 할 수 있는 포인트인지도 잘 알았다. 정확히 그 부위에 다다르자 남편이 전신을 가볍게 떨었다. 고환의 아래로부터 사지의 끝까지 전해져가는 긴장과 이완을, 아내는 놓치지 않았다. 남편의 혈관들이 다급하게 돌기 시작했고 경직되었던 살이 일시적으로 말랑말랑해졌다. 그의 핏줄 불거진 손이 아내의 머리카락을 그러쥔 사이, 아내가 입 안 깊숙이 남편의 성기를 넣었다. 남편은 아내의 통제 아래서 어찌할 바를 몰랐다. 작은 전쟁이 시작되었다. 아내에게 온전히 먹히지는 않으려는 남편과 남편을 통째로 삼키려는 아내 사이의 긴장이, 긴장이 아닌 다른 감정인 척하며 돌아다녔다. 아내는 남편을 숫제 가루로 만들 수도 있을 것 같은 힘을 과시하며 쾌감을 느꼈다. 그를 어루만져주고 북돋아주고 기쁘게도 하고 슬프게도 만드는 동안, 즉 그를 함부로 좌지우지하는 동안, 아내는 '사랑을 느낀다'고 여겼다. 그녀는 허리를 쭉 펴고 뿌리를 더욱 깊게 내리기 위해 애를 썼다. 그를 떠나지 않으리라 다시 한번 되뇌었다. 혼자라서 가슴이 서늘한 밤 같은 것을 다시는 갖지 않으리라. 아내는 제 영역 안에 들어온 모든 것을 하나도 놓치지 않겠다는 듯 온몸에 힘을 주었다.

아내는 쾌감의 극에 달할 때면 늘 하던 버릇대로 남편의 눈썹뼈를 지그시 깨물었다. 그녀는 인류의 역사만큼이나 오래되고 단단해 보이는 그 뼈의 촉감을 좋아했다. 눈썹뼈에서는 미끈한 피부밑에 감춰져 있을 법한 석회질과 칼슘의 냄새가 났고, 고고학자가 발견한 동굴에서나 맡을 성싶은 곰팡내가 났다. 아내는 인간이 살을 맞대며 서로를 품고 안았던 오랜 역사를 떠올렸다. 그 역사는 아주 잠깐 의지가 되지만 훨씬 길게 구속이 되는 시간을 포함하고 있을 거였다. 모르지 않았다. 영역을 지켜내기 위해서, 의미 있을지 모를 여러 기회를 고의로 놓쳐야 할 것이다. 흘려보내서는 안 될 자유조차 무시해야만 할 것이다. 하지만 아내는 영역을 지켜내는 쪽을 택하리라 결심했다. 그렇게 할 수밖에 없다고 생각했다.

맹렬한 기운이 부부를 동시에 덮쳤다. 몽글거리다 곧 터져버리고야 말 것 같은 알 수 없는 서러움이 엄습해서, 아내가 눈에 크게 힘을 주었다. 완전히 몸이 풀린 남편이 철퍼덕 쓰러졌다.

이거면 족하잖아? 효령이 내게 질문 가득한 눈길을 보냈다. 자신들의 잠자리를 지켜본 나를 탓하지는 않았다. 처음부터 작정하고 덤벼서 이뤄낸 결혼이었고, 남편에게 다른 걸 바란 적이 없다고 말하고 싶은 듯했다. 내가 나도 모르겠다고 고개를 가로저었다면, 그녀가 화를 냈을까?

결혼 전 효령의 남편은 낡고 오래된 동네에서긴 해도 번듯한 찻집을 운영하던 늦깎이 총각이었다. 밥벌이나 하라고 부모님이 차려준 가게에서 소심하게 카운터를 오가던 남편에게 고등학교 졸업도 하지 않은 효령이 덥석 몸을 허락한 것은, 고달팠기 때문이었다.

효령은 초등학교에 다닐 때부터 끼니를 걱정해야 했다. 드나들던 단골들이 무당의 신기가 예전 같지 않다는 걸 알아차리고는 발길을 끊어서였다. 나가는 것만을 목표로 들어오곤 하던 아버지마저 완전히 사라져버려서였다. 엄마는 서서히 정신을 놓았다. 더는 다른 사람의 사주나 관상을 봐줄 수 없었다. 쌀이나 감자 등을 들고 와 시원찮은 풀이라도 해 달라고 요청하는 사람마저 눈에 띄게 줄자 효령은 굶지 않기 위해 닥치는 대로 일을 했다. 일할 사람이 필요한 동네 가게 중 효령이 거치지 않은 곳이 없었다. 효령은 미성년이라고 측은히 여기기보다 미성년이니까 더 심하게 착취하려 드는 동네에서 집 없는 개처럼 떠돌았다.

효령이 아기를 가진 후 서둘러 남편과 결혼식을 올렸을 때, 말 많은 주변 사람들은 색시가 되바라졌다거나 나이 차가 너무 난다거나 하며 혀를 찼다. 하지만 효령은 행복했다. 앞으로는 밤새 택배 상품을 포장하지도 않을 테고, 편의점 주인으로부터 도둑년 소리를 듣지도 않을 테니까. 무엇보다 영원히 자신을 떠나지 않을 든든한 제 편이 생길 테니까.

효령은 남편에게 감사했다. 남편이 제공한 집과 음식과 돈, 모든 게 고마웠다. 남편은 효령이 굳이 그럴 필요가 없다고 했는데도 불구하고 효령의 어머니까지 보살폈다. 운도 따랐다. 뜻밖에 동네가 재개발된 후, 남편은 아파트단지 내 목이 가장 좋은 상가에 번듯한 베이커리 카페를 열기도 했다. 나날이 형편이 좋아졌다. 효령은 남편을 사랑하지 않을 이유가 없다고 생각했다.

효령이 나른한 잠에 빠져든 남편 곁을 떠나 욕실로 향했다. 욕실까지 따라가고 싶지 않았지만 나는 그녀의 생각이 궁금했다. 허구에 전복된 실재처럼 황망하게 엉킨 머리카락을 틀어 올리는 효령에게 내가 물었다. 그런데 사람들이 흔히 '영혼의 교감'이라든가 '운명' 따위를 얘기하잖아. 남편에게 그런 걸 느껴? 효령이 샤워기를 틀며 답했다. 그런 건, 살아 있는 상태로 죽어본 적 없는 자들이 떠드는 헛소리에 불과해……. 눈을 뜨고 있다고…… 숨만 쉰다고……. 멍청한……. 그녀의 목소리가 물소리, 해들해들 웃는 소리에 섞여 잘 들리지 않았다. 후회하지 않아? 내가 다소 목청을 높여 물었다. 효령이 샤워기를 끄더니, 뿌연 거울을 닦아내며 거울에 비친 내게 반문했다. 윤지 아빠, 진짜 멋진 눈썹뼈를 갖고 있어요. 그렇지 않나요? 나는 어떻게 답해야 할지 알 수 없었다. 멋진 눈썹도 아니고, 눈썹뼈라니. 도대체 어떻게 생겨야 멋진 뼈가 되는 건지…….

효령이 다시 물을 틀더니, 순탄한 인생처럼 곧게 쏟아지는 물줄기 사이로 몸을 밀어 넣었다. 아이를 낳았는데도 아무렇게나 내버려 둔 흔적이 없는 아름다운 몸이었다. 그러나 아름다움이 지나쳐 슬퍼 보이는 몸……. 어쩐지 나는 살짝 화가 났다. 눈썹뼈만 있으면 족하다는 거야? 효령이 돌연 두 손으로 눈을 가렸다. 긴장한 잠자리의 날개처럼, 손가락이 파르르 떨리고 있었다. 다른 어떤 게 더 필요하죠? 나는 효령이 자진해서 찾은 귀연과 한국으로 불러들이기까지 하려는 요세핀, 그리고 무당 등에 대해 더 물어보려다 입을 닫았다. 효령이 울고 있었기 때문이다. 살아 있는 상태로 죽어 본 적 있는 자의 쓰디쓴 뿌연 눈물. 나는 조용히 물러났다. 효령을 울릴 생각은 결코 없었다.

라이크스 미술관에서

사랑에 빠지지 않았던 두 남녀에 대한 기억이 떠오른다. 이십 년도 더 전의 일이다.

한 남자가, 그림을 보고 다니는 동양 여자를 발견했다. 한동안 서울에 살았던 그 오스트리아인은 여자가 한국인임을 한눈에 알아보았다. 유창한 한국어 실력을 갖춘 데다 미술사에 제법 해박한 남자는 쉽게 여자를 유혹할 수 있으리라 생각했다. 여자가 눈에 들어온 이유는, 그녀가 다른 사람들처럼 구경 삼아 미술관을 둘러보는 게 아니라 죽을 듯한 표정으로 그림을 보았기 때문이다. 여자의 얼굴은 우스꽝스러울 정도로 진지했다. 큐레이터와 함께 한 시간 남짓 투어를 했는데도 여자는 잘생긴 남자에게 눈길 한 번 주지 않았다. 물론 다른 사람을 보았던 것도 아니다. 여자에게는 오직 그림만 소중한 것 같았는데, 그래서 남자는 관심이 더 쏠렸다.

1999년, 네덜란드 암스테르담의 라이크스 미술관. 그림에 미쳐 있는 우울한 여자와 그 여자에게 미치고 싶은 미숙한 남자가 만났다. 여자는 아사 직전의 아버지에게 젖을 물리는 장면이라는 루벤스의 그림 앞에 오래 머물러 있었다. 딸의 가슴에 입을 대고 있는 몽롱한 눈빛의 아버지……. 여자는 도저히 굶어 죽기 직전이라고는 볼 수 없는 노인의 근육질 몸을 보며, 뭔가 부당하다고 생각하는 게 틀림없었다.

남자는 같은 주제의 그림을 여러 장 그렸던 루벤스 역시 효성의 극치라는 그 이야기에 의문을 품었다고 한 어느 평론가의 글을 읽은 적이 있었다. 사실 주제를 딸의 갸륵한 정성 정도로만 몰아가기에는 아버지의 몸이 지나치게 건장했다. 역동적인 몸에 관심을 가진 바로크 화가가 굶어 죽어가는 사람을 어떻게 묘사해야 하는지 모를 리 없었다. 하지만 그림 속 아버지는 얼굴은 늙은 동방박사이되 몸은 머리카락이 잘리기 전의 삼손이었다.

남자는 여자의 가장 큰 관심사이며, 그러하기에 접점이 될 수도 있을 '그림'을 이용하기로 작정했다.

한국분이죠? 효에 관한 그림치고는 논란의 여지가 많은 작품입니다. 수십 명의 화가와 조각가들이 이 「로마의 자비」라는 주제에 도전했어요. 어떤 비평가는 에로틱한 눈빛을 한 페로가 지나치게 건강한 아버지 키몬의 머리를 쓰다듬거나 껴안는 장면에 근친상간의 욕망이 숨어 있다고 해석합니다. 또 어떤 비평가는 뒤로 손이 묶인 키몬에게서 마조히즘에 대한 단서를 보기도 하고, 남성에게 면죄부를 주는 남성 우월주의를 보기도 합니다.

여자는 거의 완벽한 한국어를 구사하는, 게다가 '효孝'라는 단어까지 아는 회색 눈의 외국인에게 비로소 눈길을 주었다. 남자가 자신을 중국인이나 일본인으로 보지 않고 정확히 한국인으로 본 것이나 그림에 대한 자신의 의문을 모조리 간파한 듯 전문적인 설명을 쏟아내는 게 신기했다. 그러나 똑똑하기 이를 데 없는 여자는 남자를 쳐다보다가 느닷없이 나를 보았다. 나는 그 동네에서 잘 쓰는 동작대로 양손을 벌리면서 어쩔 수 없다는 뜻을 전달했다. 여자는 그들의 만남이 그렇게 시작되도록 설정한 내가 못마땅한 모양이었다. 나로서는 도망치듯 한국을 떠나온 그녀에게 달리 어떤 길을 제시해야 할지 알지 못했다. 어쨌거나 자신이 맞을 채찍은 다른 누구도 아닌 자신이 선택하는 법이다. 나는 할 말이 많은 눈길로 나를 쏘아보는 시선을 어물쩍 피했다. 남자가 나서서 여자의 관심을 가까스로 돌렸다.

루벤스의 그림이 돋보이는 이유는 딸의 표정이 너무나 오묘하기 때문입니다. 페로는 아버지를 측은하게 여기면서도 어쩔 수 없는 성적인 자극에 수치스러워하는 듯 보입니다. 젊은 딸의 나이로 보나 독립운동을 할 정도의 정열을 가늠해보나, 남자는 기껏해야 사오십 대일 겁니다. 그러나 루벤스는 변명을 하기 위한 듯 폭삭 늙은 얼굴을 그렸지요. 하지만 보세요. 이 몸이 늙은 몸일까요? 키몬과 페로의 이야기는 실화에 근거한 게 아니라 『로마의 기념할 만한 업적과 기록들』을 펴낸 발레리우스 막시무스의 순수 창작품이었다는 설이 있어요. 이 그림이 실제 사건을 옮긴 건지 교훈을 위해 창작한 건지는, 이천 년이 지난 지금은 아무도 알 수가 없지요.

여자는 입을 꾹 다물고 있었지만 그림과 남자를 번갈아 보는 것으로 보아, 얼마간 마음이 움직인 듯했다. 프란츠는 여자의 표정이 미세하게 변했다고 느끼며 내게 살짝 윙크했다. 애초에 그에게 방법을 알려준 것은 나였다. 남자는 자신이 안달이 났다는 인상을 주지 않도록 가급적 담담하게 말했다. 여자가 적당한 방어기제를 작동시키기 전에 재빨리 비집고 들어가려는 속셈이었다.

그라츠의 란데스 미술관에, 루벤스가 같은 주제로 그린 다른 그림이 있어요. 거기서 키몬은 정말 절실해 보여서 먹고 있는 게 젖인지 무엇인지도 잘 모르겠다는 표정이고, 페로는 그런 아버지를 마치 아기처럼 바라보며 침착하게 젖을 먹이고 있지요. 카를로 씨나니라고 들어봤나요? 그의 그림에선 딸의 표정이 지나치게 사건과 무관해서 왠지 비현실적으로 느껴져요. 그뢰즈의 그림이라면 좀 더 현실적이긴 합니다. 키몬은 손이 풀려 있는데 양손을 벌려 어쩔 수 없다는 듯한 제스처를 취하고 있거든요.

여자는 조금 전의 나 역시 그런 동작을 취했다는 게 생각난 모양이었다. 다시 나를 보았으나 이내 시선을 돌렸다. 보이는 게 전부가 아니라는 걸 자주 의식하지는 않는 남자가 착각에 빠진 채 악수를 청했다.

내 이름은 프란츠 슈나이더, 오스트리아 태생입니다. 한국에서 오 년을 살았어요. 저 혼자 내내 반가웠네요.

…….

한국에서 유럽으로 돌아온 지는 일 년쯤 되었습니다. 내 한국말 꽤 괜찮지 않나요? 대학에서 언어학을 전공했어요.

…….

남자는 사실 자신의 한국말이 아니라 한국말을 하는 자신이 꽤 괜찮지 않냐고 묻고 있었다. 여자는 한국어를 하는 외국인이든 외국어를 하는 한국인이든 관심이 없었다. 그러나 내가 그를 데려온 걸 아는 데다 얼마간 자포자기했으므로 마침내 또박또박 말했다.

귀연 리, 이귀연입니다.

낙천적인 남자는 여자가 끝내 자신이 내민 손을 잡지 않았다는 사실을 재빨리 무시했다. 열릴 것 같지 않던 여자의 입이 열렸다는 데에만 의미를 두었다.

미술관의 무료 투어는 일정이 모두 끝났어요. 저는 이곳에 있는 다른 그림도 아주 재미있게 설명해드릴 수 있죠.

그런데 아까 가이드도 그렇고, 여기서는 모두 시몬을 키몬이라고 발음하는군요.

여자가 이 만남을 후회하게 될 것이며 자신 역시 그러하리라는 사실을 아직 모르는 남자가 사소한 반응에 기뻐했다. 남자는 여자를 사랑하게 될 것이라, 아니 이미 사랑하고 있다고 여겼다. 귀에 울리는 종소리가 증거였다. 웅장한 성당 종탑에서 울리는 소리가 아니라 산타의 썰매나 루돌프의 목에 달린 방울 같은 것에서 나는 소리였다. 그러나 상관없었다. 프란츠는 그런 걸 까다롭게 구분하는 유형의 인간이 아니었다.

시저나 카이저나죠. 시몬이나 사이먼이면 어떻고 키몬이면 또 어떻습니까? 문 닫을 시간이 얼마 남지 않았는데, 좀 더 보실래요?

여자가 순순히 남자를 따랐다. 남자는 한국에서 만났던 이런저런 여자들을 떠올렸다. 매력적인 여자들이었다. 그러나 눈앞에 있는 여자가 그 모두를 능가한다고 생각했다. 다른 여자들처럼 쉽지 않았기에 더 그랬다. 그는 이국적인 외모와 화려한 언술로 끝없이 여자들을 만났던 즐거운 한국 생활을 떠올렸다. 유럽으로 돌아온 후 무료함에 젖어 있던 그의 영혼이 돌연 활기를 띠었다.

미술사를 공부하고 싶었는데, 어쩌다 보니 전혀 다른 일을 하고 있어요. 덕분에 한국도 갔다 오긴 했지만……. 친구 중에는 제 뜻대로 계속 그림을 그려 지금은 꽤 자리를 잡은 화가들이 있어요. 그들이 제일 부럽죠.

남자의 예상대로, 혹은 내 예상대로 여자는 '화가'라는 말에 반응을 보였다. 암스테르담의 미술관에서 그림에 홀려 있는 이 여자는 화가가 되고 싶은 모양이라고 남자는 추측했다. 여자에게서 행운을 믿지 않는 자들 특유의 경계심이 흘렀지만 동시에, 불운에서 막 빠져나온 자가 갖는 느슨함도 감지되었다. 남자는 스스로도 감탄해 마지않는 유려한 설명을 한 차례 더 쏟아부은 후 여자와 함께 미술관을 나섰다. 낮과는 달리 싸늘해져 있는 날씨를 핑계 삼아 남자가 재킷을 벗어 여자에게 둘러주었다. 거절하리라 생각했는데, 어쩐 일인지 여자가 가만히 있었다. 모호한 것을 확실한 것으로 끌어올리는 데 능한 남자가 식사를 할 수 있는 레스토랑으로 여자를 안내했다.

프란츠는 여러 날, 여러 곳으로 귀연을 쫓아다녔다. 끈기 하나라면 누구에게도 뒤지지 않을 자신이 있는 그였다. 프란츠는 귀연이 관광차 한국을 떠나온 게 아니라 모든 것을 버리고 한국을 떠났다는 사실을 알아냈다. 그리고 희망 같은 걸 믿지 않는다고 말하지만 그림에 관한 희망 하나만큼은 놓을 수 없는 사람이라는 것도 알게 되었다. 프란츠는 그가 잘 아는 곳으로, 또한 그에게 가장 유리한 방식으로 유쾌하게 귀연을 끌었다. 귀연에게 희망이 아니라고 눙치며 몰래 희망을 심는 기지도 발휘했다.

엄청난 잠재력을 갖고 있어. 당신 그림은 곧 폭발할 거야.

그림에 사로잡힌 여자는 남자의 말이 허황하다고 생각하면서도 흘려듣지 않았다. 어쩌면 속 편한 너스레에 반쯤 속고 싶은 기분인지도 몰랐다. 프란츠는 오래 고민하지 않고도 오래 고민한 것처럼 말을 잘했다.

네 상처가 내 상처처럼 여겨져. 사랑해!

프란츠는 자신을 사랑하지 않는 귀연에게 끝없이 약속했다.

우선 독어 공부를 하자고. 빈의 실력 있는 화가들을 하나씩 만나게 될 거야.

귀연은 그의 말을 믿지 않았지만 달리 믿을 것도 없어서 독일어를 익혔다. 프란츠가 재차 장담했다.

내 친구가 클림트 제체시온의 계승자 오스카 코코슈카의 직속 제자의 제자야. 곧 그를 만나게 해줄게.

귀연은 제자의 제자 따위에 열을 올리지 않았지만 프란츠의 호언장담에 코웃음을 치지도 않았다. 대신 귀연은 이젠 정말 지쳤다는 듯 언젠가 나를 똑바로 바라보며 말했다. 이 작자를 그만 좀 치워주면 안 돼요? 그녀와 내가 나누는 대화를 듣지 못한 프란츠가 콧노래를 부르며 커피를 내리고 있는 와중이었다. 나는 그녀의 기분을 풀어주기 위해 부드럽게 말했다. 이성과 감성의 선이 이렇게 어긋나 있는 사람은 당신이 처음이야. 실제로 그다지 아름답지 않은데도 몹시 아름다워 보이는 게 그런 어긋남 때문일까? 나는 당신에게 관심이 아주 많아. 귀연이 심드렁하니 물었다. 나를 나쁜 여자로 그릴 건가요? 나는 질문에 바로 답하지 못했다. 분명 처음에 그럴 의도가 있었다. 자신만을 사랑하는 이기적인 사람, 그러므로 자신 외에 아무것도 돌아보지 않는 사람, 결국 무가치한 것을 쫓게 되어 영웅의 후예라 할 수 없는 자로 그리고 싶었다. 하지만 나란히 가지 않는 이성과 감성의 선이 내게도 작용한 모양이었다. 나는 말끝을 흐렸다. 글쎄, 내가 뭐라고……. 귀연이 지겹다는 듯 말했다. 프란츠도 당신도 꺼져버렸으면 좋겠어. 하지만 귀연은 내가 한동안 프란츠를 그녀 옆에 붙여두리라는 것을 알고 있었다. 그리고 왜 그렇게밖에 할 수 없는지도 이해했다. 프란츠의 지원을 받아들이지 않는다면, 그 무렵의 귀연은 다시 한국으로 돌아가는 수밖에 없었다. 그건 귀연이 생을 그만 끝낼 수밖에 없다는 말과 다르지 않았다.

프란츠의 성을 얻은 후 귀연은 예상한 바대로 곧 후회했다. 프란츠는 경험과 경력을 위해서라는 명목으로 귀연을 끌고 슬로바키아, 오스트리아, 슬로베니아 등으로 집시처럼 떠돌아다녔다. 사실 떠돌아다니는 것이야말로 프란츠가 가장 잘하고 좋아하는 일이었다. 그는 한국에서처럼 다른 모든 나라에서도 독일어를 가르치며 생계를 꾸려 나갔다. 헝가리에서 아이가 생기자 그때까지도 귀연의 마음을 가져 본 일 없는 프란츠가 말했다.

정착해야겠다.

귀연은 프란츠의 말을 들었는지 말았는지, 묵묵히 그림만 그렸다. 막상 아이가 태어나자, 프란츠는 아이 때문에 정착한 자신을 증오하게 되었다. 평생 그럴 일 없어 보이던 그가 우울해졌다. 하지만 아직도 그는 귀연의 사랑을 얻지 못했으므로 말해오던 관성에 힘입어 다시 말하곤 했다.

갤러리를 내자. 전시만 하면 볼 줄 아는 사람들이 와서 보고, 제대로 평가도 할 거야.

귀연은 '갤러리'가, 프란츠가 자신이 허풍쟁이임을 숨기기 위해 갱충맞게 던진 말에 불과하다는 걸 모르지 않았다. 하지만 그런 줄 알면서도 그 말에 의지하지 않기란 어려웠다. 귀연은 이미 돌이킬 수 없는 길에 접어들어 있었다. 특히 아이는, 우회로까지 막아버린 거대한 바리케이드 같은 거였다.

다행히 프란츠는 새로운 상대가 생기자 귀연을 사랑하는 시늉을 더는 지속하지 않았다. 라이크스 미술관에서 시작된 만남은 그렇게 끝이 났다. 서로 사랑하지 않는다는 사실만을 확인하느라 시간을 낭비한 결혼 생활이었다. 귀연은 애초에 사랑이라는 걸 믿지 않는 사람이었고, 프란츠는 사랑 같은 것을 할 줄 모르는 사람이었다. 다행히 귀연은 내게 아무런 항의도 하지 않았다. 어쨌든 저 역시 프란츠를 이용한 면이 없지 않다는 사실을 인정했기 때문이었다. 비겁한 면이 많은 프란츠는 내게 좀 미안한 표정을 짓다가, 당신도 다 알 거 아니요, 라고 말하더니 떠나버렸다. 나는 굳이 그를 붙잡지 않았다. 차라리 잘된 일인지도 몰랐다.

귀연의 나이 서른, 프란츠의 나이 서른둘, 어린 요세핀의 나이 여섯 살 되던 때였다.

◦ D-6 ◦

편두

영웅과 후예들은 얽매이지 않는 삶에 대한 징표로 종종 편두編頭를 하곤 했다. 그들의 납작한 이마는 같은 뜻을 가진 자들과의 동질감을 표했고, 얼마나 오래 말을 달렸는지, 얼마나 멀리 화살을 쏘았는지를 증명하는 권위가 되기도 했다. 어미들은 아기가 태어나자마자 돌이나 판자를 이마에 올려놓고 끈으로 묶어 눌렀다. 아기들의 이마는 납작해졌고, 상대적으로 정수리가 불룩 솟아올랐다. 납작하고 높이 솟은 머리, 튀어나온 광대뼈, 그리고 삐죽이 튀어나온 입은 그들을 흡사 매나 독수리처럼 보이게 했다. 자신들을 인도하고 축복하는, 태양을 싣고 날아다니는 새와 닮은 꼴이었다. 그들은 그런 제 얼굴들을 감탄해 마지않으며 바라보았고 흐뭇해하고 자랑스러워했다.

남이 쓰다 남긴 것들이나 버리고 간 것들에 관심이 많은 사람들의 보고에 의하면, 존귀하고 영광스러운 자의 머리는 더욱 납작했고 솟아 있었다. 오늘날 박물관에서 볼 수 있는, 성인이 도저히 쓸 수 없는 작은 크기의 왕관이 그 증거라고 했다. 사실 편두는 끝없이 적에 맞서 싸워야 하는 자들에게 유용하기도 했다. 납작한 이마가 화살의 표적이 되는 표면적을 줄여주었기 때문이다. 사나운 땀방울이 흐르고, 피 섞인 침이 사방으로 튀는 매일의 전장에서는 사소한 효율도 거대한 의미를 지녔다.

평면감에 더 높은 가치를 부여한 그들은 이마가 볼록 솟거나 눈이 쑥 들어가 입체감이 생기기를 원하지 않았다. 표정이 풍부해져 사소한 일에 과장된 미사여구를 늘어놓게 되는 것도 싫었다. 누군가의 호감을 얻거나 비위를 맞추는 데에 공들이지 않았고 쉽게 허물어지는 관계 따위에 연연하지도 않았다.

그러므로 오늘날 편두족의 후예들은 제가 아닌 타인의 삶에 득달같이 달려들어 공감을 쏟아내거나 비난하는 사람들을 과히 존중하지 않는다. 스스로를 리본으로 묶어 예쁘게 포장하는 데에만 열중한 사람들, 자신이 이미 죽었다는 것을 알지 못한 채 산 자처럼 밥을 먹는 사람들, 수십 개의 의 사소통 채널을 조정하느라 핸드폰 크기만 한 세상에 코를 박고 있는 사람들도 모두 관심 밖으로 던져버린다.

후예들, 그런 후예들은 건재하다. 그들은 어설프게 다른 사람을 흉내 내거나 따라가지 않으며 언제나 자신의 발자국만을 유심히 본다. 담백하고 데설데설한 그들의 세계는 제 흥에 겨워 추는 춤, 제 가슴을 향해 부르는 노래로 늘 충만하다.

감춰진 시간

효령이 요세핀의 블로그를 열자 영화 「글루미 선데이」의 주제곡이 흘러나온다. 멜랑콜리한, 과하게 글루미한 곡이다. 2차 세계대전 당시의 실화를 배경으로 만들었다는 영화를 효령도 보았다. 여자가 헝가리에 산다는 걸 안 후로 관련 영화, 음악, 기사 등을 닥치는 대로 검색하면서였다. OST의 음울한 선율이 실제로 수백 명의 자살을 유도해 '자살의 찬가'로도 불렸다지……. 유도라, 효령은 생각한다. 누군가의 감정이 다른 누군가의 감정을 이끄는 게 가능할까. 심지어 그게 죽음에 닿을 수도 있는데…….

배경 화면은 화려한 세체니 다리에서 상대적으로 수수한 머르기트 다리로 바뀌어 있다. 효령은 요세핀이 한국으로 오려니 심란하기는 심란한 모양이라 생각한다. 배경 사진을 제외하고 새로 올린 사진은 없다. 이전에도 여러 번 보았던 사진들을 클릭한다. 요세핀은 한국의 홍대나 이태원에서도 심심찮게 볼 수 있는 모습을 하고 있다. 진한 화장, 정신없어 보이는 피어싱, 고상하거나 점잖은 걸 일부러 멀찍이 밀어낸 듯한 옷. 숨기보다 드러내기를 더 좋아하는 요즘 젊은이들의 차림이리라. 요세핀도 그런 거겠지. 제 삶에 책임을 지지는 않아도 권리는 행사하고 싶은 철딱서니, 타인의 시선이란 게 단지 물리적인 형태가 없을 뿐인 심각한 감옥이라는 걸 모르는 치룽구니일 가능성이 높다. 효령은 신경질적으로 스크롤을 움직여 이번에는 여자의 사진을 띄운다. 이미 몇 차례 보았는데도 도무지 눈에 익지 않는다. 여자는 목 굵은 세상 모든 여자에게 자신의 가느다란 목을 과시라도 하려는 듯 야무지게 머리를 틀어 올리고 있다. 옷깃이 큰 셔츠와 복고풍의 긴 치마를 입었는데도 현대적으로 보인다. 지난 세기나 다가올 세기 모두가 영원히 자신의 발아래에서 벗어나지 못하리라고 선언하는 듯 위엄 있어 보이기도 한다.

무엇보다 명성기획의 실장이 찍은 최근 사진 속 모습과도 크게 다르지 않은 여자의 젊음이 놀랍다. 여자는 어쩌면 시간을 비껴가는 마법을 부린 건지도 모른다. 요세핀이 사진 아래에 써두었다. '마녀.' 마녀라 칭했으나 압도적인 여자의 모습을 그냥 흘려보낼 수 없었던 게지……. 효령의 느낌도 비슷하다. 거의 무자비할 정도로 단단해 보이는 아름다움. 무기력하고 나약하고 그래서 필시 추한 바닥에 닿았을 뿐만 아니라 그 바닥에서 사력을 다해 빠져나온 경험이 있는 사람에게서 볼 수 있는 아름다움이다. 효령은 문득 요세핀과 여자의 얼굴이 꽤 닮았다는 사실에 놀란다. 모녀니까 당연히 닮았을 텐데도 여태 정말 그렇다는 생각을 하지 못했다. 요세핀에게 반쯤 섞였을 오스트리아인의 피는 헝가리의 햇살 아래 모두 증발해버린 것일까. 여자보다 조금 더 볼록 솟은 이마, 진한 화장을 제외하면 거의 차이가 없다. 효령은 문득 자신의 얼굴과 그들의 얼굴을 비교해 본다. 닮은 것 같기도 하고 전혀 닮지 않은 것 같기도 하다. 효령이, 두통이 올 때면 늘 하던 습관대로 손바닥으로 이마 가운데를 돌리듯 문지른다. 보톡스를 맞아 볼록해진 이마는 효령과 무관하게 자부심에 차 있다.

무작정 한국에 오려는 요세핀은 분명 무모해 보였다. 한국에 가까운 누가 있느냐는 효령의 물음에 요세핀은 한인 교회나 한인 학교 등을 통해 알게 된 친구들이 꽤 있다고 했다. 요세핀은 친구라는 그 사람들이 그녀를 잠시 반기기는 하되 끝까지 책임지지는 않으리라는 걸 모르는 듯했다. 친척은요? 효령의 질문에 요세핀은 자신의 엄마가 아무런 친척이 없다고 말했다고 답했다. 효령은 '친척이 없다'는 말을 오래 곱씹었다. 그리고 요세핀을 계속 부추겼다.

유럽 젊은이들은 성년이 되면 부모를 떠난다면서요? 한국에서 살아보고 안 되겠다 싶으면 돌아가면 되죠. 용기 내서 꼭 오세요.

헝가리어를 배우는 외국어대학교 학생들이랑 연결해줄게요. 어쨌든 현지인이니까 시간당 삼만 원, 그러니까 칠천 포린트쯤은 받을 수 있을 거예요.

맞춤법이 군데군데 틀린 채로 답장이 왔다.

내가 가진 악기 팔아씁니다. 바이올린과 지터르. 비행기표 구하고 다시 연락하게요. 파란 집에 있어도 된다고 해서 감사하긴 하지만 비싸지 안은 집으로 알아주세요. 모두 감사합니다.

요세핀은 효령의 친절에 일말의 의심도 품지 않고 있다. 허술하기 짝이 없다. 효령은 삶의 화마에 치명적으로 데인 일 없는, 여유 만만한 자만이 허술할 수 있다고 생각한다. 모종의 적개심이 끓어오른다.

효령은 서랍 아래에서 여자의 사진을 발견한 이래, 부적이라도 되는 양 그걸 꺼내 보곤 했다. 배가 아픈지 고픈지 분간할 수 없었을 때, '장하다'는 말 뒤에 '징하다'는 의미를 감춰둔 친구와 헤어졌을 때, 내일을 이미 짓밟은 오늘이 영원히 반복되리라는 무시무시한 사실을 깨달았을 때, 다른 사람으로부터 비롯된 상처를 자신을 학대해서라도 되갚고 싶었을 때 사진을 들여다보곤 했다. 기도를 하고 싶은 기분인지 저주를 퍼붓고 싶은 기분인지 스스로도 분간할 수 없었다.

남편의 눈썹뼈를 처음 깨물고 온 날이었다. 아무런 관련이 없을 텐데도, 불현듯 제 배에 닿았던 여자의 온기, 손의 감촉이 떠올랐다. 짜고 신 오이지를 올려주며 밥을 떠먹여주던, 무릎을 꿇고 앉아 몸을 씻기고 머리를 감기던 그 손. 효령은 여자가 자신의 언니든 엄마든 다른 누구든 반드시 찾아야겠다고 결심했다. 그 결심을 실행에 옮기기까지 무려 칠 년의 세월이 걸렸다. 기획사는 가족관계증명서에 있는 이름 석 자를 토대로, 효령으로서는 믿을 수 없을 만큼 쉽게 여자를 찾았다. 서류상 이귀연은 이효령의 언니였다.

돈암동에 있다는 무당을 만나면 보다 명확해질 거였다. 대금을 불던 아버지의 연인이면서 동시에 엄마의 오랜 친구였던 박선주 무당. 하지만 효령은 연락처를 알면서도, 집 주소를 받았으면서도 선뜻 찾아갈 엄두를 내지 못했다. 께름

칙했다. 동네에서 자주 보는 노파가 보기 싫은 것만큼이나 무당을 보기가 싫었다. 효령은 윤지와 남편만으로 만족하지 못하는 스스로를 자꾸 돌아보았다. 한심했다.

블로그에 더는 새로운 내용이 없다. 화면을 닫으면서 효령은 또 이마에 손바닥을 댄다. 어쩌지, 어떻게 해야 하나……. 귀연과 엄마와 무당과 아버지의 시간이 뒤죽박죽 얽히면서, 그간 얌전히 묻혀 있던 것들이 아우성을 치는 느낌이다. 어디까지나 시간의 의지일 뿐, 효령이 할 수 있는 일은 많지 않을지도 모른다. 시간의 손을 억지로 떼어내 쩟쩟하게 뻗대는 것들을 드러나게 한다면……. 효령은 투명하지 않았던, 그래서 더 의뭉스럽고 해망쩍었던 세월을 떠올린다. 요세핀이 오면 흐리멍덩했던 것들이 조금쯤 선명해질까? 하지만 요세핀이 정말 한국에 오게 된다면……. 효령은 생각을 정리할 수가 없다. 어쩌자고 그 아이를 끌어들였는지, 앞으로 어떻게 할지, 사실 결정한 것은 하나도 없다. 꾸역꾸역, 억지로 밥을 먹듯 시간이 마지못해 흐른다. 어쩌지, 어떻게 해야 하나…….

갑자기 알람이 울린다. 윤지의 학원 버스가 곧 도착한다는 신호다. 아이를 데리러 아파트 현관 앞으로 나가야 하는 효령은 가능한 한, 할 수 있는 최대한, 생각을 제게서 떼어놓기로 한다. 친절하지는 않으나 착실하기는 한 시간이 제 본질에 따라 곧 모습을 드러내리라 믿는 수밖에 없다. 효령은 엘리베이터를 타고 일 층을 누른 후 크게 심호흡을 한다. 아래로 내려가는 동안 효령의 감정도 가까스로 가라앉는다.

두통

투어가 끝난 후 귀연은 로비에서 다시 이 층으로 올라가 밀실처럼 보이는 화장실로 들어간다. 트롱프뢰유 기법으로 그려진 듯한, 아무도 주목하지 않는 문 덕에 일반인은 거의 드나들지 않는 비밀스러운 장소다. 직원들이나 귀연 같은 도슨트들이 애용하는데, 붐비지 않고 깨끗해서 귀연이 미술관 중 가장 아끼는 장소 중 한 곳이기도 하다.

타마라가 연신 땀을 닦으며 귀연을 따라 들어온다. 젊은 날 헝가리 국영 항공사에서 스튜어디스를 했다는 타마라는 무거워서 하늘을 날지 못하게 된 게 아닌가 싶을 만큼 뚱뚱하다. 그러나 타마라 자신은 항공사를 그만둔 이유가 더 늦기 전에 하고 싶은 것, 즉 그림 공부를 해보고 싶어서라 했다. 타마라가 뽀독뽀독 손을 씻으며 주글주글 주름 잡힌 입을 연다.

연, 할 얘기가 있어.

귀연이 그러라는 뜻으로 고개를 끄덕인다. 타마라가 손수건으로 손을 툭툭 닦으며 말한다.

나 투어를 그만두기로 했어. 미술관 봉사도 정말 힘에 부치고, 딸아이가 손자 봐주기를 원하거든. 여기 생활 정리하고 걔들이 사는 데브레첸으로 갈 거야. 가끔 부다페스트에 오기는 하겠지만, 아기가 어려서 당분간은 쉽지 않을 거야.

늙은 사람들이 애를 보고 젊은 사람들이 맞벌이하는 게 세계적인 추세인가 보다. 귀연은 별반 충격을 받지 않는다. 타마라와 내밀한 정이 들었다고 생각해본 적이 없고, 그녀 없이 혼자 하는 안내가 부담스럽지도 않다. 사실 하나도 마음에 들지 않는 안내 스타일을 참아줄 필요 없이 마음대로 투어를 이끌 수 있겠다 싶으니 오히려 시원하다. 하지만 좀 갑작스럽기는 하다. 못 하겠다, 못 하겠다 했었어도 습관처럼 하는 푸념인 줄만 알았다.

귀연은 타마라가 도슨트를 그만둘 거라고 말하면서 어떤 반응을 기대하는지 잘 알지만, 진심으로 애석하다는 표현을 하기가 쉽지 않다. 겨우 유감이다, 라고 말하며 팔을 벌리려는데 타마라가 살집 풍성한 몸을 흔들며 귀연을 덥석 껴안는다. 귀연이 이러지도 저러지도 못한 채 어색하게 안긴 사이, 타마라는 미술관과 귀연이 자기 평생에 길이 남을 보물이라며 기어이 울음을 터뜨리고 만다. 귀연은 자기 때문에 기분 상했던 일이 많았을 텐데도 보물이라고까지 말하는 타마라를 어찌 받아들여야 할지 알 수 없다. 그러나 그간 감정을 표현하는 데에, 사실상 과장하는 데에 전혀 어색함을 느끼지 않는 사람들을 수도 없이 보아왔다. 그들은 '평생에 길이 남을 보물'이라는 식의 말을 남발하는 데에 아무런 거부반응이 없다.

귀연은 타마라의 감정이 과잉이라 생각하면서도 등을 토닥여준다. 이상하게 조금쯤 서운한 마음도 든다. 낯설다. 감상에 빠지고 싶지 않다. 그럴 나이는 아니지 않은가. 귀연은 자제하기 위해 타마라의 등 뒤에 있는 거울 속 제 얼굴을 면밀히 살핀다. 헝가리인을 비롯한 서양 사람들은 그녀가 거의 반백 살이라고 하면 깜짝 놀라곤 한다. 귀연은 제가 동안인 게 아니라 서양인들이 유난히 노안일 뿐이라고 생각한다. 어쩌면 남의 살을 즐겨 먹는 자들이 감당할 수밖에 없는 대가일지 모른다고도 여긴다. 귀연은 흐느끼는 타마라의 등을 쓸어주며 제 얼굴을 오래 바라본다.

귀연이 가까스로 타마라를 진정시키고 작별 인사를 한 뒤 도슨트 회장인 미첼의 사무실로 간다. 짧고 풍성한 금발을 풀로 붙인 듯 야무지게 머리 위에 얹은 미첼은 인상만큼 성격도 깐깐한 유대계 헝가리인이다. 귀연은 언젠가 카파의 사진 전시회에서 미첼이 지나치게 유대인의 우월성을 강조하는 걸 듣고 가급적 멀리하고자 애써왔다. 이방인을 싫어한다는 히브리인의 배타심이 유독 동양인, 그러니까 귀연에게 향해 있는 듯해 더 기분이 나빴다. 하지만 필요한 절차는 모두 그녀의 승인을 거쳐야 한다. 귀연이 이미 타마라 일을 알고 있다는 미첼에게 확인하듯 묻는다.

그럼 다음 달 투어는 나 혼자 하면 되는 거죠?

미첼은 금방 답하지 않는다. 새 그림이 들어간 두 개의 머그잔을 테이블에 내려놓은 후 어느 것을 줄지 고민하는 사람처럼 이리저리 돌려보고 있다. 혼데쿠터Hondecoeter의 물새들은 찻잔이나 액자, 우산 등에 다양하게 프린트되어 팔리고 있는 인기 아이템인데, 귀연과 가까운 쪽의 컵에는 입을 반쯤 벌린 크림색 펠리컨이 그려져 있다. 귀연은 그녀가 긍정적인 답을 줄 수 없을 때 흔히 이런 식으로 뜸을 들이곤 한다는 것을 알고 있다. 뭐지? 기분이 좋지 않다. 유감의 뜻을 충분히 전했다는 인상을 주려는 의도가 분명한, 신중한 척하는 미첼의 동작이 마음에 들지 않는다. 귀연은 아직도 미첼의 손에서 벗어나지 못한 컵을 빼앗듯 받아 든다. 펠리컨의 작은 눈이 귀연과 미첼 사이에서 불안하게 흔들린다. 미첼이 소파 깊숙이 몸을 묻으며 입을 연다.

그건 곤란해요. 오래 봉사한 도슨트들도 혼자서는 투어를 이끌게 하지 않는 게 우리 미술관의 전통입니다. 물론 드문 경우에 혼자 하기도 하지만, 원칙적으로는 두 명 이상이 상호 보완하며 안내해야 합니다.

귀연은 미첼의 원칙 운운이 핑계에 불과하다는 걸 금방 알아차린다. 다른 사연을 알아내기 위해 그녀의 눈동자를 똑바로 응시한다. 동양인처럼 검은 눈을 제외하면 생김새가 딱 미국의 금발 마론 인형인데 정말이지 마음에 들지 않는다.

다른 사람들도 혼자 하지 않나요? 엘렌도, 일디코도…….

아닙니다. 원칙적으로 미술관 투어는 파트너와 둘이 하게 되어 있어요. 갑자기 일이 생겨서 혼자 할 때가 있기는 하죠.

나는 혼자 할 수 있어요.

그건 원칙에 어긋납니다. 연 혼자서는 할 수 없어요.

귀연은 미첼의 생각을 꺾을 수 없다고 판단한다. 무어라고 항의해도 미첼은 원칙, 계속해서 원칙만을 강조할 것이다. 그녀의 원칙 운운은 그동안에도 질리게 들어왔다. 합의점을 찾아야 한다. 수습생을 데리고 다닌다면? 어느 정도 숙련된 도슨트들이 수습생을 데리고 다니기는 하지만 그들과 투어를 같이 한다고는 말할 수 없다. 귀연은 정 안 되면 그 정도는 받아들여야겠다고 생각한다. 하지만 쉽게 물러나는 기색을 보여서는 안 된다.

정당한 이유를 말해주지 않으면 나 역시 투어를 계속할

수 없습니다.

최종 카드를 염두에 두고 강수를 둬보지만 미첼이 겁을 먹었다는 느낌은 들지 않는다. 미첼이 자신이 유리한 입장임을 모르지 않는 자 특유의 자신감을 흘리며 말한다.

연이 안내하면서 가끔 손님들의 자존심을 상하게 한다는 소리를 들었어요. 사실은 가끔이 아니라 자주……. 여태 타마라가 그런 부분들을 부드럽게 보완해주었기에 망정이지 몇 번이나 위태로운 순간들이 있었다지요. 타마라가 아니었다면 연은 일을 계속할 수 없었을 겁니다.

타마라가 아니었다면? 귀연은 야무지게 앞을 보고 걷다가 맨홀 구멍에 구두의 힐이 제대로 걸려 넘어지기라도 한 사람처럼 황망하다. 전혀 예상치 못했던 말이다. 물론 귀연이 투어를 이끄는 와중에 관람객이 참여를 포기한 적이 있기는 하다. 가벼운 언쟁을 주고받은 상대도 있었다. 하지만 그들은 누가 대해도 그렇게 대할 수밖에 없을 정도로 밥맛인 사람들이었다. 그중에는 레오나르도 다빈치의 '스케치'를 소장한 것만으로 그의 '그림'을 소장하고 있다고는 말할 수 없다며 건방을 떨던 사람도 있었다. 귀연은 볼부터 귀까지 뜨거워지는 걸 느낀다. 꼭 수상하리라 예감했던 미술 대회에서 어이없게 떨어졌던 학창 시절의 어떤 날처럼 당황스럽다. 게다가 타마라가 도와주었기에 망정이라고? 매번 같은 말만 반복하고 얼버무리기 잘하며 주변머리 없고 게으른 타마라가? 귀연은 당혹감을 감추기 위해 저도 모르게 커피를 들이켠다. 에스프레소도 아닌 커피가 어찌나 쓴지 목젖까지 싸하게 아려온다.

쉽게 물러설 수 없다. 귀연은 문제로 여겼을 수 있을 상황에 대해 구체적으로 해명해야겠다고 생각한다. 하지만 미첼은 역시나 만만한 상대가 아니다. 벌떡 일어서더니 나갈 채비를 한다.

약속이 있어요. 천천히 생각해봐요.

미첼은 벌써 가방을 메고 있다. 귀연이 아니라도 봉사자가 넘쳐난다는 걸 강조하는, 무언의 압박이다. 평소라면 그 자리에서 무슨 말이든 뱉어야 직성이 풀리는 귀연이지만 미첼에게 순발력 있게 대응할 수 있을지 자신이 없다. 무엇보다 미첼에게 자존심을 세우느라 정말로 안내를 그만두는 상황으로 치달을까 봐 두렵다. 갤러리 때문이다. 귀연은 당장 도슨트를 그만두면, 나중에 갤러리로 부를 수 있는 사람들이 줄어든다는 걸 모르지 않는다. 미술관에서 봉사하는 사람 중에는 예술 지원 차원에서 미술품 사는 것을 자랑으로 여기는 치들이 꽤 있다. 소품 하나씩이라도 사줄 수 있는 그들과 관계를 꾸준히 유지하는 건 중요하다. 게다가 무료 안내 후에 이어지기도 하는 유료 안내 역시 무시할 수 없다.

미첼이 그런 사정을 알고 있는 걸까?

귀연은 결국 미첼과 타협해야만 하리라 생각한다. 하지만 지금은 그럴 기분도 상황도 아니다. 귀연은 터져 나오려는 성질을 가만히 구겨 넣은 채 사무실을 나온다. 참을 수 있는 스스로가 대견하다.

로비에 붙어 있는 시계가 네 시를 가리키고 있다. 미첼과 얘기를 나눈 시간은 불과 십 분 안팎인데 험하기로 유명한 순례길을 완주한 듯 피로하다. 타마라가 자신을 보완해주었다는 말은 여태까지의 경험 중 가장 모욕적이다. 누가 누구를! 생각할수록 어이가 없다. 그러나 일을 그만둘 수는 없다.

귀연이, 열릴 수 있는 문이 아닌 것처럼 무거워 보이는 미술관의 문을 가까스로 밀고 나가 태양이 뜨거운 거리에 발을 딛는다. 곧 두통이 시작될 것임을 알리는 기분 나쁜 메스꺼움이 치민다. 가방 속 파우치에서 두통약을 찾은 뒤 물 없이 침으로 삼킨다.

미술관 앞 영웅광장은 복사열로 인해 지글거리며 끓고 있다. 보드를 들고나온 젊은이 몇몇이 낄낄거리며 시답잖은 재주를 과시하고 있다. 귀연은 광장을 장식한 말 탄 청동상들이 철없는 젊은이들을 향해 돌격하길 바란다. 아니, 재수 없는 미첼을 향해. 그림자가 햇빛에 녹은 듯 길게 늘어지기 시작한다. 귀연이 빠른 걸음으로 광장을 가로지른다. 생각이 정리될 때까지 걷기로 한다. 이슈트반 성당 앞까지 안드라시 거리를 따라가면, 갈아타는 번거로움 없이 집으로 바로 가는 버스를 탈 수 있다. 서너 정거장이니 운동 삼아 걷기에 딱 좋다. 그 사이 두통도 가라앉을 것이다.

조소를 애써 숨기지 않은 미첼의 목소리가 귓전을 맴돈다. 타마라가 아니었다면……. 투어를 계속할 수……. 좋지 않은 의도를 지니고서 몽글몽글 뭉친 생각의 덩어리들이 일제히 튀어 오를 것만 같다. 어지럽다. 귀연은 검지와 중지로 관자놀이를 지그시 누른다. 집에 가서 얼른 자야겠다고 생각한다. 더위에 숨이 막혀 가위에 눌리게 되더라도, 자족과 편견이 뒤섞인 개꿈을 꾸게 되더라도, 일단 그냥 좀 자야만 할 것 같다. 약효가 퍼지는 속도가, 진행되는 두통의 속도를 따라잡지 못한 모양이다. 귀연은 납작한 이마를 어루만지며 길게 하품을 한다. 두통이 가속화되기 시작함을 알리는 긴 하품이다.

삶에 대한 예의

유 선생은 마태를 보고 적잖이 놀란 눈치다. 요세핀은 유 선생이 더 놀라기를 바라며, 나아가 제대로 실망하기를 바라며 또랑또랑하게 마태를 소개한다.

남자 친구예요.

눈치 없는 마태가 상황을 모른 채 과장된 동작으로 반갑다는 인사를 한다. 그의 옷에 주렁주렁 달린 액세서리들이 주인을 따라 철없이 짤랑거린다. 요세핀은 마태를 내버려 둔다.

어느 쪽으로 가요?

부다 지역이야.

유 선생의 차는 사이드미러와 범퍼에 검은색 바둑무늬가 들어가 있는 하얀 미니 쿠퍼다. 요세핀은 고맙다는 말도 없이 무표정하게 차에 오른다. 직접 가서 팔겠다고 말했지만 유 선생이 고집을 부렸다.

어차피 내가 책임지고 소개하는 거야.

요세핀은 딱지 앉은 상처를 긁어내어 기어이 다시 피를 보려드는 유 선생의 심리를 조금쯤 이해한다. 사실 요세핀의 마음과 크게 다르지 않을지도 모른다. 괘념치 않기로 한다. 기껏해야 '나쁜'에서 '매우 나쁜'으로 자리 이동을 할 뿐이다.

사모님이 까다로워서 말이 달라질 수도 있어. 감안해야 할 거야.

알아요.

헝가리에서 예상치 못한 상황에 직면하는 일은 무수히 많다. 바퀴 두 개를 인도에 올리는 개구리 주차만 가능하던 곳이 갑자기 개구리 주차를 하면 체인이 걸리는 곳으로 바뀌어 있거나 몇십 년 같은 자리에 있던 공공 기관이 소문도 없이 다른 곳으로 옮겨 가 있기도 하다. 사람들은 그러려니 하며 크게 당황하지 않는다. 다만 황당한 척 정도는 해야 한다는 듯 손바닥을 하늘로 한 채 어깨를 쓱 올리기는 한다. 헝가리에 있는 한국 사람들은 그런 행태를 비난하며 자신들은 다르다고 얘기하지만, 요세핀이 겪은 바로는 한국 사람들도 크게 다르지 않다. 대사관 직원의 부인이라는 사람이 돌연 마음을 바꾸거나 악기 가격을 후려칠 수도 있으리라 생각한다. 어찌 되어도 상관없다.

마태가, 차가 정말 멋지다며 거듭 칭찬하더니 전통 기타인 지터르에 대해 아는 체를 한다.

나도 지터르는 좀 연주할 줄 알아요. 외할머니가 국보급 연주자셨죠. 그나저나 요즘은 이런 옛날 기타를 치려는 사람이 거의 없는데 그 한국 사람 특이하군요. 골동품을 수집하나요?

글쎄요.

유 선생이 마태에게까지 친절하고 싶지는 않다는 듯 건성으로 답한다. 요세핀도 딱히 마태를 배려하지 않는다. 그래도 마음 상해할 마태는 아니니까. 요세핀은 유 선생이 아직도 자신을 많이 사랑하는 걸 모르지 않는다. 유 선생은 생각을 읽히지 않기 위해 기를 쓰는 모양이지만 그런 게 보이지 않기란 어렵다. 험한 세상으로 이탈해본 적 없는 사람의 얇고 투명한 막이 그 순수한 정도만큼 무지막지하게 찢긴 게 느껴진다. 하지만 어차피 요세핀의 몫이 아니다. 요세핀에게 상처를 더 받는 것도 덜 받는 것도, 또 마침내 잊는 것도 결국 그의 몫이다.

다 왔어.

유 선생이 조그마한 성을 방불케 하는 집 앞에 차를 대자, 담장 위로 늘씬한 개 한 마리가 뛰어 올라와 요세핀 일행을 내려다본다. 셰퍼드나 비글라 종은 아니지만 사냥견으로 보인다. 마태가 창문을 내리며 반색을 하는데 개는 꼬리 한번 흔들지 않고 돌아서 버린다.

마태는 차 안에서 기다리는 게 좋겠는데…….

헝가리 말도 곧잘 하는 유 선생이 굳이 한국말로 얘기하는 통에 요세핀이 통역을 한다. 마태가 문제없다고 말한 후, 전화기와 이어폰을 꺼내 보이며 음악이나 듣겠다는 시늉을 한다. 요세핀은 바이올린과 지터르를 든 채 보폭을 빨리해 현관 앞에 먼저 도착한다.

대사관 직원의 아내라는 사람은 키가 작고 깡말라서 첫눈에도 후덕해 보이지 않는다. 밖에서 보았던 개는 이 집의 개가 분명할 텐데, 정작 여인은 개를 키우는 사람처럼 생기지 않았다.

반가워요. 이름이?

요세핀입니다. 이 요세핀.

요세핀은 여인이 다른 한국인처럼 왜 이 요세핀인지, 아버지가 어느 나라 사람인지 꼬치꼬치 묻지 않았으면 좋겠다고 생각한다. 다행히 여인은 수다스럽지는 않은 모양이다. 하지만 편견에 사로잡힌 사람임을 여실히 드러내며 요세핀을 요모조모 뜯어본다. 피어싱이 마음에 들지 않는 게 분명하다. 구멍이 모두 몇 개인지를 세고 있는 건가? 요세핀이 그런 생각을 하며 여인을 향해 피식 웃는다. 당황한 여인이 거부감을 숨기지 않은 채 두 사람을 집으로 들인다. 요세핀은 불현듯 유 선생의 어머니가 떠오른다. 유 선생의 어머니는 훨씬 고상하고 부드러운 인상이었는데……. 하지만 여인과 크게 다를 것도 없다고 생각한다.

여인의 집에는 가구들이 종류별로 짜임새 있게 갖춰져 있다. 황금색 테두리가 있는 바퀴 달린 수레며 커다란 콘솔과 장식장 등이 견고한 모양새로 조화롭게 배치되어 있다. 여인이 지향하는 삶이 그처럼 견고하고 조화롭다는 듯이. 요세핀은 동그란 체스 테이블에 잠시 시선을 빼앗긴다. 상대를 노려보며 일렬로 늘어서 있는 그리스 병사 인형들이 외치는 소리를 듣는다. 이렇게 꼼짝 않고 있는 건 삶이 아니야. 퀸과 킹을 둘러싼 채 정렬하고 또 정렬하는 것이 체스의 본질은 아니라고!

정작 집주인은 칼과 창을 들고 튀어 나가려는 병사들의 함성을 듣지 못하는 듯하다. 의미 없는 몇몇 질문들을 요세핀에게 던지다가 돌연 유 선생과 대화를 나눈다. 마침내 바이올린과 지터르의 상태를 살펴보고는 기대 금액의 반 정도를 제시한다. 요세핀은 흥정하지 않은 채 흰 봉투를 받아 든다.

요세핀이 마당을 가로지르는데 아까 담장 위에 올라가 있던 개가 다가온다. 요세핀이 낮게 휘파람을 불자, 개가 경계를 풀고 쪼그려 앉는다. 알고자 들면 개의 마음을 알아낼 수 있을 것도 같다. 하지만 요세핀은 그러지 않는다. 맺지 말아야 할 연을 더는 맺어서는 안 된다고 생각한다. 요세핀이 콧등을 쓸어주자, 개가 눈을 가늘게 뜬 채 꼬리를 살랑살랑 흔든다.

담장 밖에서 마태가 손을 흔든다. 요세핀이 빈손을 내보이며 악기를 팔아치웠음을 알린다. 유 선생과 함께 천천히 걸어오던 여인이 두 사람에게 인사한다.

만나서 반가웠어요.

요세핀은 반가울 것까지는 없었을 텐데라고 생각하며 슬그머니 악수를 외면해버린다. 가방에서 무언가를 찾는 시늉을 하면서 어색할 수밖에 없는 상황을 더 어색하게 만든다. 여인은 거의 인내심을 잃은 표정이다. 요세핀은 아랑곳하지 않고 돌아선다.

차에 타고서 유 선생이 먼저 입을 연다.

많이 받아주지 못했네. 미안하다.

선생님이 미안할 게 뭐 있어요. 저 여자 마음이죠, 뭐.

요세핀은 여인이 제 차림새를 두고 무어라 한 걸 안다. 속이 너저분한 사람들이 늘 겉모습을 두고 떠들어대는 법이다. 옷차림과 악기, 혹은 악기 가격이 도대체 무슨 상관이란 말인가. 요세핀은 다시 볼 일 없는 여인을 금방 잊는다. 악기보다 중요한 게 있다.

저 곧 한국으로 떠나요.

유 선생이 가까스로 누른 슬픔에서 저도 모르게 손을 떼며 요세핀을 바라본다. 요세핀이 다시 한번 쐐기를 박듯 말한다.

한국 가서 살아보려고요.

이제 유 선생의 눈은 이미 터져버린 슬픔으로 꽉 차 있다.

그러나 목소리만은 차분하다.

야노쉬 병원 옆 샛길로 빠져나가서 내려줄게. 거기 트램이 있으니까.

큰길로 접어들자마자, 뒤쪽에서 요란한 사이렌이 울린다. 차들이 일제히 가로 비켜 구급차에 길을 터준다. 누군가가 숨이 넘어갈 듯, 죽을 듯 아픈 모양이다. 숨이 넘어갈 듯, 죽을 듯 아픈 또 한 사람일 유 선생도 차를 옆으로 뺀다. 응급 상황에 무심한 가로수의 나뭇잎 몇 개가 팔랑, 느리게 떨어진다. 요세핀과 마태가 차에서 내린다.

갈게요. 고맙습니다.

유 선생의 검은 눈동자가 요세핀을 오래 응시한다.

도움이 필요하면 꼭 연락해. 난 네 선생님이었잖아. 한국은…… 한국을 정말 가게 되는 거라면, 몸조심하고.

유 선생의 목소리에 힘이 없다. 이성적이고 너그럽게 보이기 위한 노력도 여기까지라는 듯, 지쳐 보인다. 요세핀은 이제 정말 끝이라는 생각이 든다. 유 선생에게 고개를 까딱하고는 마태의 옷깃을 잡아끌며 발길을 돌린다. 정말 고마웠어요! 마태가 크게 외치며 손을 흔들지만, 유 선생은 보고 있지 않다.

교차로에서 신호 대기에 걸린 차들의 창을 두드리며 구걸을 하던 집시 아이가 마태의 목소리를 듣고 그들을 향해 얼굴을 돌린다. 한쪽 다리가 의족인 소년과 요세핀의 눈이 마주친다. 햇빛에 그을어서인지 매연을 뒤집어써서인지 까맣게 번들거리는 얼굴이 씩, 미소를 짓는다.

재가 걔구나. 이 교차로에 널리 알려진…….

마태의 말에 요세핀이 고개를 끄덕인다. 소년은 동전 따위를 받아 챙기면서도 절대로 굽실거리지 않는 걸로 유명하다. 왜, 구걸하는 게 어때서? 내게 동전 몇 푼 주는 게 그렇게 대단해? 소년은 자신을 돕는 자들에게 깐죽거리고, 무시하는 자들에게 욕을 해댄다. 어쩌면 소년은 자기식대로 자신의 삶에 예의를 다하고 있는지 모른다. 요세핀은 그렇게 생각한다.

신호등이 초록색으로 바뀌자 차들이 급하게 출발한다. 소년이 투덜거리며 갓길로 비켜선다. 유 선생의 바둑판무늬 미니 쿠퍼도 차들의 열을 따라 천천히 움직인다. 삶에 대한 예의라면 그다지 아는 바가 없는 오후가 느긋하게 숨을 고른다.

◦ D-5 ◦

머무르지 않는 사람들

머무르지 않는 사람들은 집을 짓지 않았고 가축이나 채소를 기르지 않았다. 아무것도, 그러니까 사람마저도 소유하지 않는 게 그들의 삶의 방식이었다.

머무르지 않는 사람들을 이해하지 못하는, 머물러 사는 사람들은 그들을 종종 가장 불친절하며 극단적으로 인간미가 없는 사람들이라 몰아세웠다. 다른 꿍꿍이를 감췄거나 그저 미쳤을 뿐이라 여기기도 했다. 겁이 많은 그들은 제 불행의 근원을 알지 못했으므로 머무르지 않는 사람들을 향해 이를 갈았다. 끝없이 투덜거렸고 소용도 없을 미끼를 자꾸 던지며 자신들의 마을을 지나는 길을 막아서기도 했다. 약한 그들은 '너희는 너희대로 우리는 우리대로' 각자의 자리에서 살 수도 있다고 생각하지 않았다. 제도든 종교든 도덕이든 그 어떤 것을 끌어들여서든 머무르지 않는 자들을 잡아두려 애썼다.

머무르지 않는 사람들은 귀찮아 죽을 지경이 되었다. 그들은 호의를 꾸며낼 줄도 모르고 불필요하게 오래 참지도 않았으므로 곧 머물러 사는 사람들을 응징하기 시작했다. 그들은 날아가면서 회전하는 도끼날 화살촉과 커다랗게 휜 활을 지니고서 비겁한 종족들을 밀어붙였다. 적의를 품고 자신들을 옭아매려거나 호의를 품고 바투 다가오는 자들을 가차 없이 쳐냈다. 그들은 머물러 살기 위해 약한 자들이 만든 것들, 가령 우리에 가둔 가축이나 땅에 심은 과실을 놓고 저주를 퍼붓기도 했다.

바람을 길들이는 자가 나섰다. 그는 소의 젖을 시게 만들었으며, 막 영글어가는 곡식들을 마을 어귀 동산에 흩뿌려 버렸다. 거칠 것 없는 밤에 마음 닿는 곳으로 날아다니며 희귀한 질병을 퍼뜨리기도 했다.

물을 다스리는 자는 우물에 독을 풀었다. 샘 아래 웅그려 앉고는, 하찮은 것으로 자신을 입증하려는 자들을 순식간에 끌어당겨 물거품으로 만들기도 했다. 물과 친한 그는 얕은 수를 쓰지 않았으며 깊고 검은 노래만을 불렀다.

불꽃 만드는 이는 자신을 달래거나 아부하려는 자들을 그냥 태워버렸다. 새 옷을 주고 빗질을 해주려고 다가오는 자들을 순식간에 재로 만들어버렸다. 넝마를 걸치고 머리를 헝클어뜨린 그는 콧등에 떨어진 검불마저 털어내지 않은 채 홀로 불꽃 춤을 추었다.

머무르지 않는 사람들이 원하는 단 한 가지는, 아무런 구속 없이 영원히, 머무르지 않는 거였다.

무당의 집

효령이 기획사에서 알려준 주소를 찾아 돈암동의 작은 골목길에 들어선다. 무당의 집은 붉은색 깃발과 절 표시가 있는 흰색의 깃발 때문에 멀리서도 눈에 띈다. 효령이 깃발을 향해 걸어가는 동안, 군데군데 깨진 기와를 석회로 조악하게 마감한 낮은 지붕들이 그녀를 노려본다. 집들은, 감춰왔고 앞으로도 감추어야 할 것들을 만만히 펼쳐 보이지는 않겠다는 듯 다닥다닥 붙어 스크럼을 짜고 있다.

효령이 적의와 악의에 찬 기운을 온몸으로 받아내며 광고지가 붙은 녹슨 철문 앞에 선다. 천상이나 신과는 도무지 어울릴 것 같지 않은 뻰득거리는 종이에 '천상보살'과 '신점'이라는 글씨가 궁서체로 인쇄되어 있다. 익숙하다. 효령이 어린 시절부터 제집이 아니기를 바랐던 그 집 풍광과 크게 다르지 않다.

언제나 누군가를 위해 치성을 드리고 굿을 하느라 어수선한 집이었다. 엄마는 자기가 하는 일로 효령을 밀어내도 미안하게 여기지 않았다. 오히려 당당했다. 허주를 모시는 무당들이야 그렇지 않겠지만, 제대로 신을 모시는 무당은 자신을 위해 살 수 없다고 했다. 언제나 남의 아픔, 남의 고통, 남의 허물을 제 몸에 오롯이 뒤집어써야만 하니까, 제 것이 아닌데도 유리 조각처럼 치명적으로 제게 박힌 눈물, 피, 오물을 씻어내느라 너덜너덜해져야 하니까. 효령은 엄마 말을 믿지 않았다. 사실 엄마라고 여기지도 않았다. 정신을 놓은 엄마가 "나는 네 엄마가 아니다"라고 하기 이전부터 그녀는 이미 효령의 엄마가 아니었다. 효령은 '모두의 어미'가 되기 위해 누구의 어미도 될 수 없다는 말이 형용모순일 뿐이라 생각했다.

효령이 가만히 귀를 기울인다. 시끄러운 피리 소리나 장구 소리는 들리지 않는다. 자주 있지도 않은 굿판 같은 게 효령이 가는 시간에 딱 맞추어 벌어졌을 리 만무하고, 무당의 역할이라는 게 대개 점복을 봐주는 선에서 끝나는 요즈음의 상황을 고려하면 당연한 일이다. 그래도 효령은 어디선가 요란한 소리가 들렸으면 싶다. 금방이라도 자신을 물어뜯을 듯한 사나운 고요에 몸이 떨린다.

심장이 돌연 효령과 별개의 생명체인 것처럼 몸을 뚫고 나오려 기를 쓴다. 너는 여기 있어라, 나는 가련다. 효령의 손이 저절로 가슴을 움켜쥔다. 안 되겠다. 도저히 문 안으로 들어설 수가 없겠다.

순간 효령이 주소를 확인하느라 손에 꼭 쥐고 있던 전화기가 부르르 떨린다. 명성기획에서 보낸 메시지와 함께 사진 한 장이 뜬다. 지금 당장이라도 효령의 눈앞에 나타날지 모를 당사자, 도무지 나이를 가늠할 수 없는 무당 박선주의 얼굴이다. 엄마와 비슷한 연배일 텐데도 터무니없이 어려 보인다.

사실 하얗게 분을 칠한 무표정한 얼굴로는 나이도 성격도 도무지 가늠할 수가 없다. 전날 실장이 보낸 메일에도 그런 내용이 있었다. '알아낼 수 있는 게 많지 않았습니다. 사교성 있는 무당들도 많은데, 선주 무당은 전혀 그렇지가 않다네요. 굿판에 같이 다니는 무당들이랑도 굿하는 데서만 잠깐 만날 뿐이래요. 드나드는 단골들은 자기네 무당이라고 입을 꾹 다물지, 만나는 다른 친구들은 없지, 직접 물어보는 건 하지 말라고 하셨으니, 여기까지가 저희가 알아낼 수 있는 최선입니다.' 실장은 고객이 감동할 때까지 친절히 일하겠다던 처음의 약속을 지키려는 듯 할 수 있는 최선을 다했다. 그는 박선주와 효령의 어머니가 같은 스승 밑에서 공부한 동기 사이였고, 악사였던 효령의 아버지가 박선주를 찾으면서 관계가 틀어졌다고 설명했다. 악사는 두 무당의 집을 한붓그리기 하듯 끊지 않고 오갔다. 박선주는 악사가 죽기 직전에 갑자기 자취를 감추었다가 첫 제사가 돌아올 무렵에 다시 나타났다. '박선주가 악사의 죽음을 예견하고 미리 떠났다고 하는 소문도 있고, 악사를 죽인 후 떠났다고 하는 소문도 있어요. 하지만 죄다 확인되지 않은 소문일 뿐입니다.' 실장은 과학적이고 현대적인 자신의 조사에도 불구하고 더 많은 정보를 알아낼 수 없었다며 아쉬움을 표했다.

효령이 방금 그가 보낸 사진을 넘기고는 메시지를 읽는다. '나이를 알 수 없는 게, 외모만 그런 게 아닌 모양입니다. 굿판에서 뛰는 힘이 아직도 젊은 시절 못지않다고 합니다.' 미진한 조사를 보완하려는 듯한 실장의 성의가 읽히지만 그다지 유용할 게 없는 정보다. 젊은 시절 못잖게 힘이 넘치는 무당이라……. 선주 무당도 엄마처럼 모두의 어머니를 자처하며 무언가에 집착하는 생을 끊어내라고, 미련 없이 떠나라고 호통을 쳐댈까……. 어떤 사람일까? 그녀에게 무슨 말을 해야 할까. 어디부터 시작해야 할까.

효령은 미리 생각을 정리해서 오지 않은 게 후회스럽다. 아니다. 생각은 무수히 했다. 잠 못 이루는 밤에도, 마음이

천근 같은 날에도, 윤지가 아픈 날에도, 그리고 조금 전 박선주가 산다는 동네를 헤매면서도 내내 생각했다. 하지만 그동안 했던 생각들은 지금 당장은, 베개에 떨어진 몇 올의 머리카락들처럼 지리멸렬하기만 하다. 만나보면 무슨 말이든 하게 되겠지, 나중에는 그렇게 덮어버리고 온 터였다.

효령이 엉성하게 닫혀 있는 철문을 살그머니 밀어본다. 경첩이 제 존재를 경멸하고 강한 거부감을 표하는 듯한 소리를 낸 것과는 달리 쉽게 문이 열린다. 한옥이라 하기에는 지나치게 작다 싶은데, 자세히 보니 원래 한집이던 건물을 옆집과 반반 나누어 쓰고 있다. 왼편에서 잘린 대청마루가 아무렇게나 쌓아 올린 담을 넘어 이웃집으로 연결되어 있다. 그러니 그저 한옥일 뿐 고풍스럽거나 운치 있는 집은 아니다. 특히 화장실인지 광인지 알 수 없는 귀퉁이의 임시 건물은 그나마 미관이랄 만한 게 남지 않도록 혼신의 힘을 다해 추한 모습을 연출한 듯하다. 안채는 조용하다. 무력한 인간들에게 대범하게 대하는 법을 터득한 쥐 한 마리가 마당을 가로지르고, 아무도 듣지 않는 노래를 끝없이 부르는 참새 한 마리가 담장으로 날아오른다. 한 여인이 감당하기에는 지나치게 자극적인 맛과 향을 가진 시간이 스멀스멀 흐른다.

효령은 대문 안으로 밀어 넣으려던 몸을 조용히 뒤로 물린다. 아무래도 오늘은 아니다. 오늘은 도저히 안 되겠다. 그대로 발길을 돌린다. 대문이 그다지 아쉬울 것도 없다는 듯 끼익, 경박한 소리를 내며 닫힌다. 사방이 휘휘하다. 스크럼을 짠 채 자세를 낮추고 있던 집들이 효령을 향해 일제히 총부리를 겨눈다. 만신창이가 된 효령이 가까스로 골목길을 벗어난다.

뒤늦게 알게 되는

귀연에게 이제 프란츠를 만나야 할 이유는 너무 많다. 귀연은 우선 부동산중개업을 하는 쉬라즈 부부를 방문하기로 한다. 지하철을 오래 타야 하고 다시 버스를 타든 걷든 해야 하는 만만찮은 길, 그림 그릴 시간을 쪼개고 낭비해야 하는 발걸음이 급하다. 귀연은 그렇게 서두르느라 어떤 동양인 남자가 자신에게 알은체한 것도 인식하지 못한다. 남자는 그다지 적극적이지 않았던 며칠 전의 태도를 버리고 이번에는 무슨 말인가를 건넨다. 귀연은 분명 그 말을 들었을 테지만 앞만 보고 걸을 뿐 별 반응을 보이지 않는다.

지하철 출입구에서 표 검사를 하는 두 역무원이 다급히 걷는 귀연에게 일제히 시선을 던진다. 귀연도 흘낏 두 사람을 본다. 뻣뻣한 검은 머리 앞부분을 뱅스타일로 자른 중년 여자와 갈색 머리의 젊은 여자다. 젊은 여자가 성급히 귀연에게 다가가 표 검사를 하려 들자 나이 든 여자가 제지한다. 관록이 붙은 그녀는 귀연에게 불심검문 같은 걸 할 필요가 없다는 걸 알고 있는 듯하다. 이제 귀연이 헝가리인과 다른 유럽인을 쉽게 구분할 수 있는 것처럼 오래 동양인을 봐온 헝가리 사람들도 한국인과 일본인, 돈 많은 중국인과 그렇지 못한 중국인까지 구별할 줄 안다. 이런 역사에서는 물론, 돈이 많고 적음을 구별하는 게 중요하지 않다. 정액권을 끊고 다니는 현지 외국인인지, 일회용 티켓을 구매한 관광객인지, 그 관광객 중에서도 똑똑하게 환승표까지 한 장 더 구매한 사람인지 아닌지를 가려내는 것만이 중요하다. 경험으로 얻은 게 꽤 있을 검은 머리 여자는 귀연이 정액권 소지자임을 한눈에 알아본 게 틀림없다. 어떻게 알아보았는지는 여자 자신도 설명할 수 없을 것이다. 걷는 모양, 표정, 손의 움직임 등을 능가하는 모종의 표지를 읽었을 수도. 귀연은 갈색 머리 쪽의 눈을 똑바로 응시하며 출입구를 지나간다.

모종의 표지……. 오감을 넘어서는 다른 게 있다는 걸 사람들은 잘 모른다. 나는 안다. 그러므로 조금 전 나는 귀연에게 한마디를 건넸다. 나는 내 할 말을 했으나 애석하게도 귀연은 내게 눈길조차 주지 않았다. 서울의 내 아파트에서 여전히 졸고 깨기를 반복하고 있을 혼어미가 이 장면을 보았더라면 무슨 말을 했을까.

귀연은 막 떠나려는 멕시코이 우트Mexikói út 방향 열차를 타기 위해 가뜩이나 빠르게 움직이는 에스컬레이터 위에서 거의 뛰다시피 한다. 에스컬레이터는 천천히 산책하고 오래 먹고 휴가를 길게 즐기는 이곳 사람들과 도무지 어울리지 않게 무시무시한 속도를 자랑한다. 하긴 겉으로 드러나는 행동이 재빠르지 않은 걸 보고 사람들의 품성 자체가 느리다고 할 수는 없다. 특정한 나라 사람들이라고 해서 빠르고 느린 게 아니라 상황에 따라 느리게도 빠르게도 변하는 것일 게다. 물론 숨 가쁜 상황을 겪고 느끼는 데 따르는 스트레스의 강도는 다시 차후의 일일 텐데……. 그동안 슬로바키아, 오스트리아, 그리고 헝가리 등지에서 이십 년 가까이 떠돌듯 살면서 귀연이 내린 결론은 결국 '개개인의 다양성이 군집의 특성을 능가한다'는 것이었다. 물론 그건 내가 내린 결론이기도 하다.

전철 안에 빈자리가 많지만, 귀연은 앉지 않는다. 두어 해 전쯤 겪은 곤혹스러운 경험 때문이다. 붉은 개양귀비꽃들이 차창 밖에서 천진하게 나타났다 사라지기를 반복하던 초여름이었다. 웬 헝가리 남자가 옆에 앉더니 자꾸 말을 걸었다.

귀연이 “넴 뚜독 마자룰(Nem tudok magyarul, 헝가리어를 모릅니다)”이라 말해도 남자는 개의치 않았다. 급기야는 제가 가진 종이봉투에서 사과를 꺼내 건네주었다. 귀연은 고개를 가로저으며 거절했지만 남자는 귀연과 잘 아는 사이라는 듯 친한 척하기를 멈추지 않았다. 귀연이 자리에서 일어서자 남자가 따라왔다. 귀연은 큰소리로 도움을 청할까 싶었지만, 말을 걸고 사과를 건넨 것 외에 아무런 짓도 하지 않은 남자를 설명할 방법이 없었다. 급기야 귀연은 목적지도 아닌 곳에 내려 지하철 밖으로 뛰어나가야만 했다. 귀연은 나중에야 그게 헝가리어를 하지 못해 생긴 일이라는 생각이 들었고, 그 때문에 더 부끄럽고 화가 났다. “사과를 받고 싶지 않습니다”라거나 “자꾸 귀찮게 하면 경찰을 부를 겁니다”라고 딱 부러지게 말하지 못한 스스로가 한심했다. 어쨌거나 두 번 겪고 싶지 않은 치욕스러운 일이었다.

귀연이 마침내 쉬라즈 부부의 부동산에 당도한다. 칠이 벗겨져 오히려 운치 있어 보이는 나무 문을 힘주어 당겨 열자 부부가 함께 반색하며 반긴다. 아브람과는 가볍게 악수를, 쉬라즈와는 진하게 포옹을 한다. 귀연은 쉬라즈를 좋아한다. 아름답기 때문이다. 풍성한 다갈색 곱슬머리를 가진 그녀를 보자마자 또 그리고 싶다는 생각을 한다. 쉬라즈는 단순히 모델 같은 몸매나 인형 같은 얼굴을 하고 있다며 잠깐 감탄하고 지나칠 수 없는, 독특한 매력이 있는 여자다. 아마도 신비로워 보이는 청회색 눈동자 때문이리라. 사색하는 랍비 같으면서도 동시에 육감적인 창녀의 이미지를 풍기는 고대의 눈. 하지만 정작 쉬라즈는 수줍어서 모델 같은 것은 할 수 없다며 귀연의 제안을 거절했다. 귀연은 안타까웠지만, 모델이 동의하지 않는 그림을 그릴 수는 없었다. 얼굴을 보는 순간, 가게 처분을 부탁하기보다 모델 일을 다시 부탁하고 싶다. 하지만 또다시 거절당할 게 분명하기에 바보 같은 짓을 반복하지는 않는다. 귀연은 쉬라즈와 의례적인 안부 인사를 나누다가 그녀의 남편이 커피를 내오자 바로 본론으로 들어간다.

혹시 가게를 처분할 수 있는지 알아보려고…….

십이 년, 십삼 년째잖아. 갑자기 왜? 이유가 있어?

귀연은 메이가 한 말을 그대로 옮긴다. 매출이 줄어든 게 옆에 생긴 큰 중국집 때문이고 더군다나 그곳이 갱단 소유라는 사실까지. 쉬라즈가 회색 눈을 가늘게 만들며 응수한다.

그러네. 장사가 잘되어도 문제가 될 수 있어.

그래서 말인데, 삐삐츠를 갤러리로 만들면 어떨까?

아, 연의 갤러리?

말없이 둘의 대화를 듣고 있던 쉬라즈의 남편이 딱 맞는 조언을 해줄 수 있다는 듯 나선다.

거기가 외지기는 해도 버르거 임레의 전시관이 있으니까 효과를 기대할 수 있을지 몰라.

귀연은 기쁘다. 터무니없는 아이디어는 아니었다는 생각에 다소 고조된다. 미술품에 관심이 있어 임레의 작품까지 보러 온 사람이라면, 근처의 작은 갤러리에도 관심을 가질지 모른다. 귀연은 오랜만에 희망 비슷한 것을 품는다. 조금이라도 갤러리가 알려진다면……. 관광객에게 알려지면 대개는 현지인도 움직인다. 브뤼셀의 오줌싸개 동상도 특별할 것 없는 동상에 불과했지만 한번 주목을 받은 후로는 영원히 주목받게 되었다. 수많은 관광객이 그 작은 동상 앞에서 사진 한 장을 찍기 위해 앞을 다투고, 동상에 얽힌 전설을 주저리주저리 읊는다. 어디든 숟가락을 얹지 않고는 배겨내지 못하는 사람들이, 움직이지 않는 브론즈 상에게 고가의 옷을 보내고 마음을 담은 편지를 보내기도 한다. 언제 어떻게 무슨 일이 일어날지, 사람들은 예측하지 못한다. 어쩌면 세상의 일이란, 기분전환이 필요할 뿐인 무심한 신의 한 수거나 문득 존재감을 과시할 때가 되었다고 느낀 운명의 변덕에 불과할지도 모른다. 귀연은 어느 쪽이든 상관없다고 생각한다.

쉬라즈가 일단 가게의 용도 변경에 비용이 얼마나 드는지 알아봐 주겠다고 한다. 독일 태생이긴 해도 그녀 역시 더 오래 살아온 헝가리의 풍토에 익숙하다. 한 번에 무언가를 결정짓는 일이 결코 없다. 아주 여러 번, 또 오래 조율이 필요할 것이다. 게다가 프란츠의 허락을 받아내는 일도 남아 있다. 귀연은 그들과 즐겁게 차를 마신 후에, 쉬라즈의 눈을 다시 한번 아쉬운 듯 바라보며 길을 나선다. 고심하는 늑대의 눈처럼 깊고 그윽한 눈이 귀연을 배웅한다.

다소 과하게 계절을 꾸리고 있는 가로수 아래로 귀연이 힘차게 걸음을 옮긴다. 내가 뒤따라 걷고 있건만 귀연은 여전히 나를 알아보지 못한다. 한껏 들떴기 때문이다. 날개가 돋은 듯한 어깨가 들리지 않는 음악에 맞춰 들썩인다. 나는 아까 이렇게 말했다. "어떤 희망은 뒤늦게 알게 되는 절망일 뿐이야." 혼어미라면 이렇게 말했을 것이다. "두 번 겪고 싶지 않은 경험이라 해서 두 번 겪지 않으리란 보장은 없단다." 나도 혼어미도 너무 가혹한 걸까? 내 걸음은 점점 느려진다. 다시 한번 말해주려 했으나 그럴 수가 없겠다. 몰라서가 아니라 그저 망각했을 뿐인 가녀린 어깨가 가여워서다. 어차피 귀연은 내 말을 귀담아듣지도 않을 것이다.

생존의 방식

요세핀과 마태가 서커스를 보기 위해 시민공원으로 향한다. 서커스를 보는 건, 유람선 사고가 있던 날 이후로 처음이다. 한국으로 떠나는 마당에 마지막으로 서커스를 보지 않을 수 없다며 마태가 용돈을 털어 표를 샀다. 서커스와 사고는 이제 자연스럽게 같이 떠오르는 자매 같은 단어가 되었다. 하지만 두 사람은 단단히 약속이나 한 듯 사고 이야기를 꺼내지 않은 채 공원을 한 바퀴 돈다. 요세핀도 마태도 아직 어리지만, 선부른 애도로 죽음을 가볍게 만들어서는 안 된다는 것 정도는 알고 있다. 싱싱한 플라타너스들이 길가에 늘어서서 품 넓은 그늘을 만들어주고 있다. 요세핀도 마태도 끈적이지 않으나 뜨거운, 헝가리의 여름을 사랑한다.

요세핀과 비슷한 모노 톤 일색의 차림으로 멋을 부린 마태가 심심하다는 듯 제자리 뛰기를 한다. 막 링 위에 올라가 몸풀기를 하는 격투기 선수처럼 가벼운 발동작. 그의 옷 여기저기에 달린 체인들이 몸의 리듬에 맞춰 차르륵차르륵, 소리를 낸다. 허리춤에서 바지 주머니로 늘어지는 실버 체인과 메탈릭 실버 버클, 두 겹 스네이크 목걸이, 모자 장식으로 달린 짧은 체인, 긴 체인……. 마태는 모히칸 스타일의 머리를 포기한 후 모자에 공을 들이고 있다.

마태가 요세핀의 어깨에 팔을 두르며 말한다.

보고 가지 않으면 한국에서 날마다 그네 타는 꿈을 꾸게 될 거라니까.

접시 돌리는 꿈은 안 꾸고?

마태와 요세핀이 서로를 찌르는 시늉을 하며 장난을 친다. 요세핀이 팔짱을 끼며 마태의 팔을 다정하게 쓰다듬는다. 마태가 한글로 문신을 새긴 팔에 힘을 주며 알통을 과시하려 하지만, 근육이랄 만한 게 없는 살은 살짝 부풀다 가라앉고 만다.

이거 읽어봐. 내가 새겨준 거.

마태가 어눌한 한국말로 '코끼리와 치통'을 발음한다. 요세핀이 문신을 해주겠다고 하자 마태가 한글로 써달라며 요구했던 글귀다.

요세핀은 취미 삼아, 때로는 용돈벌이 삼아 친구들에게 문신을 새겨주곤 했다. 무면허 문신사였지만, 친구들 사이에서 인기가 높았다. 마태에게는 공짜로 해주었다. 팔뚝을 맡긴 채 아픔을 참고 있는 마태에게 요세핀이 물었다.

왜 코끼리와 치통이야?

코끼리는 내가 가장 사랑하는 동물이야. 매번 서커스를 보러 가는 건 사실 녀석 때문이라고.

그럼 치통은?

이가 아플 때마다 네 생각이 나. 왜 그런지는 모르겠어.

두통이나 복통은? 혹시 발가락이 아플 때는 생각 안 나?

생각나지. 하지만 치통만큼 굉장한 건 없어. 이로부터 머리, 발끝까지 통증이 전신으로 퍼지거든.

이가 아프지 않을 때는 내 생각이 안 나겠네?

그럴 일은 없어. 난 선천적으로 이가 약하거든.

요세핀은 마태가 자신을 기억하는 방편으로 '코끼리와 치통'을 선택했다면 꽤 멋지다고 생각한다. 한국으로 떠나면 마태도, 서커스도 너무 그리울 것이다.

공연 시작한다!

마태가 무대를 가리킨다. 언제나처럼 두 명의 익살꾼이 공연을 연다. 키가 커서 헐렁해 보이는 인상의 광대가 양동이를 한 손가락으로 돌리자, 땅딸한 광대가 자기가 더 잘할 수 있다고 큰소리를 치더니 양동이를 뒤집어쓰고 물세례까지 맞는다. 박장대소하는 구경꾼들 사이에서 마태도 요세핀도 목청껏 웃고 소리를 지른다. 요세핀은 우스워서 웃는다기보다 웃기 위해 우스워한다. 사실 웃을 상황은 아니다. 돈을 마련할 결심을 굳혔는데, 그 때문에 기분이 좋지 않은 것이다. 대안이 있다면 절대로 선택하지 않을 방도였다. 하지만 요세핀은 웃음 사이로 심란한 기분을 묻어버린다. 뒤섞다 보면 희미해지겠지, 쉽게 생각하기로 한다.

이제 공연은 공중그네를 타고 줄타기를 하는 사람들로 현란해져 있다. 헨델의 아리아가 흐르는 중에, 곡예사들이 천장부터 늘어진 천을 몸에 감고서 오르락내리락한다. 그들 가운데로 그네가 시계추처럼 오가며 사람을 하나씩 실었다 떨구었다 하고 있다. 팔십 점도 구십 점도, 심지어 구십구 점도 소용없을, 오로지 만점만을 요구하는 엄정한 순간이다.

요세핀은 곡예사의 손과 손, 손과 발이 보이지 않는 그물로 연결되어 있음을 안다. 예전에 요세핀은 곡예사들이 서로를 거울삼아 보지 않으면 결코 곡예를 완수할 수 없으리라 생각했다. 하지만 서커스를 오래 관람하면서 알게 되었다. 그들은 오로지 자신만을 거울삼아야 한다. 자신을 보지 않고 상대를 볼 때, 그들은 너무 익은 과일처럼 참담하게 추락하고 만다.

힘줄 돋은 팔과 다리들이 만났다 떨어졌다 하는 동안 관계 역시 이어졌다 끊어졌다 한다. 요세핀은 서로에게, 실은 자신에게 연루되는 광경을 숨죽여 바라본다. 귀연이 요세핀에게 연루되기를 바란 적 있던가? 혹은 요세핀 스스로가 귀연에게 연루되었다고 느낀 적 있던가? 그렇지 않은 것 같다. 엄마는 자신이 혼자라는 사실을 강조함으로써 요세핀 또한 당연히 홀로임을 받아들이게 했다. 엄마는 늘, 비 그친 후 연통이 물방울을 떨어내듯 요세핀을 떨어냈다. 한 방울씩이지만 마를 때까지 집요하게, 그게 마치 자연의 이치라는 듯 가차 없이.

그네를 오가던 커플 중 남자 쪽이 여자의 발목을 놓칠 뻔한다. 사람들이 기겁해 비명을 지른다. 너무 높지도 너무 낮지도 않은 적당한 높이의 비명. 마태와 요세핀은 공중곡예사들이 지난번 공연과 마찬가지로 실수인 척 연출한 장면임을 알지만, 다른 관중들과 마찬가지로 열광 어린 응원의 박수를 보낸다. 요세핀은 생존의 방식을 알 것 같다. 아슬아슬해도 확신을 갖고 부여잡아야 한다. 결국, 잡아야 할 것은 타인의 손이 아니라 제 손이다. 제 손을 제가 두려워할 필요는 없다. 그리고 떨어지지 않을 확신이 있을 때, 실수인 척 작게 소리도 지를 수 있어야 한다. 인생은 한판 연극이라고 하지 않던가. '척'을 포함하지 않은 진정한 인생은 없다. 요세핀이 크게 심호흡을 한다.

무대에 쿰쿰한 배설물 냄새가 나는가 싶더니 코끼리가 등장한다. 앞다리를 들고 두 발로 일어서는 코끼리, 뒷다리 하나를 애교 있게 들어 공을 차내는 코끼리, 실수인 척 코로 조련사를 말아 올려 잠시 관객들을 긴장하게도 만드는 코끼리. 세상의 근심 걱정 따위를 코 하나로 던져버릴 수 있는 코끼리와 세상의 모든 근심 걱정을 다 떠안고 있는 코끼리가 함께 뛰논다. 한 마리, 열 마리, 천 마리의 코끼리들이 공연장을 세우고, 들썩이게 하고, 하늘 높이 날리기도 한다. 요세핀과 마태는 지치지도 않고 환호하고 손뼉을 치고 발을 구른다. 치통이, 하지만 감당할 수 있는 치통이 전신으로 퍼져나가는 느낌이다. 요세핀은 코끼리와 치통만 있는 세상이면 좋겠다고, 세상이 그리 복잡하지 않았으면 좋겠다고 생각한다.

공연이 끝난다. 아홉 시가 되었는데도 대낮의 밝음이 아슴푸레 남아 있다. 마태가 손에 들고 있던 작은 손가방에서 불쑥 무언가를 내민다.

자, 행운의 선물.

요세핀이 둘둘 말린 얇은 종이를 펼친다. 나무로 깎아 만든 코끼리 인형이다. 거칠게 깎은 모양새로 보아 마태가 직접 만든 게 분명하다. 등 뒤에 있는 줄을 당기자 코끼리의 네 발이 번쩍 올라가고, 고깔을 쓴 머리가 옆으로 휙 기운다.

수고스럽게 뭣 하러 만들었어?

마태가 팔뚝에 있는 '코끼리와 치통' 문신을 손바닥으로 툭툭 친다.

문신값이야. 이제야 내는 거지.

요세핀은 갑자기 마태와 헤어진다는 사실이 실감 난다. 눈물 같은 걸 흘리지 않으려고 애쓰지만, 입술을 깨물지 않을 수 없다. 길 건너 트램펄린 위에서 서너 명의 아이들이 뛰고 있다. 솟았다, 가라앉았다, 굴렀다, 하늘 높이!

마태가 요세핀의 이마에 입을 맞추며 말한다.

태국에서 어떤 조련사가 코끼리를 억지로 가르치려 하다가 밟혀 죽었대. 코끼리를 잘 모르는 신참이었던 거야. 뭘 할 수 있는지, 어떤 것을 할 수 없는지 그 녀석들이 먼저 가르쳐줄 때까지 기다렸어야 했는데 그러지 않았던 거지. 요세핀도 명심해. 한국이 무언가를 알려줄 때까지 기다리는 거야. 무작정 덤비지 말고. 잘할 수 있지?

요세핀이 많이 놀란다. 마태가 이런 말을 할 수 있을지 예상하지 못해서다.

마태…….

알아, 나 좀 멋있어 보이는 거. 그렇다고 너무 반하지는 말고.

요세핀이 속으로 크게 답한다. 한국에서 잘할 자신 있어. 꼭 잘 지낼 거야. 하지만 여기서 할 수 있는 일을 우선 해야 해. 코끼리가 가르쳐줄 때까지 기다리려면 너무 늦거든.

요세핀의 속말을 듣지 못한 마태가 트램펄린을 가리킨다.

우리 저거 한번 하자.

그래, 서커스도 직접 해야 맛이지.

두 사람이 알전구가 달린 길을 따라 달린다. 볼을 붉힌 두 젊은이의 생이 알전구처럼 빛난다. 요세핀은 코끼리와 서커스, 마태, 그리고 함께한 많은 것들을 잊지 않으리라 다짐한다.

D-4

들끓는 자들

영웅의 후예들은 언제든 어디로든 자유롭게 떠나기 위해 청동으로 만든 솥을 말 엉덩이에 매달고 다녔다. 누군가가 죽으면, 솥은 깨뜨려져 고인의 무덤에 함께 묻혔고, 말은 그의 죽음을 애도하는 문상객들의 음식이 되었다. 소유하지 않고 잠시 빌렸을 뿐인 듯한 말과 솥은 그렇게 자연으로 돌아갔다.

이 욕심 없는 후예들은 곧 어떤 이들의 미움을 샀다. 소유하지 않으면 불안해서 미칠 지경이 되는, 그러쥐어야 비로소 안도하는 이른바 '들끓는 자들'이 후예들을 증오했다. 그들은 자신에 대한 제어와 겸손을 내세울 만한 것으로 여겼기에 후예들의 소탈한 웃음소리에 경기를 일으키곤 했다.

자신만으로 충만한 후예들이 낯설었고, 낯설었으므로 사력을 다해 미워했다. 들끓는 자들은 후예들의 이불을 훔치고 베개를 감추어버렸으며, 이가 끓는 침소를 통째로 태워버리기도 했다. 자신들이 적대시하는 자들이 보여주는 광활한 자유를 위험한 것으로 치부하려고 절치부심했으며, 위험하지 않다고 말하는 자를 처단하기 위해 잔인한 짓들을 일삼았다.

누군가를 속이려다가 결국 자신에게 속고 마는 들끓는 자들은 두려웠다. 두려워서 더 성실해지고 더 엄격해진 그들은 사소한 것 뒤에 반드시 도사리고 있어야 할 음흉한 것을 찾아내기 위해 머리를 쥐어뜯었다. 후예들이 욕심부린 흔적을 발견하기 위해 제 손가락을 깨물고 제 발가락을 짓찧었다. 아무것도 바라지 않다니 그게 가능한가!

어찌 보면 들끓는 자들은 불쌍한 이들이었다. 그들은 자신들을 땅 위에 떨어져 썩어가는 열매만큼도 여기지 않는 자들 때문에 습관적으로 분노했다. 무신경한 후예들 때문에 누릴 수 있는 행복을 빼앗겼다고 여기며 이를 갈아댔다. 제대로 잠을 자지 못한 채 마른침만을 삼켰다. 제 저주에 제가 걸려들어 실소하는 이도 있었고, 병마에 시달리며 신음하는 이도 있었다. 코가 없는 사람도 맡을 수 있을 쿰쿰한 건어물 냄새가 언제까지나 그들을 떠나지 않았다.

들끓는 자들은 후예들이 단지 말 한 마리, 그 말 엉덩이에 매달린 솥 하나만으로 만족하며 산다는 사실을 절대로 인정하지 않았다.

메꾸지 못할 구멍

효령은 자포자기하는 심정으로 박선주의 집을 다시 찾는다. 이전처럼 머뭇거리는 대신 철문을 세게 밀고 들어선다. 그러나 거기까지. 더는 움직일 수가 없다. 아무래도 또다시 다음을 기약해야겠다, 자신 없다고 생각하며 돌아서려는데 갑자기 대청마루 오른쪽에서 문이 열린다. 사진으로 여러 번 확인했던 바로 그 얼굴이 고개를 내민다. '보통 성깔 있는 무당이 아니랍니다.' 기획사의 실장이 덧붙인 문자 그대로의 인상이다.

가면을 쓴 것처럼 하얗게 화장을 한 여인이 마치 효령이 기어이 발길을 돌리려는 그 순간을 기다렸다는 듯이 말을 툭 던진다.

들어와.

거역할 수 없는 힘을 가진 목소리다. 효령은 기대 반 포기 반인 심정으로 한 발짝을 내디딘다. 하지만 안 되겠다. 도저히 다가갈 수가 없다. 무당 박선주가 자신의 동작 하나하나를 주시하고 있는 게 느껴진다. 그녀의 시선이 샤워기에서 쏟아진 물처럼 순식간에 몸에 흠빽 스며든 느낌이다. 떨린다. 막상 박선주 앞에 서면 아무 말도 할 수가 없을 듯하다.

어여 들어오라니까.

무당이, 효령이 무언가를 잘못하기라도 했다는 듯 호통을 친다. 뜻밖에 효령의 몸이, 아직도 대문께를 떠나지 못한 마음과 달리 어느새 대청마루에 올라 있다. 순순히 박선주를 따른다.

예상보다 넓은 방은 붓글씨가 쓰인 위패며 별 일곱이 새겨진 청동거울, 무구와 무복 등 잡다한 물건들로 가득하다. 신당으로 보이는 건넌방 정면에는 박선주가 모시는 관우 장군이 앉아 있고, 뒤로 무시무시한 신령들이 그려진 병풍이 쳐져 있다. 효령이 촛대며 향, 과일과 과자 등이 놓인 상 앞에 뻣뻣하게 선다.

인사드리고 앉아.

하지만 효령은 어린 시절에도 외면하기 급급했던 신들에게 인사 따위를 하고 싶지 않다. 박선주도 그냥 한번 해본 말에 불과했는지, 모르는 척 점상을 차리고 있다. 옻칠을 먹인 점상 표면에는 팔괘가 그려져 있는데, 상 위에는 오방기와 방울이 놓여 있다. 효령이 사주팔자나 운세 같은 것을 보러 왔다고 생각한 듯하다. 안 그래도 효령은 그런 척이라도 할 요량이었다. 궁싯거리며 앉아 간신히 입을 연다.

전 태어난 날도 시간도 정확히 몰라요.

나이도 몰라?

스물여섯이에요.

왜 왔어?

어머니를 찾고 싶어요.

박선주가 효령을 빤히 바라보더니 이내 다섯 색깔의 깃발과 끝이 두 갈래로 벌어진 방울을 쥐고서 흔들기 시작한다. 방울손잡이 아래 노란 천이, 신들린 것은 정작 자신이라는 듯 경박스럽게 몸을 떤다. 무당은 정확하게 어디라고 할 수 없는 곳으로 시선을 줬다 거두며, 신경질적으로 얼굴을 실룩인다. 자신의 얼굴이라는 게 없어 보이는 가면 같은 얼굴에 엄마의 얼굴과 이귀연의 얼굴, 그리고 효령 자신의 얼굴이 어룽거린다. 박선주가 중얼중얼 주문 같은 것을 외는 동안 효령은 수백 번도 더 몸을 일으켜 도망가 버리는 상상을 한다.

어쩌자고 여기까지 왔을까? 신당의 병풍 옆 족자에 그려진 일곱 명의 대신들이 효령 몰래 음험한 일을 도모하기라도 하듯 실눈을 뜬다. 효령은 따가울 만큼 발개진 볼에 상대적으로 찬 손을 대 열을 식히고자 한다. 어디까지 어떻게 얘기해야 할까? 어쩌면 어설프게 무당을 속일 수 없을지도 모른다. 효령은 자신이 누구인지 밝히지 않겠다고 결심하면서도 한편으로는 박선주가 자신을 대번에 알아보길 바란다. 엄마가 이미 오래전에 잃어버리고 만 신기, 아니 그저 투미한 기억만이라도 박선주가 내보여주기를 바란다.

병풍 속 수많은 눈이 효령을 함부로 홀랑이질하며 시간을 요리한다. 씻고 다듬고 잘게 썰어 볶아낸 시간이 맛과 향을 내며 변하기 시작한다. 효령은 몸이 풀리는 듯한 느낌을 받는다. 어미가 아니라 자식을 찾으러 온 것만 같다. 사고로 익사를 한 아들 혹은 딸을 어디서 찾아야 할지 모르는 어미처럼 무력하다. 물살이 빠른 강 혹은 드넓은 바다에서 시신이라도 건질 수 있을까? 아무리 간절해도 정녕 찾을 수 있을까? 살아생전에 이 인연의 고리를 다 정리할 수 있을까……. 몸이 붕 떴다가 가라앉는 듯한 느낌이 반복된다. 생급스레 방울 소리가 멎는다.

빈손으로 왔어? 신령님께 드릴 게 있어야지.

무당이 몰강스레, 동시에 새초롬하게 말하지만, 효령은 멍한 상태에서 쉽게 벗어날 수가 없다.

네, 네에?

어허, 복채라도 내야지, 이 사람아.

무당이 부채로 상을 탁, 내려친다. 효령이 가까스로 정신을 차린다. 효령은 무당이 지나치게 당당하다는 사실에 충격을 받는다. 품위나 예의를 지켜가며 곱게 살아올 수 없었다는 사실을 못 박고 싶은 듯, 오히려 바로 그 점을 강조하고 싶은 듯 태도가 거칠다. 엄마도 그랬던가? 효령의 엄마는 늘 차가웠다. 차갑고 차갑고 차가웠다. 박선주는 조금 다르다. 얼음 같은 매끈한 차가움이 아니라, 동토의 바람처럼 드세고 과격하다.

효령이 허둥지둥 가방을 뒤져 준비해 온 봉투를 꺼낸다. 박선주는 하얀 봉투 속의 오만 원권 지폐를 확인하더니 빙긋 웃는다.

하나 뽑아봐.

오방기의 손잡이를 내미는 박선주의 손톱에 핏빛 매니큐어가 칠해져 있다. 효령은 어떤 깃발도 뽑고 싶지 않다. 무슨 말이든 무당의 입에서 떨어지고 나면 다시는 주워 담을 수 없을 것 같다. 그 흡흡한 손이 효령을 쥐고 놓아주지 않을지도 모른다.

그 순간 루벤스의 그림 「시몬과 페로」가 떠오른 게 우연은 아닐 것이다. 효령은 딸의 영혼을 쥐어짜고 있는지도 모른 채 젖을 빨던 그림 속의 시몬처럼 박선주에게서 가늠할 수 없는 탐심을 본다. 친구의 딸이든 애인의 딸이든 혹은 자신의 딸이라 할지라도 뺏을 게 있다면 가차 없이 덤벼들 것만 같은 사람이다. 사냥한 고기를 익히지도 않은 채, 피 뚝

뚝 흐르는 채로 먹어치울 것만 같은 사람이다. 효령은 더 견딜 수가 없다. 이 모든 일이 아무짝에도 쓸모없는 감정소비로 느껴진다. 남편도 있고 윤지도 있는데, 여기를 왜 왔을까? 효령은 충분히 탄력을 유지하고 있는 자신의 삶을 구태여 욕심나게 불어서, 결국 터뜨려버리지 않을까 불안하다. 이귀연 따위, 요세핀 따위, 자신의 어머니 따위 모르고 살면 어떤가 말이다.

그냥 가보겠습니다.

앉아.

급하게 일어서려는 효령을, 무당이 오방기를 뻗어 제지한다. 효령의 무릎에 부딪히면서 말려 있던 오방기가 주르르 흩어진다. 하얀색 기가 다른 기들 위로 펼쳐진다.

역시 내 이럴 줄 알았어.

아니요. 어머니를 찾고 싶지 않아졌습니다.

네가 찾고 안 찾고 할 문제가 아니야. 너 사는 꼴이 지금 어떤지 알아?

상대가 상처받을 것을 확신하고 또 그러기를 바라는 단작스러운 말투다. 무당 박선주의 표정이 순식간에 바뀐다. 날렵하게 그어진 눈썹이며 가선이 진 눈, 원래의 형태를 알 수 없는 입술 등이 일시에 꿈틀거리는가 싶더니, 본 적 없는 미로를 만들어낸다. 천진하지만 잔인한 아이 같은 그 표정에 효령은 소름이 돋는다.

본의 아니게 신밥을 얻어먹은지라 효령도 흰색이 뜻하는 바를 모르지 않는다. 신의 도움을 받을 운이거나 소위 백제신, 백호신이 들어올 수 있다는 의미다. 순간, 최근 제 주변을 끈질기게 맴돌던 노파가 떠오른다. 그러나 가당찮다. 효령이 저도 모르게 이를 간다. 행여 신의 도움을 받는 데에 그치지 않고 칠성에 공을 닦을 팔자가 된다면 죽고 말리라. 차라리 죽어버릴 것이다. 효령은 선주 무당이나 엄마처럼 살고 싶은 생각이 추호도 없다. 언제까지나 윤지만, 남편만 끌어안고 가리라 생각한다. 다른 모든 것들과 마찬가지로 사랑 역시 총량이 정해져 있지 않은가 말이다. 나눠주면 배가 되는 게 아니라 나눠주면 딱 그만큼 줄어들 수밖에 없는 사랑, 딸과 남편에게만 주어도 모자랄 그 사랑을 다른 누구에게도 낭비하고 싶지 않다. 정말이지 효령은, 모두의 어머니 따위는 절대로 되지 않을 것이다. 결코, 무시근한 밤을 끌어안은 채 홀로 누워 잠들지 않을 것이다.

효령은 진짜 얼굴이라는 게 없을 것만 같은 무당의 얼굴을 멍하니 바라본다. 호기심 번득이는 그 얼굴에서 최소한의 체면이랄 만한 얇은 막마저 사라졌음을 알 수 있다. 효령은 그녀의 뻔뻔한 열렬함을 기어이 보고야 만다. 뱃속 저 아래까지 전해진 허기를 도저히 참지 못해 자신의 위장이라도 끄집어내 씹어 먹고야 말 것 같은 그악스러움. 효령은 입이 항문처럼 생겨서 먹을 수가 없는 데다 어쩌다 먹어도 입 안에서 불이 붙고 만다는 아귀를 떠올린다. 절망적이고 무시무시하다. 효령은 울음을 참았을 때처럼 온몸이 덥다. 벌렁벌렁 몸 안에서 요동을 치는 열기가 금방이라도 밖으로 터져 나올 것만 같다.

효령의 눈이 희번덕거린다. 박선주 무당은 단 한 번도 둘 같은 하나, 하나 같은 둘을 느껴보지 못했을 것이다. 제 형질을 고스란히 간직한 또 하나의 자신을 생산할 수도, 잃을 수도 있다는 사실 자체를 모른다. 의무나 올무가 아니라 감사하고 즐길 수도 있는 사랑에 대해 온전히 무지하다. 그렇게나 가스러지고 그렇게나 메마른 채 으르렁댈 뿐인 참혹한 영혼! 효령은 제가 본 영혼의 남루한 모습에 놀라기보다 그걸 죄다 읽은 스스로에게 더 놀란다.

벗어나야 해, 여기를 떠나야 해……. 효령이 벌떡 일어나 신당 문을 열고 도망치듯 뛰쳐나간다. 하지만 마당 가운데선 효령의 뒤에 어느새 박선주가 있다.

이봐!

무당이 어지간한 청력으로는 알아들을 수 없는 낮은 목소리로 중얼거린다. "네가 누군지 알아……." 속삭임에 가까운 소리지만 또렷하게 들린다. 아니 또렷한 정도가 아니라 우렁

차다. 단어와 단어가 긴 열차처럼 착실하게 늘어서더니 뿌웅, 기적을 울린다. 정확하게 화물을 내려놓고 다음 목적지로 출발하려는 듯 거침이 없다. 효령은 경악한다. 걷어내고 던져버리려 해도 일렬로 늘어선 문장은 흩어지지 않는다.

박선주의 말 일점일획이 성능 좋은 드릴처럼 효령의 살에 구멍을 뚫는다. 펑 혹은 빵빵. 효령은 평생 그 구멍들을 품은 채 살아야 한다는 걸 깨닫는다. 그중 단 하나도 메꾸지 못할 것이다. 아아……. 효령은 무당에게 살의를 느낀다. 자신만이 가장 소중해서 기본적인 모성도, 인간으로서의 측은지심도, 그 어떤 사랑도 누릴 수 없는 사람, 누리는 것 따위는 해변에서 놀고 버린 폭죽만큼도 아쉬워하지 않는 사람에 대한 맹렬한 증오심이 타오른다. 효령은, 부주의하게 끓어 넘칠지 모를 위태로운 생각들을 가라앉히려고 사력을 다한다. 젖 먹던 힘을 다해 무당을 저주한다.

대문을 나서려는데 무당이 발악하듯 내뱉는다.

아무려면 어떠냐! 아무려면 어떠냔 말이다. 어리석은 것!

효령이 더럽게 엉겨 붙으려는 것들을 필사적으로 걷어내고, 남편의 다정한 아내로서, 윤지의 상냥한 엄마로서 걸어나가기 위해 몸부림친다. 오늘 일은 아무도 모를 것이다. 아무도 알 필요가 없다. 뚫린 구멍으로 콸콸, 물컹해진 삶을 쏟으며, 효령은 이를 악문다.

진짜 여행자처럼

장크트 길겐의 풍광은 여전하다. 누군가가 매일 윤나게 닦은 듯 정갈하고 반듯해 비현실적으로 느껴진다. 걷기조차 아까운 길에서 귀연이 천천히 걸음을 옮긴다. 부다페스트에서 오스트리아 짤즈감머구트까지 기차로 일곱 시간, 다시 버스를 타고 삼십 분이 더 걸렸다. 프란츠의 어머니 이렌느의 실체를 안 후로 발길을 끊었으니 십사오 년 만이다.

혼잡하고 삭막한 곳에서 자란 귀연에게 볼프강호를 낀 길겐의 첫인상은 충격적이었다. 말 그대로 동화 마을이었다. 불결한 것은 하나도 담고 있지 않은 듯한 순수한 초록 식물들이 사색에 잠겨 있었고, 오직 채도만이 하늘과 다른 호수가 고요하게 웃고 있었다. 귀연은 아무 숲길에서라도 모자 쓰고 앞치마를 두른 귀여운 소녀가 불쑥 튀어나올 것 같은 마을의 모습에 매료되었다.

그 모습이 하나도 바뀌지 않았다. 듬성듬성 숲 사이에 자리를 잡은 집들과 아기자기한 꽃들이 어우러진 아름다운 동네. 그러나 오늘 귀연은 동네의 풍광과는 별개로 전혀 아름답지 않은 한 사람이 사는 집을 방문해야만 한다.

이렌느는 동양인을 혐오했다. 프란츠와 결혼을 하고서, 처음 인사를 하러 갔을 때부터 이렌느는 굳은 표정이었다. 체면 때문에 가까스로 자신을 누르고 있긴 했지만 냉랭한 눈동자가 대놓고 귀연을 싫어한다고 말하고 있었다. 그녀가 동양인을 좀 싫어하는 정도가 아니라 유색인종 차별주의자라는 사실은 더 나중에 알았다. 그건 숨긴다고 감추어지는 성질의 것이 아니었고, 종래에는 이렌느도 굳이 감추려 하지 않았다.

프란츠의 성화로 시내의 백화점에 갔을 때였다. 함께 화장실에 들렀을 때 이렌느는 귀연이 쓴 화장실에 한사코 들어가지 않음으로써 자신이 얼마나 그녀를 싫어하는지를 알렸다. 귀연은 메꽂게 번득이는 푸른 눈동자를 그때 처음으로 제대로 보았고 곧 알았다. 그동안 귀연이 이렌느의 집에서 무언가를 집을 때마다 그녀가 지었던 이상한 표정이 무엇을 의미했는지. 그건 단순히 며느리를 싫어하는 표정이 아니라 구더기를 끔찍하게 여기는 것과 같은 표정이었다.

귀연으로서는 이렌느가 자신을 어떻게 생각하든 아무런 상관이 없었지만, 프란츠는 종종 이렌느에게 화를 내곤 했다. 자신의 어머니에 대한 기본적인 신뢰를 무너뜨리고 싶지 않아 자꾸 다른 이유를 만들어내기도 했다. 신경과민이나 우울증. 처음에는 이렌느도 아들 앞에서만은 가식적인 태도를 버리지 않았지만, 곧 그마저도 참을 수가 없었던지 귀연이, 그리고 동양인 모두가 싫다고 떳떳하게 밝혔다. 흥분 상태에 이른 이렌느가 사람의 껍질을 벗기는 야만인, 약탈과 방화를 일삼는, 제어할 수 없는 어떤 민족에 대해 욕을 퍼부었다. 귀연은 그녀에게서, 정착하지 않으려는 자유로운 자들, 어떤 규율에도 속박당하지 않으려는 자들에 대한 무조건적인 적개심을 읽었다. 또한, 자기를 가두고 체벌한 이유가 자발적인 게 아니라 다른 사람 때문이라고 해야 직성이 풀리는 자들 특유의 비겁함을 보았다. 이렌느는 독일어에 서툰 귀연도 다 알아들을 수 있을 정도로 또박또박 말했다. "나는 게걸스럽게 축제를 즐기고 시간과 인생을 낭비하는 자들을 증오한다. 일하지 않고 내 아들에게 빌붙어 사는 너를 용납할 수 없다. 너희와 우리는 근본이 다르다." 귀연은 이렌느의 혐오를, 그 편협한 강박증을 그다지 놀라지 않고 바라보았다. '인간'이니까, 이성적이지 않은 무수한 역사를 만들어온 인간이니까, 그런 인간 저런 인간이 모두 섞여 사는 게 세상이니까, 그럴 수 있다고 생각했다. 귀연은 단련되어 있었다. 그날 이후로 두 번 다시 이렌느를 보지 않았다. 싫은 감정을 눌러가며 누군가를 계속 만나는 수고 따위는 할 필요가 없다고 여겼다.

그러나 오늘 길겐의 풍광은 마귀할멈 같은 이렌느의 존재마저 묻어버릴 정도로 매력적이다. 닿을 수 없는 하늘을 그리워하느라 고통에 잠긴 호수를 대신해 고풍스러운 나무들이 몸을 한껏 뒤튼 채 팔을 뻗고 있다. 수호신처럼, 정념의 신상처럼 숭고한 자작나무와 너도밤나무, 그리고 굳이 제 이름을 알리려 들지 않는 무수한 나무들…… 햇빛의 회한과 바람의 미련마저 푼푼하게 끌어안은 숲 어디에나 중독되기 쉬운 희망이 가득하다. 귀연은 어쩔 수 없이 말랑말랑해지고 만다. 뻬뻬츠를 손봐서 갤러리로 쓴다면 갤러리를 위해 모은 돈을 이후 생활비로 지출해도 될 것이다. 그간 들인 공이 있으니 그림은 조금씩이라도 팔릴 것이다. 귀연의 그림을 본 사람들 대부분이 특별하고 인상적이라며 칭찬해주었다. 귀연은 그런 칭찬을 모두 믿지는 않았지만, 기분 좋게 들었다. 익명의 대중에게 던져졌을 때 발생할 수 있는 반응 역시 충분히 고려하고 있었다. 어쨌든 식당을 갤러리로 바꾸는 게 하나의 대안이 될 수 있다는 사실은 고무적이다. 영원히 충족되지 않을 욕망의 성과이며 동시에 딜레마인 희망, 그것이 서서히 귀연에게 들러붙고 있다.

풍광이 조금 고즈넉해지나 싶더니 넓은 묘지가 나타난다. 귀연이 스스럼없이 들어서자 무덤 속 죽은 자들이 늡늡하게 기지개를 켠다. 곧 비석과 십자가와 꽃들이 아껴둔 '기쁨 저금통'을 깨 방문자를 환영한다. 명랑한 잔치가 열리고, 방심한 귀연의 얼굴에 미소가 어린다. 날마다 누군가는 죽고 묻히고 잊힌다. 당연한 무상함 가운데서 예상치 못한 위로가 솟구친다.

위로……. 역사는 한결같이, 뛰어난 자가 이룬 것과 함께 그 뛰어난 자들의 태도에 주목했다. 가진 것 자체를 즐길 줄 아는 위대한 자들은 타인의 시선에 신경 쓰지 않았다. 시기와 질투에도 존경과 흠모에도 흔들리지 않았다. 잘하는 자는 노력하는 자를 막지 못하고 노력하는 자는 즐기는 자를 막지 못한다고 했던가. 귀연은 자신이 노력하는 자와 즐기는 자의 경계에서 날마다 앞으로 갔다 뒤로 갔다를 반복하고 있다고 생각한다. 그림을 사랑하되 진정으로 사랑하는 길은 사실 쉽지 않았다. 불안정한 사랑이 귀연을 늘 긴장하게 했고 오기 부리게 했다. 가까스로 넘었다고 생각한 산이 순식간에 다시 코앞에 닥칠 때마다 그녀는 외면하기 위해, 어쩌면 살기 위해 엉뚱한 곳으로 눈을 돌렸다. 자존심을 세우고 사람들의 평판에 신경을 쓰며 부차적인 것에 촉각을 곤두세우기도 했다. 틀림없이 갤러리도 그런 것 중의 하나일 터였다.

그림을 그리지 않고도 살 수 있었을 세상, 맛있는 음식에 감동하고 예쁜 옷에 흐뭇해하며 아기를 낳고 이웃과 즐겁게 담소하는 편안한 세상을 그려보지 않은 건 아니었다. 그러나 귀연은 그런 세상을 선택할 수 없었는데, 엄밀히 말해 그건 귀연이 원해서 그런 게 아니었다. 어느 날 그림이 귀연에게 다가왔고 귀연은 그저 사로잡혔을 뿐이었다. 달아오른 연인처럼 영혼과 몸을 모두 허락했을 뿐이었다. 무수한 나날, 귀연은 그림들을 안고 업어 길렀다. 젖을 물렸고 제 살을 떼어내 먹였다.

그러므로 귀연은 자신이 지치고 허망해져서 설령 그림을 버리는 날이 올지라도, 그림은 결코 자신을 버리지 않으리라 생각한다. 귀연보다 힘이 세진 그것이 언제까지고 귀연의 손을 놓지 않으리라 믿는다. 그래, 그럴 거야. 그렇고말고! 뒤에서 귀연을 배웅하는 무덤들의 합창 소리가 들린다.

귀연은 어느새 묘지를 벗어나 있다. 문득 오른편으로 발코니 가득 붉은 꽃이 늘어진 예쁜 집이 보인다. 귀연은 걸음을 멈춘다. 통나무를 잘라 만든 작은 푯말에 '하우스 마르가레타Haus Margaretha'라 적혀 있다. 이렌느를 잊고 삐삐츠의 메이를 잊고 요세핀마저 잊은 채 여기 이 소박한 숙소에서 하루쯤 묵어가면 안 될까? 한없이 나긋나긋해진 생이 귀연의 허리를 부드럽게 감싸 안고 속삭인다. 안 될 것 없지.

스케치북이 든 가방 하나만을 달랑 들고 온 귀연이 진짜 여행자처럼 작은 문 앞에 선다. 곧 게스트하우스의 문이 열리고, 귀연이 홀연히 사라진다.

아름답고 푸른 두나강

이봐요!

유람선을 타기 위해 표를 끊고 나오는 내 등을 누군가가 노크하듯 두드린다. 일부러 너덜너덜해 보이게 만든 게 아닐까 싶은 검붉은 드레스를 입은 젊은 여인이다. 열 손가락에 열 개의 반지를 낀 그녀의 손이 얇은 여름 셔츠에 닿자, 기분 좋은 소름이 돋는다. 지나치게 강렬해서 아름다움을 강요하는 듯 느껴지는 얼굴이 빤히 나를 바라보고 있다.

담배 하나 줘봐요.

내가 몇 개비 남지 않은 에쎄를 내민다.

같이 탈래?

내가 라이터 불을 켜주며 묻는다. 요세핀이 얇은 입술로 담배를 물자, 깜빡거리며 새 빛이 탄생한다.

아니요. 당분간은 배에 오르고 싶지 않아요.

'그렇겠지. 그 거칠고 앙상한 죽음의 과정을 온몸으로 느꼈으니.' 그렇게 생각하며 나도 담배에 불을 붙인다. 푸른 연기가 성깔 없어 보이는 부다페스트 하늘을 향해 천천히 올라간다. 내가 느긋한 한량처럼 그녀에게 묻는다.

그런데 이 강은 어째서 요한 슈트라우스의 '아름답고 푸른 도나우강'과 전혀 다른 강처럼 여겨지지? 사실 다뉴브, 도나우, 두나, 발음만 다를 텐데 어쩐지 '아름답고 푸른 두나강'은 어색해.

길들어서 그래요, '아름답고 푸른 도나우강'이라는 언어에. 아저씨는 거부감이 없었을 테니까.

너는 길드는 데에 거부감이 있는 거로구나?

여우나 장미에게 속아 넘어간 어린 왕자처럼 살고 싶지는 않아요.

그런 걸 사랑이라고 하지 않나?

아저씨는 사랑을 잘 아나 보죠?

요세핀의 눈썹과 코, 혀와 배꼽 등에 달린 무수한 고리들이 찰랑거리며 흔들린다. "에즈 티젠 키렌츠 꼬르 인듈로 오리엔탈 야랏(Ez 19 kor induló Oriental járat)……." 요세핀에게 정말 배를 타고 싶지 않냐고 묻기라도 하는 것처럼, 갑자기 안내 방송이 울린다. 티젠 키렌츠 어쩌고 하는 걸로 보아 열아홉 시에 출발하는 오리엔트 호를 타려면 서둘러 표를 끊어야 한다고 알리는 모양이다.

요세핀이 담배를 길게 빨아들였다 천천히 내뱉는 동작을 말없이 반복한다. 어린 시절 내 증조모가 마루에 앉아 곰방대를 빨던 모습이 연상된다. 작은 체구에도 불구하고 매서운 데가 있는 분이셨다. 내가 묻는다.

파란을 믿고 한국까지 가려는 거야?

나는 요세핀이 효령에 대해 어떻게 생각하는지 궁금하다.

위험한 사람 같지는 않아요.

어떻게 알지?

파란의 블로그, 인스타그램 모두 살펴봤어요. 남편이나 아이, 아이의 친구들이나 그 엄마들과 찍은 사진 중에 위험해 보이는 건 하나도 없었어요.

그렇군. 가서 얼마나 있을 건데?

몰라요.

하긴 가서 얼마를 살겠다든가 체류에 관련한 서류상의 문제들을 어떻게 할지 생각해보았다면, 그건 요세핀이 아니다.

참 용감한 아가씨야.

한 달이든 두 달이든, 살아보면 답이 나오겠죠.

나는 얼마간 희떱게, 기꺼이 달려갈 수 있는 그 젊음이 부럽다. 강 표면을 들쑤시는 햇살처럼 도도하고 씩씩하게 뻗어나가는 기운. 내가 그런 젊음에 어울릴 만한 선물을 준비했다는 사실이 퍼뜩 떠오른다. 요세핀에게 주려고 용산에 일부러 들러 사 온 기념품이다.

행운을 빌어.

요세핀이 뜨악한 얼굴로 내가 준 것을 받아 든다. 경주 금령총에서 출토되었다는 국보 91호 도제기마인물상 토기를 복제한 펜던트다.

그래 봬도 은으로 만든 거야. 서울 가면 국립중앙박물관에 들러서 진품을 꼭 봐.

요세핀이 이걸 왜 내게 줘요, 하면서도 시선을 떼지 않는다. 내가 주목한 건 말이었다. 등에 사람을 태우고 엉덩이에 솥을 올린 말의 너무도 방자한 표정. 아무런 계산도 근심도 없어 보이는 그 말이 마음에 쏙 들었다. 요세핀도 마음에 들어 하는 듯해, 나는 내가 준 것을 바로 목에 걸어준다.

고맙습니다. 그런데 내가 엄마를 많이 닮았나요?

글쎄. 내 할머니의 엄마를 더 닮은 거 같은데? 너처럼 담배 피우는 모습이 인상적이었지.

요세핀의 손가락 중 하나인 양 자연스레 뻗어 나와 있는 가늘고 하얀 담배가 신경질적으로 몸을 떤다. 빠르게 생을 마친 담뱃재가 아쉬운 듯 여기저기로 몸을 던진다.

장난치지 마세요.

엄마를 쏙 빼닮은 얼굴이긴 하지.

외모를 말하는 게 아니잖아요.

그럼 어떤 면? 콩 싫어하는 거? 긴 치마 좋아하는 거?

마녀처럼 재수 없게 살고 싶지 않단 말이에요.

네 엄마가 마녀야? 그럼 너는 마녀의…….

요세핀이 실없는 내 농담에 질린다는 표정을 짓는다. 나 역시 내 농담이 마음에 들지 않는다.

아저씨는 우리 엄마를 좋아하나요?

처음엔 싫어했지.

지금은요?

지금은 요세핀, 네가 제일 좋아.

나는 내가 마음에 들지 않아요. 비겁한 거 같아.

인간은 누구나 비겁해. 약할수록 비겁하지. 그 정도는 아니잖아?

물론 난 약하지는 않아요.

그래서 마음에 들어.

구릿빛 피부를 한 건장한 사내가 배에서 내리더니 우리 쪽으로 다가온다. 야경을 보기에는 이른 시간이라 어지간히 손님이 없는 모양이다.

민댤트 인둘 아 하요, 넴 포그낙 펠쌀니?(Mindjárt indul a hajó, nem fognak felszállni?)

요세핀이 필터만 남은 담배를 강물로 던져버리더니, 헝가리어로 사내와 빠르게 이야기한다. 두 사람의 대화가, 언제 태어나서 어떻게 자랐는지를 죄다 물어본 후에 용건을 이야기하기라도 하는 것처럼 길게 이어진다. 헝가리어를 하나도 알아듣지 못하는 나로서는 그들의 대화에 나를 살해하는 내용이 있다 할지라도 웃는 수밖에 없을 것이다.

뭐래?

배가 곧 출발할 텐데, 지금 배를 타지 않을 거면 표를 밤 아홉 시 걸로 바꾸래요.

그리고 또 무슨 얘기를 한 거야?

그게 다예요.

그게 다였군.

나는 헝가리 사람들의 대화가 터무니없이 길게 이어지는 것을 여러 번 경험했다. 영어를 할 줄 아는 헝가리인에게 도움을 청한 후 현지인들끼리 나를 도우려고 나누는 대화를 들을 때도 번번이 느낀 바였다. 하지만 언제나 상대적인 느낌일 뿐인지 모른다. 요세핀이 귀연에 대해 재수 없다고 느껴도 그 역시 상대적일 수밖에 없는 것처럼. 어쩔 수 없을 것이다. 제대로 설명할 수 없고 단지 오해를 감당해야만 하는 사정이라는 게 늘 있는 법이다. 아마 요세핀도 모르지 않을 것이다.

헝가리어를 배운 게 참 요긴해. 그렇지?

글쎄요…….

요세핀의 손이, 추운 날씨에 바닷물에 들어갔다 나온 사람의 턱처럼 떨린다. 제 계획을 들켰다고 생각한 모양이다. 그러나 어디까지나 내 착각일 수도 있다. 담배를 많이 피우거나 커피를 많이 마셨을 때, 나도 손을 떨곤 하니까.

용기를 내서 나랑 같이 배를 타보는 게 어때? 용돈을 줄 수도 있는데.

내가 당신과 저런 걸 타고 돈까지 받는다면, 모두 나를 이상하게 볼 거야.

넌 다른 사람의 시선을 꽤 신경 쓰는구나.

그런 게 아니잖아요!

요세핀이 발끈한다. 그런 그녀가 정말 귀엽다.

사고 후로 유람선을 타려는 한국인들이 또 있다는 게 신기할 뿐이야. 아저씨는 도대체 왜 배를 타겠다는 거죠?

애도하고 싶어서. 그리고 이 강이 왜 사람들을 데려갔는지 알고 싶어서.

그런 걸 알 수 있는 사람은 없어요.

요세핀의 말이 맞다. 누가 무슨 수로 생의 혹은 죽음의 이유를 알 수 있겠는가. 눈으로 볼 수 있는 것들로, 가령 마차시 교회가 고딕 양식으로 지어졌다거나 겔레르트 언덕이 해발 이백삼십오 미터라는 사실 따위로, 눈으로 볼 수 없는 것들을 알아낼 수는 없다. 그러나 요세핀은 나보다 많은 것을 보았을 것이고 또 볼 수 있을 것이다. 젊고 용감하고, 게다가 어쩌면…….

뿍뿍, 삑삑. 이번에는 안내 방송 대신 승선을 독촉하는 사이렌이 울린다. 아름다운 젊은이와의 대화가 즐겁지만, 배를 놓칠 수는 없다.

혹시 부다페스트 야경을 보면 오스트리아-헝가리 이중 제국 당시의 영화榮華가 떠오르나?

아저씨가 오래된 건물에 시커멓게 낀 때를 닦아내는 일꾼들을 봤어야 해요. 얼룩이 앉은 자리는 전쟁의 흔적이고 얼룩이 지워진 자리는 자본의 흔적이죠.

너는 함축적인 역사가 일으킨 먼지까지 볼 줄 아는구나.

뭐라는 거예요?

나는 요세핀이 점점 더 마음에 든다. 그러나 이제 정말 배를 타러 가야 한다. 아름답고 푸른 두나강과 긴 대화를 나누어야만 하리라. 그러고 나서야 나도 돌아갈 수 있을 것이다. 승무원이 배에 묶인 밧줄을 풀고 있는 걸 곁눈질하며 내가 급히 묻는다.

나한테 물어볼 건 다 물어본 거냐?

그럴 거예요. 그냥 내가 너무 나쁜 인간은 아니라는 걸 확인하고 싶었을 뿐이에요.

길들고 싶지 않다면서 그걸 왜 내게 물어보는 거냐?

요세핀이 어이없다는 표정으로 항변한다.

난 아직 어리잖아요. 아저씨 반밖에 안 살았다고요.

나는 급히 손을 흔들고는 막 떠나려는 배를 향해 뛰기 시작한다. 선원이 그럴 줄 알았다는 듯 고개를 가로저은 후 기다린다. 배에 다다른 내가 뒤를 돌아보며 크게 소리친다.

한국에 가면 국립중앙박물관에 꼭 가보거라!

요세핀이 내 말을 들었는지 못 들었는지 확인할 길은 없다. 그녀가 치렁치렁한 치맛자락을 펄럭이며 도로 쪽으로 걸어가는 게 보인다. 질까 말까를 고민하는 듯한 해가 그녀를 따라 긴 그림자를 만든다. 요세핀이 반기지 않을지도 모르지만 나는 축원한다. 나의 아리따운 방문객이 기꺼이 광야의 흙먼지를 뒤집어쓴 채 달려갈 수 있기를, 솥 하나 매달고 바람처럼 떠날 수 있기를, 아름답고 푸른 두나강의 노래가 그녀를 따라 흐르기를…….

◦ D-3 ◦

단조로운 노래, 단순한 춤

영웅의 후예들은 다른 이가 가진 것을 탐내는 법이 없었다. 누군가가 가진 건강한 치아나 화려한 장신구나 으리으리한 집을 욕심내지 않았다. 다른 이가 목표로 하는 위대한 업적, 마음의 평화, 가정의 안락함도 모두 관심 밖이었다.

그러므로 그들은 늘 단조로운 노래를 불렀고 단순한 춤을 추었다. 화음이 들어간 복잡한 노래, 누군가와 팔을 엮고 다리를 거는 춤은 선망하지 않았다. 고독을 길들이고, 고독에 길든 그들은 언제나 홀로여야 만족했다.

후예들은 호수에 비친 제 얼굴을, 검이나 방패에 비치는 제 모습을 오래 감탄하며 바라보았다. 가끔 저 자신 말고 호수나 검, 방패에 비치는 다른 게 있기는 했다. 어김없이 그건 온 세상, 드넓은 우주였다. 사실 후예들은 자신과 세상 혹은 우주를 구분하는 법을 알지 못했다. 그 둘은 온전히 같은 것이었다.

후예들은 평생 다른 이로부터 환대라는 것을 받아본 일이 없으며 실상 그런 것을 기대한 적도 없었다. 그들이 아는 유일한 환대는 제가 제게 주는 환대뿐이었다. 스스로를 위해 부르는 노래, 스스로와 함께 추는 춤은 늘 경이로웠다. 우주의 선율, 세상의 몸짓을 이미 터득한 후예들은 존재의 연원을 밝히려 헛된 힘을 쓰지 않았고 타인의 시선을 분석하느라 골머리를 앓지도 않았다. 욕심 없는 그들은 무한히 자유롭고 그래서 언제까지나 아름다웠다.

끊어버리지 않고는 풀 수 없는

효령이 차를 몰고 아파트에 들어서는 찰나, 또 노파가 보인다. 벤치에 누워 몸을 웅크린 채 잠든 듯하다. 그러나 정오의 태양이 매몰차게 그늘을 거두어 가는 시간이지 않은가. 노파의 자세는 다분히 의도적으로 보인다. 분명 눈을 감고 있건만 노파의 눈이 효령을 주시하는 듯도 하다. 눈꺼풀 아래 꼭꼭 숨었으나 필시 모든 걸 보고 있을 그 눈. 효령은 서둘러 지하 주차장으로 들어선다.

하지만 어두컴컴한 주차장에서 이번에는 노파의 음성이 들린다. 얘야, 너는 너야. 분명 벤치에 누워 있는 모습을 봤는데도, 노파의 음성이 아니라고 생각할 수가 없다. 효령이 자신도 모르게 차 문을 잠근다. 있으리라고 짐작도 하지 못했던 어떤 기억이 불시에 열릴 것만 같아 심히 불안하다. 효령은 노파를 피해 달아나기 위해 핸들을 꺾는다. 파워핸들의 묵직함. 팔에 힘이 들어가지 않는다. 이대로 핸들에 머리를 묻고 하염없이 자고만 싶다. 어느새 노파가 차 바로 옆에 다가와 효령을 지그시 바라보고 있다. 되돌려받을 의사가 추호도 없는 눈길, 그래서 어쩐지 꼭 되돌려주어야만 할 것 같은 눈길. 소스라치게 놀란 효령이 그 눈길을 피하는 사이, 노파가 주름투성이의 손을 들어 사이드미러를 부여잡는다. 차를 막겠다는 듯 혹은 차 문을 열기라도 하겠다는 듯 비장한 얼굴이다. 당황한 효령이 급히 가속페달을 밟는다. 노파가 넘어지면서 주저앉는다. 효령의 등 뒤로 한기가 흐른다. 속이 꽉 차 있지 않을 늙은 뼈가 산산이 부서졌을 수도 있다. 효령은 곧바로 후회한다. 하지만 백미러를 통해 보니 노파는 별일 없었다는 듯 옷을 털며 일어서고 있다. 효령의 눈 아래 살부터 팔, 다리가 도미노 쓰러지듯 차례로 떨린다. 효령은 도망치듯 지하에서 빠져나가 지상 주차장에 차를 세운다. 조금 전에 봤던 노파의 형상이 꿈결인 듯싶다.

효령이 가까스로 걸음을 옮겨 노파가 누워 있던 벤치로 간다. 아무도 없다. 효령은 노파에게 따져 묻고 싶다. 왜 자꾸 따라다니는 건지, 왜 민찬 엄마나 용민 엄마가 아니라 자신에게 나타나는 건지, 어째서 일 년 전, 이 년 전이 아니라 혹은 십 년 후, 이십 년 후가 아니라 바로 이 순간 주변을 맴도는 건지.

효령이 진땀을 흘리며 집에 들어서는데, 윤 여사에게서 전화가 걸려 온다. 이번 주 간식비가 아직 들어오지 않았다며 불평한다. 효령은 바로 보내겠다고 말하고는 전화를 끊으려다 묻는다. 밖에서 나는 소음이 들렸기 때문이다.

그런데 오늘은 어디로 가셨어요?

경동시장 나왔어.

엄마는요?

또 자지 뭐.

거기 멀잖아요.

쑥국에 산딸기에, 내내 먹을 것 타령을 하는데 어째? 청각 들어간 된장찌개 끓여달라고 노래를 불러서 말린 청각이라도 있는지 알아보러 나온 거야.

경동시장이라니, 거기가 어디라고. 효령은 윤 여사의 외출이 도를 넘어서고 있다고 생각한다. 하지만 윤 여사는 시종 당당하다. "후딱 장 보고 깨기 전에 들어갈 거야." 윤 여사가 그렇게 말하지만, 효령에게는 "자를 테면 잘라봐"라는 위협으로 들린다. 화가 나지만 어찌할 도리가 없다.

억지로 깨어 있게 해도 자는 것과 하나 다를 바 없는 엄마, 쑥국을 먹어도 산딸기를 먹어도 삼십 초면 잊어버리는 엄마, 청각 들어간 된장찌개를 매일 먹어도 그걸 먹고 싶다는 생각에서 결코 헤어나지 못하는 엄마. 윤 여사가 효령의 눈치를 보지 않는 이유는 그녀 역시 엄마 곁에 있기가 싫기 때문이다. 엄마가 있어야 돈도 벌고 먹고 싶은 것도 먹고 식료품도 빼돌릴 수 있지만, 죽어가는 사람 옆에, 사실상 정신이 이미 죽어버린 사람 옆에 있기가 징그러워서다. 그러라고 돈을 받고 있음에도 그 돈 따위 언제든 던져버리고 싶은 것이다.

사실상 효령도 윤 여사와 하나 다를 바 없다. 엄마 곁에 있기가 싫고 엄마가 징그럽다. 효령이 가라앉은 목소리로 말한다.

돈은 바로 보낼게요. 너무 늦지 마시고요.

효령은 엄마가 "나는 네 엄마가 아니다"라고 말했을 때, 서럽기보다 오히려 안도하는 마음이 되었다. 엄마는 자신이 홀로 노래 부르고 홀로 춤추며 스스로가 스스로를 환대하는 이라고 말하곤 했다. 우쭐거리는 태도로 사람은 누구나 혼자라는 말도 덧붙였다. 그러나 효령이 보기에 엄마는 극도로 이기적이고 끝 간 데 없이 무책임한 사람일 뿐이었다. 스스로를 물어뜯는다고 하면서 사실상 남을 물어뜯는 자일 뿐.

엄마가 치성을 드리러 간 사이, 전기가 끊어진 일이 있었다. 어둡고 추운 방에서 효령은 서랍 어디에 있을, 서랍이 아니라도 어딘가 반드시 있다고 믿고 싶은 랜턴을 찾아 헤맸다. 평소에 그리 쉽게 눈에 띈 걸 반성이라도 하듯 랜턴은 그야말로 감쪽같이 자취를 감춰버렸다. 효령이 하릴없이 촛불을 밝히자, 신당에 차려진 온갖 신들이 기다렸다는 듯 몸을 흔들며 일어섰다. 그들은 꿀처럼 끈적거리는 불빛 사이로 길고 불결한 손가락을 뻗어 무기력한 영혼을 농락했다. 효령은 흥건한 땀의 늪에 빠진 채 급기야 정신을 잃었다. 소용없을 줄 알면서 저도 모르게 엄마를 불렀다.

효령이 손가락 끝과 발가락 끝 어디에도 힘을 줄 수 없다는 사실을 느끼며 깨어났을 때도 엄마는 보이지 않았다. 엄마는 언제나처럼 부재하는 방식으로만 존재했다. 효령이 공사장에 밥을 대는 지하 식당에서 생선을 굽고 있을 때도, 그 냄새가 몸에 배어 친구들이 코를 싸쥐고 놀려댔을 때도 엄마는 없었다.

엄마가 일찍 정신이 나간 게 어쩌면 다행일지 몰랐다. 효령이 죽여버리고 싶을 만큼 미워하기 전에, 영영 곁을 떠나

버리기 전에 엄마가 "나는 네 엄마가 아니다"라고 말했으므로 효령은 숨을 쉴 수가 있었다. 오히려 고마웠다. 그리고 여자를 찾을 결심도 했다. 이귀연. 여자는 자신이 치를 값을 계산해본 적이 없을 것이다. 효령이 살아온 그대로 똑같이 되돌려받으리라 생각지도 않았을 것이다. 효령은 되돌려줄 수 있는 여러 방법을 상상했다. 아프게 하고 싶었다. 죽어버리는 게 차라리 낫겠다고 여길 만큼 고통스럽게 해줄 생각도 했다. 상상만으로도 효령이 누워 있는 방 전체가 터져버릴 것 같은 날들이 얼마나 많았던가.

노파의 하얀 시선을 의식하기 전까지는, 요세핀을 찾게 되기 전까지는, 선주 무당을 찾기 전까지는, 그 무수한 상상들을 부당하게 여기지 않았다. 하지만 지금은 아무것도 이치에 맞지 않는 듯하다. 모든 게 뒤엉켜버렸다. 끊어버리지 않고는 풀 수 없는 실타래들이 엉망으로 꼬인 채 주변에 널려 있는 기분이다.

그나저나 노파가 다친 건 아닐까? 조금 전 주저앉았다가 다시 일어선 게 정말 노파가 맞는지, 아니 노파가 그 지하주차장에 있기나 했던 건지, 효령은 아무것도 확신할 수가 없다. 분명히 단지 내 공원 벤치에 잠들어 있었는데…….

쉽지 않은 만남

모처럼 푹 자고 일어난 귀연은 별반 서두르지 않고 오전을 보낸다. 토스트와 커피로 아침을 해결하고 근심 없는 진짜 여행자처럼 숙소 주변을 산책한다. 평생 그런 일이 없었건만, 케이블카라는 걸 타고 츠뷜퍼호른산도 오른다. 곧 마음 내키는 대로 마음에 드는 모든 걸 스케치하기도 한다. 귀연의 영혼에 다른 영혼이 스며들기라도 한 듯, 기이한 하루가 그렇게 지나간다. 평소의 귀연이라면 절대로 시간을 낭비하지 않았을 것이고, 감상에 빠져 할 일을 미뤄두지도 않았을 것이다. 늦은 오후가 되고서야 귀연은 원래의 모습으로 돌아온다. 누가 혹은 무엇이, 어떤 의도로 자신을 유혹했는지 알지 못한 채 힘차게 걸음을 옮긴다.

귀연이 스스로의 기억력에 은근히 감탄하며 이렌느의 집 앞에 선다. 색색의 꽃들이 열병식을 하듯 질서정연하게 늘어선 화단, 그 화단을 턱받이처럼 괴고 앉은 집. 집주인의 편견만큼이나 질겨 보이는 보라색, 빨간색, 흰색의 꽃들이 잎 하나 시들지 않고 또록또록 자라 있다. 귀연은 무뚝뚝해 보이는 현관문 앞에서 잠시 숨을 고른다. 쉽지 않은 만남이 될 것이다.

끼루룽거리는, 새소리 비슷한 신호음이 길게 이어진 후

문이 열린다. 귀연이 인사 없이 묵묵히 서 있다. 이렌느가 잠시 귀연을 훑어보더니, 자신의 위치에서 이 정도 일로 놀랄 수는 없다는 듯, 하지만 좋지 않은 기분만은 분명히 알리고 싶다는 듯 차갑게 말한다.

무슨 일이지, 연?

귀연의 예상대로 이렌느는 여전히 정정하다. 딱 벌어진 어깨, 곧고 굵직한 골격이 그녀의 양호한 건강 상태를 짐작할 수 있게 한다. 예전과 하나 다름없이, 자기 아닌 남들만이 실수든 잘못이든 저지른다고 확신하는 악의에 찬 얼굴이다. 귀연은 갑자기 귀찮아 죽을 것만 같다. 이 늙은 여자의 경계심을 뚫고 들어가 프란츠의 연락처를 물어보는 일이 너무도 비루하게 여겨진다. 할 수만 있다면 이대로 돌아서고 싶다. 하지만 귀연은 싫은 만큼 더 빨리 이 허접한 일을 해치워야만 하리라 마음을 다잡는다. 그녀는 말의 역효과를 고려하며 말없이, 이렌느의 응대를 기다린다. 그간의 세월 때문에 약자에게 강하고 강자에게 약한 사람들을 다룰 줄 알게 된 귀연이다. 침묵을 무기 삼은 귀연 때문에 이렌느가 초조해하기 시작한다.

들어와.

늙은 아리안 여인은 호의로 건네는 말이 아니라는 인상을 주기 위해 총력을 다한다. 인조솜 같은 파마머리 아래 하얗고, 네모난 얼굴이 그대로 석고상 같다.

귀연은 이렌느를 조금도 배려하고 싶지 않아 영어로 말한다.

프란츠와 연락이 되지 않네요. 식당 일이 좀 복잡해졌어요. 얼굴 보고 얘기해야 할 것 같아 이렇게 찾아왔습니다.

물론 영어 정도로 이렌느의 기를 죽일 수는 없다.

프란츠는 지금 여기 없어. 그리고 바빠. 원한다면 내가 말을 전해줄 수는 있어.

이렌느는 의심 가득한 눈으로 귀연을 바라본다. 무언가를 훔치러 왔거나 거짓말을 하는 게 분명하다고 여기는 불신의 눈이다. 하지만 손은 눈과 달리 기계적으로 움직여 주스를 준비한다. 이렌느가 강박적으로 보여주려는, 최소한의 품위 유지 차원의 접대다. 납작한 원기둥 형태의 비타민 덩어리가 요란스럽게 거품을 낸 후 물에 녹아든다.

번호만 알려주면 간단하게 통화하고 끝낼게요.

프란츠는…….

이렌느가 고집스럽게 입을 다문다. 이렌느는 프란츠의 번호를 알려주고 싶지 않을 것이다. 알려준다고 해도 결코 쉽게 알려주지는 않을 것이다. 귀연은 지금 순간이, 번호를 받아 들고 이렌느의 집을 나와 부다페스트로 돌아가는 길이라면 얼마나 좋을까, 욕조에 물을 받고 온몸에 송골송골 땀이

맺히도록 반신욕을 하는 순간이라면 얼마나 개운할까 생각한다.

프란츠가 재혼한 것은 알고 있는지 모르겠네. 아이도 낳았어. 공연히 혼란을 주고 싶지는 않아. 내가 전해줄게.

손자를 가질 나이에 자신의 아이가 생겼구나. 프란츠는 미안해서라기보다는 창피해서 연락을 끊은 모양이다. 귀연으로서는 프란츠가 결혼했든 아이를 낳았든 아무런 관심이 없다. 그러나 이렌느는 믿지 않을 것이다. 지금 귀연에게 중요한 게 가게의 처분에 관한 사항일 뿐이라는 사실을 곧이곧대로 받아들이지 않을 것이다. 그녀의 고집을 꺾느니 황소의 뿔을 꺾는 게 낫다.

그럼, 내가 하는 말을 그대로 전해줘요. 프란츠가 잊었을지 모르니 내 전화번호도 알려줄게요.

귀연은 요세핀이 한국으로 떠나려 한다는 말은 하지 않는다. 이렌느 역시 손녀의 안부에 대해 궁금해하지 않는다. 그녀는 귀연을 자신의 며느리로 받아들이지 않은 것처럼 요세핀의 존재도 결코 인정하려 들지 않았다. 요세핀이 아기였을 때조차 이렌느는 냉랭하기만 했다. 그렇게 동양인을 싫어하는 사람이 애초에 왜 프란츠를 한국에 가게 내버려 두었는지 모를 일이었다. 이렌느가 한국에 가려는 프란츠를 막았더라면 귀연도 프란츠를 만나는 불운에 엮이지 않았을 텐데……. 하긴 아무리 이렌느라 해도 아들의 고집과 집요함을 당해내지는 못했을 것이다. 프란츠는 쉽게 포기하고 싫증을 잘 냈지만, 일단 무언가를 하고자 들면 열정적으로, 또 저돌적으로 움직였다.

귀연이 장사가 되지 않는 가게를 처분할 수밖에 없는 이유를 설명한다. 이렌느가 연신 고개를 주억거리며 이해력을 과시한다. 정맥이 퍼렇게 올라온 하얀 손으로 또박또박 무언가를 받아 적기도 한다. 사무적인 일이라면 백 년이라도 응대해줄 수 있다는 듯 기운찬 모습이다. 귀연은 목이 마르지만 테이블에 놓인 주스를 마시지 않는다. 입을 대면, 아니 입을 대지 않아도 이렌느는 귀연이 떠나자마자 주스 컵을 소독할 것이다. 마치 근처에 있는 것만으로도 오염되었다는 듯이. 어째서 동양인 혐오주의자 따위가 된 걸까, 이 여자는……. 귀연은 얘기를 마치고 자리에서 일어선다. 어쨌든 일은 생각보다 빨리 끝났다.

이렌느가 혹독한 겨울 같은 표정으로 문 앞에 선다. 귀연은 인사 없이 집을 나선다. 오후 여섯 시가 지났음에도 불구하고 여름날의 긴 태양은 지친 기색이 없다.

모든 것이 준비되었다

아버지 차를 몰고 나온 마태가 평소와 다른 차림인 요세핀을 보고 감탄한다.

오늘 정말 우아해, 요세핀!

연한 화장을 하고 올림머리를 한 요세핀이 살짝 웃는다. 그러나 마태가 얼마나 예쁜지 친구들에게 자랑해야겠다며 사진을 찍으려 들자 단호하게 말린다.

사진은 절대 안 돼.

바쁜 하루가 될 것이다. 엄마가 길겐에서 하루 더 머무른다고 했으니 시간을 번 셈이지만 서둘러야 한다. 다행히 은행은 그리 멀지 않다. 요세핀이 차에서 내리며 당부한다.

여기서 기다려. 오래 걸리지 않을 거야.

요세핀이 거뭇거뭇 세월의 때가 묻은 육중한 건물 안으로 들어간다. 다행히 사람은 많지 않다. 요세핀이 대기 번호표를 뽑고 다소 상기된 얼굴로 자리에 앉는다. 수영을 처음 배우는 아이처럼 불안해 보인다. 아직 어리기 때문이다. 경험하지 못한 것을 경험한 척할 수 있을 만큼은 강하지 않기 때문이다.

그러나 전광판에 번호가 뜨자 요세핀은 갑자기 강해진다. 창구로 간 요세핀이 신분증을 내민 후 직원이 내민 서류를 받아 든다. y, e, o, n을 흘리듯 재빨리 쓰고 돈을 건네받기까지 오 분이 채 걸리지 않는다. 중년의 은행원은, 동양인이 나이보다 훨씬 젊어 보인다며 칭찬의 말을 아끼지 않는다.

한국 화장품을 써보세요. 채식도 도움이 될 거고요.

요세핀은 여유 있는 웃음을 던진 후 자리에서 일어선다. 고아한 자태가 젊은 여인을 뒤따른다.

밖으로 나온 요세핀은 요상한 세상사에 통달했을 법한 은행 벽에 기대어 담배를 피워 문다. 습기 없는 여름 바람이 제 기분대로 이리저리 연기를 날려 보낸다.

두 사람은 곧 공항으로 향한다. 가장 빠른 편으로 떠날 수 있는 항공권을 알아보기 위해서다. 차 안에서 마태가 요세핀의 어깨를 끌어당기며 묻는다.

그런데 왜 갑자기 서두르는 거야?

파란이 좋은 일자리가 났다잖아. 기왕 떠나기로 한 거 빨리 떠나는 게 마음 편하기도 하고.

요세핀이 서운해하는 마태를 달랜다. 마태는 무엇보다 F1 경기를 같이 보러 가지 못하는 게 가장 아쉽다.

그건 진짜 엄청난 추억이 될 텐데.

우리에겐 서커스가 있잖아. 추억이라면 이미 많아.

아직 험한 일을 해보지 않은 마태의 가느다란 손가락이 요세핀의 볼을 두어 번 두들긴다.

이 얼굴을 더 오래 못 봐서 그러지. 그리울 거야, 너무.

요세핀이 거의 비슷한 동작으로 마태의 볼을 살짝 꼬집는다.

나는 이 얼굴, 가슴에 새겼어.

두 사람의 동작에 헤어지는 연인의 절절함 같은 건 없다. 연인이라면 연인이랄 수 있었으나 친구로서의 감정이 더 크게 남았기 때문이다.

새벽 두 시 출발입니다. 최종 목적지 대한민국.

천식이 있는지 시종 쌕쌕거리던 직원이 항공권 발급을 진행하며 고개를 가로젓는다. 자신이 그런 표를 팔면서도, 스물여덟 시간이나 걸려 한국에 가는 경로가 아득해 보이는 모양이다. 부다페스트에서 프라하를 거쳐 프랑크푸르트, 상해를 통과해 인천으로 가는 일정이다. 중국에서는 거의 나절가웃을 공항 대기실에서 기다려야 한다. 몸은 좀 힘들겠지만, 적게 지불하고 빨리 떠나려면 어쩔 수 없다. 요세핀이, 어쨌거나 표를 구했으니 다행이라며 걱정하는 마태를 달랜다. 직원이 한심하다는 듯 한 번 더 다짐을 받는다.

이 표는 취소가 안 됩니다. 절대 안 돼요.

요세핀은 자신을 비웃는 듯한 직원을 잠시 노려보았을 뿐 달리 대응하지 않는다. 평소라면 배불뚝이 아줌마라든가, 숨도 못 쉬면서 밥은 어떻게 먹는지 모르겠다든가 하며 비웃는 자에게 똑같은 비웃음을 날릴 수도 있었을 것이다. 하지만 날이 날인지라 아무 소리도 하지 않는다. 떠난다고 생각해서인지 이상하게 너그러운 기분이기도 하다.

집에 가자. 다들 서운하다고 난리야.

요세핀은 마태의 가족들에게 인사를 해야만 하는 상황이 다소 곤혹스럽다. 가족들이 요세핀을 마태의 애인으로 대해서가 아니라, 그들의 다정함이 낯설기 때문이다. 엄마와 사는 동안 느낀 적 없는, 이질적인 포근함이 그 집에 있어서였다. 그러나 그냥 떠날 수는 없을 것이다. 요세핀은 불편하지만 호의를 받아들이기로 한다.

가족들이 기다리고 있는 식탁에 마태의 엄마 아리엘이 정성껏 준비한 음식들이 차려져 있다.

갑자기 떠나다니, 너무 서운하구나.

마태의 아버지 히다예트가 멋있게 자란 콧수염을 살짝 꼬듯 쓰다듬으며 말한다. 마태의 동생들과 아리엘이, 집안의 가장이 하는 말은 늘 옳다는 듯 성실하게 고개를 끄덕인다.

거기서 헝가리어를 배우려는 사람들이 있대요. 친절한 한국인 친구가 빨리 오라고 하도 성화여서요.

그렇다니까요. 미적거리다가 일자리를 놓칠 수도 있잖아요.

마태가 너스레를 떨며 요세핀의 말을 거든다. 아리엘이

으깬 시금치와 달걀로 만든 이스파나크르 유무르타를 덜어 주며 말한다.

요세핀은 너무 말랐어. 타지에서 견디려면 많이 먹어야 해.

마태의 쌍둥이 여동생들이 끈으로 꼬아 만든 팔찌와 천으로 만든 튀르키예식 책갈피를 선물로 준다.

우리가 튼튼이 만들어놓은 거야.

고마워, 정말.

요세핀이 마음을 들키지 않기 위해 시선을 마당으로 돌린다. 난도가 혀를 길게 빼문 채 옆집 고양이를 쫓고 있다. 고양이는 술래잡기를 즐기는 듯, 나무에서 담장으로 요령 있게 피하기는 해도 아주 멀리 가지는 않는다. 바람에 몸을 맡긴 나비들이 살아 있는 걸 잊지 않으려는 듯 날개를 팔랑이고, 몸을 불린 저녁 태양이 마태의 집 가득 복숭아색 빛을 쏘아준다. 요세핀은 그들의 환대가 부담스럽지만 잊지 않고 간직하기로 한다.

식사를 끝내자 아리엘이 체즈베에 커피 가루와 설탕을 넣고 끓인 튀르키예식 커피를 내온다. 히다예트가 냅킨으로 입가를 훔친 후 남아 있는 커피 가루 찌꺼기로 점을 쳐준다. 요세핀은 이전에도 몇 번 들은 풀이와 크게 다르지 않으리라 생각한다. 예상대로 히다예트는 그녀가 건강할 것이고 돈을 많이 벌 것이라며 축복의 말을 전한다.

봐라, 구불구불한 길 모양과 물고기 모양의 얼룩이 보이지? 요세핀의 여행이 이처럼 아름다울 거라는 얘기다. 귀인을 만나 도움도 받을 거고.

한 번도 나쁜 일을 예고한 일 없는 히다예트의 말이지만, 다들 더할 나위 없는 행운의 길이 열렸다며 축하한다. 요세핀은 배가 터질 듯하지만, 피스타치오가 들어간 로쿰까지 맛있게 먹어치운다.

밤이다. 엄마가 없으니 서둘러 짐을 쌀 필요는 없다. 요세핀이 물을 마시며 주방 벽에 걸린 그림을 바라본다. 그림자로 보이는 검은 여인의 형상이 중앙에서 왼쪽으로 약간 비낀 모습으로 서 있고 주변에는 그 여자의 축소판 같은 인형들이 잔뜩 널브러져 있다. 아래쪽으로 그림 속 인형 다리와 진짜 인형의 발이 연결되어 있다. 프레임 밖으로 빠져나온 발은 조바심을 내며 다른 세상으로 도망치려는 듯하다. 요세핀이 다가가 그 인형의 발을 만져본다. 전에도 만져본 적 있는데, 별 느낌은 나지 않는다. 어찌 보면 엽기적일 수도 있는 이 그림을, 엄마는 다른 그림보다 자주 걸곤 했다. 인형들은 하나같이 공허한 표정을 하고 있다. 요세핀은 조금씩 다르지만 비슷한, 거의 같은 얼굴을 한 인형들이 측은해 보인다. 똑같이 공평하게 행복하지 않은 얼굴.

요세핀은 엄마의 그림을 좋아하지 않는다. 엄마의 그림은 대체로 중심인물과 그 주변에서 인물의 마음을 대변하는 듯한 다른 인물들로 이루어져 있는데, 어떤 그림도 어둡게만 보여서 싫다. 주변 인물들이 제아무리 환희에 들떠 춤을 추어도, 제아무리 달콤한 꿈을 꾸는 듯 편안해 보여도 정작 중심인물에게서는 그런 분위기가 느껴지지 않는다. 그림자처럼 표정을 지운 채 감정을 숨기기에 급급해 보이는 인물들. 왜 솔직하게 자신이 기뻐하고 자신이 슬퍼하지 않을까? 왜 중심인물은 가만히 있는데 주변의 것들만 날뛰는가? 그림은 엄마를 닮았을지 모른다. 엄마 역시 자신의 감정을 쉽게 드러내지 않는 사람이니까. 엄마는 심하게 기뻐하는 일도 과하게 슬퍼하는 일도 거의 없는 사람이다. 하지만 기뻐하지도 슬퍼하지도 않으면서 세상을 이해한다고 할 수 있을까? 세상을 제대로 이해하지 못하는 사람이 도대체 어떤 예술을 할 수 있단 말인가. 요세핀은 엄마에 대한 기억을 몰고 가고 싶은 쪽으로 몰고 가는 이유가 제 가책을 덜기 위해서라는 사실을 인정하지 않는다.

그간 쌓인 피로감이 참을 만큼 참았다는 듯, 목 뒤와 어깨 사이에서부터 번지기 시작한다. 요세핀은 마음이라는 물컹한 것이 갑자기 터져나가지 않도록 힘껏 조인다. 어쨌거나 모든 게 준비되었다. 출발은 내일 새벽. 채 여섯 시간도 남지 않았다.

◦ D-2 ◦

귀한 부패

정말 괜찮으세요? 원래 하루 지나면 더 아프기도 하다던데.

고소라도 해야지, 원. 사람을 그렇게 내치고 가다니…….

혼어미가 버럭 소리를 지른다. 전날 내게 민망한 장면을 보였다는 사실에 속이 상한 걸까, 아니면 효령이 요지부동이라는 사실에 화가 난 걸까.

공항에서 차를 몰고 온 내가 아파트 주차장에 막 도착했을 때였다. 혼어미가 효령의 차 옆에서 쓰러지는 걸 목격했다. 치였다고까지는 할 수 없어도 충격을 받은 건 분명했다. 놀랍게도 혼어미는 벌떡 일어섰다. 효령은 노파가 쓰러진 것을 알았을 텐데도 차를 세우지 않았다.

엉덩이뼈가 댓 개는 부러진 모양이야. 죽겠구먼, 죽겠어.

혼어미가 잔뜩 찌푸린 얼굴로 거실을 오간다. 노인에게서 마른 나뭇가지 부러지는 소리가 난다. 그러나 그런 소리는 이전에도 나곤 했다. 혼어미도 늙어가기 때문이다. 세월 때문이 아니라 망각 때문에.

그런 말씀 마세요. 잘만 걷는데요, 뭘.

자네도 내 나이 되어봐. 한번 넘어지면 회복이 안 돼.

그러게 왜 갑자기 차를 막아서셨어요?

갠 뭔가를 오해하고 있어. 내가 해코지를 하려는 게 아니라는 것만 알아줘도 좋으련만.

애가 싫다잖아요.

글쎄, 난 뭘 해주려고 한 게 아니라니까? 그냥 알려주려던 것뿐이야. 제 길은 제가 찾아야지.

그럴 것이다. 지혜로운 혼어미는 따르는 자들을 내리누르는 강압적인 방법으로 후예들을 양산하지 않았다. 제힘으로 자신을 장악할 수 있도록 이끌기는 했지만, 결코 선을 넘어 나서지 않았다. 덕분에 후예들은 접착제처럼 세상에 눌어붙으려는 자신들을 강단 있게 떼어내는 법을 스스로 익혔다. 푸른 담배 연기로 구름을 만드는 법, 끝없이 흘러넘치는 술잔을 기울여 비를 내리게 하는 법, 바람의 머리를 땋고 흙의 볼기짝을 두드리고 불의 겨드랑이를 간지럽히는 법 등을 모두 알아서 체득했다.

그나저나 곧 요세핀이 올 텐데, 효령이 도와줄까요?

도움이 오히려 독이 되기도 해.

예상한 답이고 동의하는 바다. 요세핀이 누구의 도움도 받지 않는다면, 며칠이든 몇 달이든 예기치 않은 사건들과 부딪힌다면, 오히려 좀 더 빨리 자신의 발톱을 세울 수 있을 것이다. 정확한 액수의 동전을 넣는다고 원하는 캔 음료를 재깍 떨어뜨려 주지 않는 고장난 자판기 같은 세상을 일찌감치 맛본다면 금방 단단해질지도 모른다. 아마 요세핀이라면 좀 더 수월하게, 고철에 불과한 자판기를 악기로 만들어 노래 부르고 춤도 출 수 있을 것이다.

참, 유 선생이 헝가리 특산품이라며 맛난 술을 줬어요. 내가 맥줏값 낸 게 미안했던지 떠나기 전날 호텔로 찾아왔더라고요.

'술'이라는 말에 늙은 여걸의 허리가 절로 펴진다. 내가 토카이 와인을 꺼내 잔에 따른다. 황금빛 액체에서 달콤한 향이 올라온다. 유 선생이 한 말이 떠오른다. "토카이 와인은 일부러 수확 시기를 늦춰 귀부병貴腐病에 걸린 포도를 말려 만든대요. 포도에 덕지덕지 앉은 곰팡이균이 수분을 증발시키면 당도가 최고로 높아진다나 봐요. 이른바 '귀한 부패'라죠. 아이러니한 와인이에요."

아이러니한 와인이란 내 말에 단숨에 잔을 비운 혼어미가 얼굴을 찌푸린다.

아이러니고 뭐고, 너무 달아. 차라리 막걸리가 덜 달겠구먼.

디저트 와인이니 좀 달긴 할 겁니다. 여자들이 좋아한다고 하던데…….

여자들이 좋아한다니, 그거 성차별적인 말 아냐? 그리고 내가 여자야?

그럼 남자세요?

여자고 남자고가 어딨어, 요즘 세상에.

노인이 돌연 웃음을 터뜨린다. 병들고 썩고 아픈 걸 모두 겪은 후에 달고 상큼한 부활을 이룬 토카이 와인 같은 웃음이다. 그 웃음이 내게도 옮겨온다. 행복한가?

행복하신 거죠?

늙은 여걸이 귀찮다는 표정을 지으면서 답한다.

인생이 꼭 행복해야 하나? 행복이니 불행이니 신경 쓰지 않고 그냥 제 길 가며 살면 돼.

혼어미라면 그리할 것이다. 그녀에게 생은 애걸복걸하며 이루어야 할 무언가가 아니라 그저 유희일 뿐일 테니까.

혼어미가 와인을 주스처럼 꿀꺽꿀꺽 마신다. 탄력을 잃은 줄만 알았던 노인의 목이 돌연 팽팽해 보인다.

캬, 좋긴 좋네. 그나저나 간 김에 유럽 투어라도 하고 올 것이지, 왜 벌써 와서 사람 귀찮게 해?

혼어미가 애정 어린 퉁바리를 놓는다. 나는 헤싱헤싱 헐겁게 웃는다.

어머님 걱정해서 왔죠.

자네 걱정이나 하게, 이 사람아.

어머니가 좀 걱정을 끼쳐야 말이죠. 골치 아픈 일 외면하고 적당히 물러서고 세상 살 만하다 여기며 대충 사는 사람들도 많은데…….

노파가 갑자기 천 년은 젊어진 목소리로 답한다.

내가 이미 그렇게 살고 있네. 대충 살지 그럼, 죽을 둥 살 둥 아등거리며 사나?

매일 밤 홀로 누워 주무시는 거는요? 그건 어때요? 너무 외롭잖아요.

들러붙어 사는 자들이나 외롭다고 투덜대지. 난 안 그래.

혼어미의 얼굴이 순식간에 복숭아색으로 물드나 싶더니, 목소리 못잖게 젊어진다. 아무도 사랑하지 않아 모두를 사랑할 수 있었고, 온전히 혼자여서 모두와 함께일 수 있었던 자의 얼굴. 내가 감탄하는 걸 눈치챈 합죽한 얼굴이 길게 웃는다. 나도 모르게 또 그녀를 따라 웃는다.

부럽습니다.

그래, 그래. 많이 부러워하게.

노인은 달다고 투덜거리면서도 연신 와인을 들이켜고 있다.

거참, 조금 천천히 드시지.

내가 그제야 와인을 맛본다. 그윽하다!

혼란

효령은 윤지를 버스에 태우고 돌아온 후, 텔레비전을 틀어놓은 채 집안일을 시작한다. 아침 시간에 간간이 보는 일일연속극이 방영되고 있다. 효령은 귀로 소리를 듣고 틈틈이 화면을 보면서 어지러운 주방을 치우기 시작한다. 잔뜩 널려 있는 식재료들을 정리하고 물에 불린 그릇들을 식기세척기로 옮긴다. 분주하게 움직이다가, 뺨을 후려치는 소리에 놀라 화면을 본다. 맞은 사람의 얼굴보다 때린 사람의 얼굴이 더 붉다. "난 적어도 내 감정에 솔직해." 불륜을 들킨 드라마 속 여자는 외려 당당하다. 효령은 그 말이 타인에게 끝도 없이 비굴해져 본 사람들은 결코 할 수 없는 말이라 생각한다. 제 감정에 솔직한 누군가로부터 끔찍하게 당해보지 않아야 할 수 있는 말이리라. 효령은 근친상간이나 불륜을 모티브로 하는 드라마가 대중의 일상을 드러내는지, 아니면 일상에서는 불가능하므로 더욱 강렬해진 내면의 욕구를 드러내는지 알 수 없다. 어쨌거나 막장드라마의 유일한 문법은 '우연'인데, 그 우연이 실제 삶에서도 왕왕 일어나니 딱히 개연성이 없다고도 못 하리라 생각한다. 그러나 어쩌면 드라마의 유일한 문법은 '저항'인지 모른다. 우연도 하나 없이, 기승전결이 자연스럽기만 한 일상에 대한 적극적인 저항.

사람들은 대개 어떠한 이유로 타당한 어떤 결과가 나오는 데에, 함부로 이의를 제기하지 않는다. 그러나 그 '어떠한 이유'에 포함된 불가항력의 폭력을 눈치챈 순간, 억울함을 느끼지 않기란 쉽지 않다. 불가항력적인 타고난 운과 불운, 불가항력적인 원래부터 가진 것들과 가지지 못한 것들. 도대체 어째서 불가항력인가? 효령은 필연이나 운명이 사람들에게 동기를 부여하기보다 멜랑콜리를 유발한다고 생각한다. 내면 깊은 곳의 우수를 신발 끌 듯 질질 끌고 다니는 유약한 자들의 삶. 어쩌면 우연이야말로, 견고한 일상으로부터 숨통을 틔워주는 유일한 답일지 모른다. 효령은 그 여자를 찾다가 요세핀을 찾은 우연이, 제 편이 되기로 한 불가항력의 전조라 생각한다. 전혀 예상치 못했던 요세핀의 존재는 명백히 혼돈을 유발했다. 하지만 우연으로부터 생긴 혼돈에 설명할 수 없는 위로의 기운이 있음을 부인할 수 없다.

나아가 효령은 그 우연을 유의미하게 보존하기 위해, 성가신 잡풀처럼 자란 오해를 이해로 둔갑시키고자 한다. 이

겹겹의 카오스 속에서 결코 알맹이를 드러내지 않는, 그리고 사실상 알맹이라는 게 없을지 모르는 오해, 또한 정체를 잘 드러내지 않기에 우연보다 더 큰 힘을 가지고 있을지 모르는 그 오해. 어쨌거나 효령은 오해를 이해로 포장할 자격이 제게 있다고 생각한다.

살다 보면 전혀 마주치지 않을 수 없는, 그래서 어쩌면 살며시 의지하고 싶기도 한 우연, 그리고 더 비밀스러운 욕구인, 이해의 옷을 입은 오해야말로 지금의 효령이 믿고 싶은 유일한 버팀목인지 모른다. 박선주를 만나고 온 후로 모든 게 엉켜버렸기 때문이다. 그야말로 모든 게 엉망진창이 되어버렸다. 박선주의 귓속말에는 인류 역사상 단 한 번도 인류의 곁을 떠나지 않고 차분히 자리를 지켜온 단어들이 있었다. 세상에 뭐가 그리 진지할 일이 있느냐는 듯, 제 탐욕에만 몰두한 무당의 목소리가 재차 들린다. 우리 모두 모자이고 자매이며……. 그렇게 엄마가 필요하면……. 그녀의 낮고 빠른 소리가 팽개쳐진 마음 귀퉁이 어디쯤에서 일어선다. 무당은 믿을 수 없는 여러 말을 지껄였다. 효령은 그 어떤 말도 받아들이지 않기로 했다. 박선주는 미쳤거나 거짓말을 했거나, 그도 아니면 뭔가를 착각했음이 틀림없었다. 질투, 강간, 광기, 불륜, 근친상간, 폭력, 살인……. 그러나 그 모든 게, 거짓에 분을 칠하고 립스틱을 발라 진실로 둔갑시

켜온 무당의 화장술일 수 있었다. 한 가지만이 분명했다. 아니, 변함없었다. 이귀연이 효령을 포함한 가족을 버렸다는 사실. 어쨌거나 가족이었다는 사실.

효령은 버릴 만했다는 점에 대해 이해력을 발휘하고 싶지 않다. 이귀연이 효령의 친엄마든 언니든 혹은 피 한 방울 섞이지 않은 남이든, 그런 건 중요하지 않다. 효령이 그 등의 온기를 기억해내고 만 이상, 귀연에게는 죄가 있다. 게다가 효령은 원망할 사람이 있을 때의 기쁨을 잃고 싶지 않다. 잃은 것 빼고 남는 게 있으리라 생각하지 않기 때문이다.

설거지가 끝나자 세탁물을 분류한다. 속옷은 속옷대로 색깔 있는 겉옷은 겉옷대로 나누고, 윤지가 원복 밑에 신는 하얀 양말들도 따로 놓는다. 바닥이 까만 양말들을 새하얗게 빨아놓기 위해서는 애벌 비누칠을 해야만 한다. 귀찮은 일이지만 효령은 아이가 뽀얀 양말을 신는 보송보송한 하루를 위해 성가신 일을 마다하지 않는다. 효령은 내친김에 다림질도 한다. 열기를 식히기 위해 선풍기에 에어컨까지 틀어놓고 남편의 바지며 셔츠 등을 다린다. 어떤 음험한 것도 효령의 삶에 끼어들지 못하게 할 것이다. 평범하고 평화로운 일상을 이어갈 것이다. 효령은 그렇게, 몸 여기저기에 뚫린 혼란스러운 구멍을 메우느라 녹초가 된다.

단순하지 않은 가출

깜빡 잠들었다고 생각했는데 자정이 지나 있다. 요세핀이 벌떡 일어나 욕실로 향한다. 거울에 자신인지 엄마인지 모를 얼굴이 비친다. 조금 더 흰 피부를 제외하면, 이목구비며 윤곽이 정말 똑같다. 대범하게 일자로 뻗은 눈썹, 짙은 밤색 눈동자, 그리고 선홍빛 입술. 엄마의 드센 유전자가 아빠의 유전자를 깡그리 눌러버린 게 틀림없다. 엄마처럼 틀어 올렸던 머리를 풀어 헤치고 엄마처럼 생긴 얼굴을 클렌저로 닦아낸다. 친엄마가 아니라고 믿고 싶어도 너무나 비슷한 생김 때문에 그렇게 생각할 엄두도 내지 못한 얼굴. 요세핀은 언제나 엄마를 닮지 않기 위해 애를 써왔다. 그래서 날마다 더 진하게 화장을 하고 더 많은 구멍을 뚫고 더 화려하게 꾸민 건지 모른다.

그러나 그 얼굴 덕에 기실 일을 무사히 마칠 수 있었다. 엄마가 하루 늦게 온다는 걸 알기 전에는 은행에 들른 후 곧바로 크로아티아행 버스를 탈 계획이었다. 갑작스러운 엄마의 부재가 일을 쉽게 만들었다. 사십오 도 각도로 기울인 'yeon'의 필기체 서명을 흉내 내기는 어렵지 않았다. 이미 수백 번 연습한 바 있었다. 게다가 은행원은 처음 본 동양인의 얼굴과 사진 속 젊은 엄마의 얼굴을 전혀 구분하지 못했다.

샤워를 마친 후, 요세핀은 무기를 장착하듯 피어싱 구슬이며 고리들을 제자리에 착착 끼운다. 이어 검은 라이너와 검은 섀도우로 덧칠을 하며 자신의 얼굴에서 조금씩 엄마의 모습을 지워나간다. 눈동자의 위, 눈동자의 아래에 엄마와 경계를 이룰 선을 선명하게 긋는다. 언제나처럼 윤곽이 뚜렷하고 그로테스크한 화장이 완성된다.

요세핀은 자신이 떠났다는 사실을 엄마가 바로 눈치채지 못하도록 신중하게 물건들을 고른다. 올이 촘촘한 빗, 수동 오르골, 즐겨 먹는 초콜릿 맛 비타민, 그리고 마태가 생일선물로 주었던 불가리 향수 등을 따로 준비한 상자에 차곡차곡 넣는다. 좋아하는 엠네시아 옷도 다 챙긴다. 문득 유 선생이 준 일기장이 눈에 띈다. 일기를 쓰지는 않을 테지만 나비 모양으로 구멍이 송송 뚫린 예쁜 노트라 넣어 가기로 한다. 문신할 때 쓰는 바늘과 잉크, 매그넘 팁과 라운드 팁, 알루미늄 그립들도 모두 챙긴다. 그 외 자질구레한 문구류며 소품들은 그대로 남겨둔다. 물건들이 너무 비어 보이지 않도록 간격을 적절히 조절하고, 서랍 속의 물건들을 꺼내 빈자리를 채우기도 한다. 가장 중요한 건 여권과 돈이다. 포린트를 달러로 환전한 돈은 입고 있는 바지 안쪽에 주머니를 만들어 실로 꿰매버렸으니 안심이다. 한국에 도착할 때까지 쓸 돈은 따로 지갑에 넣었다. 어쨌든 조심, 또 조심해야 한다.

엄마의 물건이나 엄마와 같이 쓰는 물건에는 하나도 손을 대지 않는다. 엄마의 물건이라야 어차피 미술용품들이 대부분이지만 아무튼 실수로라도 그런 것들이 딸려오지 않도록 신경을 쓴다. 후안 미로의 사육제 그림이 프린트된 양산은 요세핀도 좋아하지만 엄마도 가끔 쓰는 것이라 그냥 둔다.

가방은 이제 무분별하게 풀을 뜯은 양의 배처럼 불룩하다. 요세핀이 시계를 본다. 새벽 두 시. 요세핀은 엄마가 아끼는 커피머신에서 에스프레소 한 잔을 내린다. 각설탕 한 알을 입에 넣은 채 조금씩 커피를 홀짝인다. 비행기를 탈 때까지 정신을 바짝 차려야 한다. 엄마가 알아차릴 즈음, 요세핀은 이미 유라시아 대륙 위를 날고 있을 것이다.

요세핀은 제가 떠나도 엄마가 슬퍼하거나 우울해하지 않으리라 생각한다. 엄마는 자신이 세계의 중심에 있어서 불행하지만, 바로 그 점 때문에 불행도 무시할 수 있을 만큼 강하다. 물론 잃어버린 돈에 대해서는 분노하겠지……. 하지만 요세핀도 달리 어찌할 수가 없다.

마태에게서 지금 출발한다는 문자가 온다. 이십 분도 걸리지 않을 것이다. 요세핀은 바퀴 달린 가방을 현관에 내놓은 후 엄마 방으로 들어간다. 머뭇거리다가 엄마의 침대에 눕는다. 오랜 시간 엄마를 내려다보았을 천장을 바라본다. 의미와 무의미를 두루 감당했을 천장이 어느 한밤의 오한과 어느 한낮의 현기증, 어떤 젊지 않은 날의 회한을, 오로지 저 혼자 감당했노라고 자신 있게 말한다. 요세핀은 그 사연 많은 천장을 바라보다 까무룩 잠이 든다.

잠시 후 요세핀이 소스라치게 놀라며 잠에서 깬다. 휴대전화 벨 소리가 야밤의 정적을 난도질하며 울린다. 마태다. 길어야 오 분에서 십 분 정도 잤을 텐데, 긴 겨울잠에서 깨어난 것처럼 몽롱하다. 요세핀이 전깃불을 끄고 이민 가방을 밀면서 조용히 아파트를 나선다. 엘리베이터에 타고 있던 마태가 몇 걸음 걸어 나와 요세핀을 거든다. 건너편 두어 군데를 제외하고 불빛은 전혀 보이지 않는다. 인간 세상의 비밀 따위에 신경 쓰고 싶지 않은 밤의 동물이 높은 곳에서 더 높은 곳으로 자리를 옮긴다. 단순하지 않은 가출을 시도하는 요세핀이 과묵한 어둠 사이로 사라진다.

늦지도 이르지도 않은 시간

부다페스트로 가는 야간열차가 종착지를 코앞에 둔 채 움직이지 않는다. 페치Pécs 역에 정차한 사이 하필 전기가 나가는 바람에, 열차 시동이 꺼졌기 때문이다. 두 시간 이상 발이 묶인다. 헝가리에서는 흔한 일이다. 귀연은 멈추거나 늦어지거나 작동이 안 되거나 취소가 되는 것들에 제법 익숙하다. 하지만 목적지를 지척에 두고 움직이지 못하는 열차 안에 갇히기는 또 처음이다. 풍광에 홀려 하루를 허비한 일이 후회스럽다. 귀연은 부아가 치미는 걸 가까스로 누른다. 있을 만한 일이 일어났을 뿐이라며 스스로를 달랜다. 귀연은 아직, 너무 늦지도 또 너무 이르지도 않은 시간이 자신의 팔짱을 단단히 끼고 있다는 사실을 알지 못한다.

새벽에 가까스로 열차에서 내린 귀연이 중요한 미팅에 늦기라도 한 사람처럼 급하게 역사를 나선다. 집에 도착하자마자 가방을 던져 놓고 곧장 반신욕을 한다. 긴장과 피로가 피부 위로 올라오는 땀방울과 함께 서서히 몸 밖으로 빠져나간다. 귀연은 한숨 자고 싶은 마음을 누르고 곧 길을 나선다. 식당을 갤러리로 바꾸기 위해 더 구체적인 사항을 점검해야 한다.

스산한 부다페스트의 뒷길을 걷다 보니, 전날 동화 나라 같은 길겐에 다녀온 일이 꿈만 같다. 이렌느가 바로 소식을 전했는지, 프란츠로부터 금방 전화가 왔다. 귀연이 열차 좌석에 몸을 기대며, 내용을 다시 한번 정리해서 알려주었다. 프란츠는 가게의 용도 변경에 대해 충분히 동의한다면서도 호의적인 말을 덧붙이지는 않았다. 그도 새로이 결혼 생활을 하려니 부담스러운 모양이었다. 귀연은 프란츠의 재혼에 대해 아는 척을 하지 않았다. 잠시 망설였지만, 결국 요세핀에 대해서도 얘기하지 않았다. 프란츠는 조만간 부다페스트에 들르겠다고 약속했다.

그나저나 요세핀은 아침부터 어디를 갔을까? 지난번처럼 비행기 삯을 벌겠다고 주유소에서 기름을 먹고 있을지도 모른다. 한심한 아이……. 더 이상의 반대는 의미 없는 일이겠지만, 하필 한국이라니. 무슨 일을 당할지도 모르는데 겁도 없이 떠나겠다니 이해할 수가 없다. 잊자. 생각한다고 해결될 일이 아니다. 초록색 마을버스가 도착하자, 귀연은 재빨리 올라타 생각을 삐삐츠로 돌린다. 작은 버스가 움푹 팬 땅을 지날 때마다 몸이 심하게 흔들린다. 얼어붙은 땅을 녹이느라 과다하게 사용한 염화나트륨이 땅을 패게 했기 때문일 것이다. 요세핀, 프란츠, 갤러리, 삐삐츠……. 버스의 요란한 진동을 따라 귀연의 생각도 아무렇게나 튀었다가 내려앉는다.

◦ D-1 ◦

지우개 가루 눈물

요세핀은 비행기를 갈아타는 중에 실수하지 않으려고 바짝 긴장했다. 생각보다 쉽지 않았다. 한 번 혹은 두 번만 갈아타는 평범한 일정이 아니기에 더 그랬다. 물론 항공료가 싼 비행기를 급하게 구한 대가였다. 프랑크푸르트에서는 타고 간 비행기가 연착해, 길고 복잡한 통로를 한참 뛰어야만 했다. 요세핀은 손짓, 발짓으로 도움을 청해 정신없이 달려서는 막 뜨려는 비행기를 터치다운했다.

북경에서는 더 심각한 일이 일어났다. 영어와 중국어로 안내되는 방송을 알아듣지 못해 사람들이 나가는 대로 아무 생각 없이 따라 나갔기 때문이다. 짐을 찾아 출국했다가 다시 입국해야 한다는 사실을 몰랐던 요세핀은 출국장 밖에서 뒤늦게 분통을 터뜨렸다. 헝가리어와 한국어는 할 줄 모른다는 무뚝뚝한 공항 직원을 붙잡고 한참 실랑이를 했다. 요세핀은, 영어가 아니면 상대하지 않겠다는 듯한 얼굴에 대고 헝가리어와 독일어로 욕을 하는 것 외에 다른 방법을 찾지 못했다. 격앙된 독일어를 알아들은 여행자가 때마침 친절하게 도와주지 않았더라면 요세핀은 북경에서 그야말로 미아가 되어버렸을 것이다. 마침내 서울행 비행기에 오른 요세핀은, 풀 길 없는 피로와 긴장에 팔을 괸 채 순식간에 잠에 빠져들었다.

꿈속의 요세핀은 제 꿈을 들여다보는 중이다. 중년 여자가 어두컴컴한 조명이 비치는 책상에 앉아 있다. 두꺼운 책을 앞에 두고 있는데, 지금 곧 읽으려는지 이제 막 다 읽었는지는 알 수 없다. 책의 제목은 보이지 않는다. 어쨌거나 요세핀은 그 내용을 죄다 알고 있다. 책에는 천일야화千一夜話처럼 인간이 자초한 온갖 잡다한 불운과 행운이 들어 있다. 세상에 튀어나오지 못해 안달하는 어떤 이야기들이 더 곡진한 사연을 자랑하는 다른 이야기들과 다투고 있다. 요세핀은 문득 책상에 앉은 여자가 중년이 된 자신이라는 사실을 깨닫는다.

갑자기 두꺼운 책에서 종잇장처럼 얇고 투명한 소녀가 빠져나온다. 또 다른 요세핀이다. 소녀가 빠져나오자 책은 이제 겨우 가뿐해졌다는 듯, 폴싹, 먼지를 일으키며 가라앉는다. 조금 전까지 책 속의 삽화였던 요세핀은 점차 질량감을 찾기 시작한다. 책상에 앉은 중년의 요세핀이 책에서 나온 요세핀을 못마땅한 듯 노려본다.

완전히 입체감을 되찾은 소녀 요세핀의 손에 붓과 팔레트가 들려 있다. 빌어먹을 화구들……. 제 꿈을 바라보는 요세핀이 생각한다. 책에서 나온, 화구를 든 요세핀은 결코 자신일 수 없다고도 생각한다.

그 순간, 책상 앞에는 중년의 요세핀이 아니라 요세핀인 척하는 엄마가 앉아 있다. 바라보는 요세핀이 요세핀인 척하는 엄마를 향해 항의하려 한다. 하지만 이때 붓을 든 소녀 요세핀이 거대한 벽에 맹렬히 그림을 그려대기 시작한다. 화가 요세핀은 아버지 프란츠를 그리고, 마태를 그리고, 진과 유 선생까지 빠르게 그려나간다. 손놀림에 거침이 없다. 그녀는 심지어 마태의 팔뚝에 새겨진 치통과 코끼리 한글 문신까지 정확히 그려 넣는다. 그림 사이로 시간의 배설물, 영혼의 찌꺼기 같은 것들이 빠르게 회전한다. 구름이 봉싯거리고 회오리바람이 일며 오색의 물방울이 흩뿌려진다. 어느 결엔가, 요세핀인 척하는 엄마가 그림 그리는 요세핀과 겹쳐 있다. 그 요세핀이 마지막으로 빨간 저녁 해를 그려놓은 후 조용히 붓을 털기 시작한다. 찬란한 햇살이 너울처럼 일렁이며 주변으로 퍼진다.

이제 그림은 저 혼자 자신을 다듬으며 완성되어 가고 있다. 스스로에게 가혹했던 엄마의 인생도, 그 가혹함을 비난했던 요세핀의 인생도 모두 품어줄 수 있을 듯한 웅장하고 미려한 그림이 꿈틀거리고 있다. 가는 선이 이어지고, 비어 있는 부분이 채색된다.

그림을 다 그린 요세핀이 조용히 사라지기 시작한다. 나올 때처럼 얇고 부피감이 없어져서는 스르르 책 속으로 빨려 들어간다. 꿈속에서 꿈을 보는 요세핀이 엄마인지 자신인지 알 수 없는 소녀를 부르려 한다. 그러나 무게감 있는 무언가가 목뼈와 쇄골 사이 어딘가를 짓눌러 목소리를 막아 버린다.

돌연 햇살들이 날카로운 가시처럼 눈을 파고든다. 홀로 남은 꿈속의 요세핀이 급히 거울을 들여다보고는 깜짝 놀란다. 눈 흰자위 아래쪽에 시커먼 지우개 가루가 잔뜩 박혀 있기 때문이다. 요세핀은 징그럽고 더러운 지우개 가루와 어떤 불평도 잠재워 버릴 만한 아름다운 그림을 번갈아 본다. 아프면서도 기분이 좋고, 무서우면서도 반갑다. 요세핀은 이건 단지 꿈일 뿐이라고 생각하면서도 이상하게 아쉬운 기분에 떠밀려 엉엉 울기 시작한다. 요세핀의 눈에서 시커먼

지우개 가루가 눈물과 함께 흘러내린다. 지우는 게 그런 거야. 네 눈을 찌르며 지워야 한단다. 억겁을 살았을 법한 노회한 목소리가 들린다. 요세핀이 퍼뜩 잠에서 깬다.

손님, 괜찮습니까?

단정하게 머리를 뒤로 묶은 승무원이 걱정스러운 눈으로 요세핀을 내려다보고 있다. 한국인이다. 요세핀이 어눌하게 답한다.

네에…….

승무원이 커피나 홍차가 필요한지 묻는다. 요세핀이 간이 테이블을 펴며 커피를 부탁하다가 승무원을 좀 더 자세히 본다. 잡티 하나 없이 깨끗한 얼굴에 깃이 빳빳한 옷을 입고 있다. 남에게 털끝만큼도 피해 주지 않을 테니 반대로 자신을 괴롭히지도 말라며 경고하는 듯 보인다. 옆자리에 앉은 중국인 여자가 승무원에게 무언가를 묻는다. 한국인 승무원이 유창한 중국어로 답한다. 헝가리어를 알아듣지 못해 멍했던 엄마처럼 요세핀도 중국어를 알아듣지 못해 멍하다.

뜨거운 커피가 몽롱한 정신을 서서히 깨운다. 요세핀은 크게 심호흡을 해본다. 자신의 그림 속 중심인물처럼 까맣고 어둡게 정지해버렸을, 부다페스트에 홀로 남겨진 엄마가 떠오른다. 분노, 실망, 고통, 슬픔……. 요세핀은 엄마의 감정 모두를 오롯이 받아들인다.

기장의 안내 방송이 들려온다. 영어와 중국어, 일본어 뒤에 한국말 안내도 있다. 비행기가 한 시간 후 인천공항에 착륙한다는 말이 물속에서처럼 웅웅거리며 울린다. 요세핀이 거울을 꺼내 부스스한 머리를 정돈하다. 화장을 고치면서 눈을 크게 뜨고 살피지만, 지우개 가루 같은 건 보이지 않는다. 엄마의 눈을 꼭 닮은 짙은 밤색 눈동자가 엄마와 꼭 닮은 얼굴을 빤히 보고 있을 뿐이다. 목에서 은색 줄이 반짝인다. 옷 안에 들어가 있던 펜던트를 꺼낸다. 등에 주인을 태우고 엉덩이에 솥을 올린 명랑한 말이, "준비됐지?" 물으며 콧방울을 씰룩인다. 요세핀은 헝가리를 완전히 떠났으며 곧 한국에 도착하리라는 사실을 비로소 실감한다.

이게 아닌데

효령이 과학관으로 소풍을 가는 윤지를 위해 도시락을 싼다. 김밥과 유부초밥 옆에 예쁜 색이 나오도록 세심하게 고른 멜론과 파인애플, 그리고 방울토마토를 끼워 넣는다. 효령은 도시락 뚜껑을 닫기 전에, 자신이 아이에게 마련해주고 싶은 삶처럼 아기자기하게 배치된 내용물을 흐뭇하게 바라본다. 윤지를 위해 하는 모든 일이 기쁘다.

잘 다녀와. 즐겁게 보내!

효령은 새로운 것에 대해, 두려움보다 호기심이 더 많을 아이를 배웅하고는 엘리베이터를 탄다. 불현듯 엘리베이터에서 들었던 목소리가 떠오른다. 안 돼! 효령은 아이에게 손을 흔들 때의 기분을 잃고 싶지 않다. 어떤 것으로도 방해받고 싶지 않다. 다행히 흰옷 입은 노파는 보이지 않고 목소리도 들리지 않는다. 현관문을 열자마자 효령은 괜히 서두른다. 일에 몰두해야 불길한 생각을 쫓아낼 수 있을 것 같아서다.

빠르게 집안일을 끝낸 효령이 보이차 한 잔을 들고 컴퓨터 앞에 앉는다. 늘 하던 대로 교육 관련 기사를 꼼꼼히 검색한다. 윤지를 위해서 여간해선 거르지 않는 일이다. 그 누구에게도 상처받지 않게, 그 누구에게도 부당한 대접을 받지 않게 키울 것이다. 효령은 제주에 있는 국제학교에 관한 자잘한 댓글 검색을 끝으로 서핑을 마치고 요세핀의 블로그로 들어간다. 블로그에는 다른 새로운 내용이 올라와 있지 않다. 아마 돈을 구하기가 어려운 모양이다. 얼굴 한 번 본 적 없는 자신을 온전히 믿고 한국행까지 추진하고 있는 걸 보면, 요세핀은 분명 무분별한 아이다. 고독에 질려보지 않고 증오에 타지 않았던 자들만이 갖는 그런 무분별함이, 효령은 밉다.

효령이 다시 여자의 흑백 사진을 들여다본다. 타인에 대한 존경이 아니라 스스로에 대한 존경으로 가득 차 보이는 자신만만한 얼굴. 올림머리를 해서인지 정수리가 더 솟아 보이는 여자의 모습은 언젠가 사진으로 본 적 있는 이집트 제사장을 연상시킨다. 제사장이 신과 인간을 매개하는 역할을 감당했다지. 그러나 여자는 신도 인간도 배제시킨 채 스스로 자초한 고독만을 탐미하는 듯하다. 무당 박선주의 얼굴은 어땠던가? 모르겠다. 효령이 블로그의 화면을 빨리 넘겨버린다. 이귀연의 사진이 푸른 화면 너머로 사라지고 성과 호수, 그리고 오리들이 찍힌 사진이 나타난다. 인간이라는 것, 인간의 삶이라는 것에 일부러 부끄러움을 주려는 듯한 평화로운 풍광이다. 요세핀은 이 아름다운 곳을 왜 떠나려는 걸까?

인터넷 서핑을 끝낸 효령이 늘 하던 대로 메일함을 열어본다. 언제나처럼 잔뜩 쌓여 있는 스팸 메일 가운데 뜻밖에도 요세핀이 보낸 메일이 있다.

'파란, 내일 한국으로 떠나요. 한국 시간으로 15일 10시 05분 도착. 갑자기 그러케 되어씁니다. 호텔 찾아볼 검니다. 전화번호 알려주세요.'

효령은 잘못 읽었나 싶어 한 번 더 들여다보다가 화들짝 놀란다. 하루 이틀 메일을 확인하지 않은 사이에 요세핀이 이미 헝가리를 떠난 것이다. 오늘은 십오 일이고 시계는 아홉 시를 가리키고 있다. 한 시간 후면 요세핀이 도착한다. 효령이 앞치마를 급하게 벗어 던져놓고 세수와 양치질을 한다. 평상복 차림이지만 괜찮을 것이다. 머리로 생각하는 것보다 몸이 더 빠르게 움직인다. 하지만 효령은 화장대 앞에서 로션을 바르다가 갑자기 동작을 멈춘다. 내가 지금 요세핀을 맞이하러 나가는 건가? 왜? 무언가가 크게 잘못된 것 같다. 이건 효령이 예상했던 이해도, 의도했던 오해도 아니다. 효령이 거울에 비친 제 모습을 노려본다. 냉정한 얼굴 반과 당황한 얼굴 반이 뭉개지며 뒤섞인다. 이건 아닌데, 이건 정말 이상한데……. 요세핀이 비행기를 탔고, 곧 인천공항에 도착하리라는 사실이 뭐라고, 도대체 뭐라고……. 효령은 혼란스러운 마음, 마치 끓는 물에 덴 살갗처럼 아린 그 마음을 아기 어르듯 어르며 들여다본다. 처음 오는 낯선 땅에 그 아이 혼자 벌거벗은 고아처럼 들어서게 하고 싶지 않다는 마음이 일렁인다. 동시에 제가 감당한 공포와 치욕과 황량함을 그 아이도 똑같이 경험하게 하고 싶은 마음이 솟구친다.

그 순간 휴대전화기에 알림음이 뜬다. 윤지의 유치원 선생님이 보낸 사진이다. 버스 안에서 손을 흔드는 윤지의 맑은 얼굴이 효령을 보고 있다. 사진이 말한다. 엄마, 사랑해!

효령은 곧 넘치려는 맥주 거품처럼 부푼 생각을 반사적으로 후룩 들이키고는 일어선다. 이게 아닌데, 이게 아닌데, 하면서도 어느새 가방과 키를 챙겨 현관을 나선다. 결정은 가면서 하자. 일단 결정하고 마음에 들지 않으면 번복하면 된다. 결정, 번복, 결정, 번복……. 불가역적이지 않은 게 본질인 인생에 관해서라면 알 만큼 안다고 자부하는 효령이 엘리베이터 버튼을 누른다. 엘리베이터가 오기를 기다리는 동안, 효령의 스물여섯 해가 고스란히 재생된다. 시간도 공간도 어이없이 상대적이라는 사실을 깨닫는다. 효령은 신뢰할 수 없는 엘리베이터를 버려둔 채 계단으로 향한다. 주차장까지 단숨에 뛰어 내려가 차에 시동을 건 후 계기판을 본다. 아홉 시 십 분이다. 내비게이션이 공항까지 한 시간 이십 분이 걸린다고 안내한다. 효령은 차가 막히지 않기를 바라며 주차장을 빠져나간다. 처서가 지났는데도 사그라지지 않은 태양이 맹렬히 빛을 뿜어내고 있다. 효령은 마음을 가라앉히기 위해 숨을 크게 내쉰다. 요세핀이 정말 오는가?

나는 나다

귀연이 화장대 서랍이며 옷장 구석구석까지, 요세핀이 떠나지 않았다고 말해줄 흔적을 찾아 헤맨다. 하지만 없다. 오후 내내 똑같은 일을 반복했으나 아직 더 해야만 할 것 같다.

창밖, 다닥다닥 붙은 건물 너머로 벌건 해가 넘어가고 있다. 귀연은 언젠가, 가없이 날개를 펼친 그 만휘를 그린 적 있다. 따뜻하고 당당하고 원대한 빛. 귀연과 달리 무결점의 하루를 보낸 그 빛이 뿌연 저물녘의 어스름 사이로 사라지고 있다.

낮에 정신이 아득한 와중에 전화기가 울려 엉겁결에 받았다. 미첼이 왜 투어에 나오지 않았는지를 따져 물었다. 귀연은 생전 처음으로 해야 할 일을 잊었다는 사실을 깨달았고 이전에 몇 번 해본 적 없는 미안하다는 말을 했다. 미첼이, 자원봉사라고 최소한의 책임감도 갖지 않는다면 이 일은 시작 안 하느니만 못하다고 말하며 기세 좋게 전화를 끊었다. 귀연은 대답할 말을 찾을 의지마저 상실한 채 멍하니 수화기를 들고 있었다. 사실 미술관 안내 따위, 아무래도 상관없었다.

오스트리아에서 집으로 돌아와 바로 확인해보지 않은 게 가장 큰 잘못이었다. 평소보다 흥분해서였다. 식당을 리모델링해서 갤러리를 낼 수도 있다는 생각에 부풀어 중요한 사실을 간과했다. 요즘의 요세핀은, 하루든 이틀이든 연락 두절 상황에 있을 처지가 아니었다. 이상하게 여겼어야 했다. 치를 대가를 짐작조차 하지 못한 채 일찍 잠자리에 든 것 역시 실수였다. 왜 바보 같은 상태로 하루를 그냥 보냈는지 모를 일이었다. 적어도 오늘 아침에는 의심해보았어야 하는데…….

오전 내내 그림을 그리고 여유 있게 점심을 먹은 것마저 한심했다. 귀연은 미술관에 가기 위한 준비를 마친 후 방을 나서려다 문득 적금 통장을 들여다보고픈 생각이 일었다. 서랍을 여는 순간 무언가가 잘못되었다는 느낌이 강하게 일었다. 다른 장소에 있어야 할 운전면허증이 어떻게 적금을 해지했는지 알려주려는 듯 통장 위에 반듯하게 얹혀 있었다. 차를 판 이후로 제대로 써본 일이 없는 면허증이었다. 사태를 안 후 반쯤 넋이 나갔다. 요세핀이 짐을 싸서 나간 흔적이 선명하다는 사실을 그제야 깨달았다. 옷장이 반이나 비어 있었고, 화장대도 비슷했다. 요세핀이 즐겨 쓰는 피어싱 액세서리나 문신 도구 등도 남아 있지 않았다. 요세핀의 전화기는 꺼져 있었다.

하지만 본인이 아닌데 어떻게? 거래 은행의 직원들이 죄다 정신이 나간 게 아니라면, 요세핀이 어찌 돈을 찾을 수 있었겠는가. 있을 수 없는 일이다. 하지만……. 무슨 수를 썼는지 알 수 없지만, 요세핀이 돈을 죄다 빼낸 건 확실했다. 통장 잔액 0포린트. 헝가리어를 몰라도 숫자를 모를 수는 없다. 인출은 귀연이 이렌느를 만난 날 이루어졌다. 귀연이 전날 하루 더 머물렀으니 요세핀은 시간을 벌었을 것이다. 돈도 찾고 짐도 싼 후 유유히 떠났겠지. 은행에 달려가서 사정을 알아보고 싶었지만, 이미 마감 시간이 지나 있었다. 은행을 털지 않고서야 문을 열 방법이 없었다. 경찰은……. 경찰에 신고하기에는 요세핀의 소행임이 너무 명백했다.

귀연은 헤집어진 물건들 사이에서 담배를 피워 문다. 연기가 꽈배기처럼 꼬여 올라가다가 방향을 틀더니 엷어진다. 니코틴이 폐 깊숙이 들어가 훑고 올라오는 동안 자학의 쾌감이 함께한다.

갤러리를 위한 돈이 일시에 사라졌다고 생각하니, 몸이 녹아내리는 듯하다. 그럴 수만 있다면 정말 신고라도 하고 싶다. 아니, 다른 경우라면 당장 무엇이든 했을 것이다. 하지만 적어도 요세핀은, 요세핀은……. 귀연의 생각은 거기서 더 나아가지 않는다. 요세핀의 존재를 도무지 무어라 정의 내릴 수 없다.

이혼 후 귀연은 걷잡을 수 없는 허탈감에 빠졌다. 프란츠와 함께했던 결혼 따위에 미련이 남아서가 아니었다. 이혼 후 귀연에게 남은 것 때문이었다. 귀연은 모든 걸 잃고 남은 게 자신만이기를 바랐다. 한국을 떠나올 때처럼 다시 한번 홀로이기를 바랐다. 하지만 그럴 수 없었다. 피임에 주의를 기울였던 귀연을 보기 좋게 따돌리고 태어난 요세핀이 있었다. 엄마의 손가락에 작은 제 손가락을 끼워보려고 안달하는 어린 요세핀이 결코 귀연 혼자 떠나도록 허락하지 않았다. 어쩌면 그건 한국에서 이미 아이를 버린 경험이 있기 때문인지 몰랐다.

귀연은 가난과 딸이라는 탐탁지 않은 두 동반자를 힘겹게 받아들였다. 자신의 숨소리에만 집중하고 자신의 체온 외에는 아무것도 느끼고 싶지 않았으나 그럴 수 없었다. 귀연은 천장을 똑바로 바라보고 누운 채 울지 않기 위해 이를 악물었다. 버티는 데 이골이 난 유전자를 한 번 더 끄집어내는 수밖에 없었다. 그렇게 견뎠다. 터져버리려는 생에 대한 불만을 조곤조곤 눌러가며, 다 포기하고 싶은 허약한 마음에 아스피린을 흘려가며…….

귀연은 자괴감에 빠진다. 다른 사람에게는 함박웃음을 짓기도 하는 운명이 어째서 자신에게는 미소 비슷한 것조차 보내지 않는지 알 수 없다. 너구리 몰듯 연기를 피워대고, 행여 더 준 게 있기라도 하면 큰일이라는 듯 쪼잔하게 구는 생을 도무지 이해할 수 없다. 오직 한 가지 바람, 소박한 단 한

가지 바람이, 그렇게도 발목 잡히고 훼방을 받아야만 할 일인지 알 수 없다.

귀연은 그림에 관해서만은 상황을 장악하기 위해 애를 써왔다. 그림에 있어서만은 다른 사람에게 눌리기 싫어 악을 쓰기도 했다. 그건, 다른 것을 포기하고서 귀연이 얻으려 한 유일한 것이었다. 갤러리를 욕심내지 말았어야 한단 말인가? 아무것도 이루려 하지 말고 그저 그림을 그리는 자체만으로 만족했어야 한단 말인가? 설령 그게 욕심이라 해도 이렇게 꼭뒤를 내려 찍힐 만큼 엄청난 욕심이었단 말인가! 나름대로 요세핀에게 할 수 있는 것들을 해왔다. 그 아이가 호기롭게 집을 나갔을 때, 냉정하게 기다려 제 발로 걸어 들어오게 했다. 그 아이의 영역을 존중해주었고 그 아이의 사고에 자신의 것을 주입하지도 않았다. 심지어 적금을 찾으면 얼마라도 줄 생각까지 하지 않았느냐 말이다.

귀연은 어쩔 수 없이 자신의 부모를 떠올린다. 그들은 귀연이 진저리를 치며 나가떨어지게 만드는 것만이 귀연을 낳은 유일한 목적이라는 듯 가혹하게 굴었다. 어머니 아버지는 모두를 받아들이느라 귀연을 밀어냈다. 귀연은 증오의 힘으로라도 살고 싶어 부모의 단점만을 환기하고 각인했다. 귀연이 보기에 무당 어머니는 어설프게 신기 있는 시늉이나 하며 더덕더덕 인생을 기워나가는 사람이었다. 악사였던 아버지는 굿판의 여자들을 대금 불듯 불어대던 사람이었다. 두 사람은 상대의 영역에 침입하는 건 당연시하면서도 제 영역은 사수하기 위해 물고 뜯기를 멈추지 않았다. 냉랭함을 이은 냉랭함이, 이기적인 취향에 맞선 더 이기적인 대응이 두 사람 사이에 오갔다. 두 사람의 전투에는 늘 피가 튀겼다. 영문을 모르고 흩어졌다가 둥글게 똬리를 튼 머리카락들, 보이지 않는 홈 속에 깊이 묻혔다가 느닷없이 튀어 오른 살점들, 쉽게 쪼개졌다가 망설임 없이 다시 붙기도 했던 뼈들……. 귀연을 못살게 굴지 못해 안달하던 그 모든 매섭고 지독한 것들. 그들은 자신들의 삶뿐만 아니라 귀연의 삶까지도 갈기갈기 찢어서 산과 바다, 들과 하늘에 흩뿌려 버리곤 했다.

두 사람이 싸우는 날이면 귀연은 소리를 듣지 않기 위해 귀에 솜을 틀어막고서 그림을 그렸다. 그들과 상관없어지기를 간절히 바랐다. 하지만 두 사람은 자신들의 딸이 스스로에게 주는 위안마저 망가뜨리지 않고는 못 배겼다. 그들은 귀연이 밥만 축내고 있지 못하도록, 때로는 보호자처럼 때로는 종처럼 치다꺼리하도록 강요했다. 귀연은 그들이 만든 쓰레기를 치우느라 녹초가 되었으며, 그들이 맞을 돌멩이를 대신 맞느라 피멍이 들었다. 아버지의 방랑벽과 어머니의 이기심, 아버지의 바람기와 어머니의 술주정, 무책임한 유희, 한계 없는 방탕, 난잡한 성교. 두 사람이 만드는 오물의 잔치는 끝이 없었다. 그리고 종래에는…….

난장판인 세 사람의 삶에 효령이 등장했다. 귀연은 망연자실하여 아버지를 보았다. 어머니를 보았다. 아버지는 줄행랑을 놓았다. 어머니는 동정심을 보이지 않았다. 어머니는 아버지를 떠나보내는 진오기굿을 손수 치르면서도 아버지의 핏줄에 눈길 한번 주지 않았다. 모두 귀연이 떠안아야 했다.

혼령을 떠나보내는 장은 떠들썩했다. 악사들이 장단을 맞추는 가운데 무당들이 이러나저러나를 외치며 뒤까불었다. 흘를를, 주문을 외우며 발을 놀리고 북어를 업고 음식을 베어 물고 떼를 쓰고 수줍어하고 탄식했다. 귀연은 아버지, 어머니의 친구며 동료라는 그들을 가만히 노려보았다. 타인을 대신해 울고 웃고 비는 자들이라는 걸 믿을 수 없었다. 굿을 주도하는 어머니가 그중 가장 심한 거짓말쟁이로 보였다.

귀연은 잠든 아이를 방에 눕혔다. 아버지가 국보급이라며 자랑한 대금을 비롯해 돈이 될 만한 모든 걸 챙겼다. 할 수 있는 만큼, 아니 그 이상을 했으므로 미련이 없다고 생각했다. 마지막까지 아이가 걸렸지만 돌아보지 않았다. 잃을 게 얼마나 될지 따지고 있을 여유가 없었다. 당시의 귀연에게 절실했던 건, 다른 걸 다 잃고서라도 가져야 할, 어쩌면, 다 잃은 후에야 비로소 남을 단 하나였다.

귀연은 한국에서 가장 멀리 떨어진 나라, 유라시아 대륙의 서북쪽 끝으로 갔다. 만 킬로미터가 조금 안 되는 거리였다. 그들로부터 멀리, 할 수 있는 한 가장 멀리 달아나 온전히 자신만을 바라보고 싶었다. 그러나 거기서 귀연은 아주 잠시만 그럴 수 있었다. 챙겨간 돈과 불안정한 비자로 버틸 수 있는 기간이 너무 짧았던 것이다. 다시는 다른 인간에게 기대를 걸지 않겠다고 맹세해 놓고서도 결국 프란츠를 받아들일 수밖에 없었다. 그리고 요세핀…….

하지만 요세핀이, 아버지와 어머니가 자신에게 했던 것과 똑같이 혹은 자신이 아버지나 어머니에게 했던 것과 똑같이, 이렇게 뒤통수를 후려칠 줄은 몰랐다. 정말이지, 그럴 줄은 몰랐다. 요세핀은 편지 한 장 남겨놓지 않았다.

집 안 곳곳에 걸려 있는 귀연의 그림들이 불행한 주인을 내려다보고 있다. 적요하다. 이십 년 타향에 살면서도 느끼지 못했던 생소한 외로움이 서서히 귀연을 삼킨다. 아주 잠깐, 거칠 것 없이 당당한 찰나에, 요세핀의 얼굴이 떠오른다. 자신을 꼭 닮은, 어쩌면 자기 자신일지도 모를 그 얼굴. 그러나 귀연은 표면으로 떠오른 그 아이의 심상을 심연 깊이 처박아버린다. 언젠가 그 아이가 그리워지리라는 생각조차 용납하지 않는다.

양손으로 목을 감싼다. 목구멍을 넘어오려는 울음을 가라앉히기 위해 목을 쓸어내리기 시작한다. 손길이 조금씩 거칠어진다. 열 손가락 모두에 힘이 들어간다. 죽으려는 게 아니다. 제 목을 죄어서 죽을 수는 없다. 다만 당면한 고통을 조금이라도 줄여보려는 거다. 보다 사나운 채찍을 가해, 원래의 아픔을 잊어보려는 거다. 숨이 막힌다. 양 엄지에 눌린 목뼈가 곧 부러져버릴 것만 같다. 터져 나오려던 눈물이 몸 여기저기로, 눈에서 가장 먼 어딘가로 가라앉을 때까지 손에 준 힘을 빼지 않는다. 덥지 않다. 춥지 않다. 슬프지 않다. 아무렇지도…… 않다.

귀연은 삶이 원래부터 관대한 얼굴이 아니었음을 다시 한 번 인정하기로 한다. 언제든 귀연의 목을 비틀어버릴 기회만 노리고 있던 그 삶이 이번에도 기세 좋게 손을 뻗은 것뿐이다. 잠시 이대로 쓰러져 있자. 모든 것이 지나갈 때까지 이대로 잠깐만 멈추어 있어야겠다. 귀연은 방심한 오른팔을 식탁에 뻗고 머리를 기댄다. 잠시 침묵의 소리에 귀를 기울인다. 나는 나다. 귀연은 주문처럼 나, 나, 나, 나, 나를 중얼거린다.

○ D-0 ○

두 세상의 힘겨루기

효령이 전광판을 뚫어져라 보고 있다. 제시간에 도착한 비행기 편명 옆으로 빨간 불이 깜빡인다. 요세핀이 메일에 쓴 대로 움직였다면, 곧 짐을 찾아 나오겠지.

요세핀은 효령이 마중 나오리라 예상하지 못할 것이다. 효령은 긴장하고서 지나가는 사람 하나하나를 살핀다. 그러나 사실 요세핀을 모른 체할 수도 있다. 어차피 요세핀은 효령의 본명도 사는 곳도, 심지어 전화번호도 모른다. 이메일이 오면 무시하고 스팸으로 처리해버리거나 행여 연락이 닿는다 해도 사정이 바뀌었다고 변명해버리면 그뿐이다. 누군가가 자신을 버린 것처럼 요세핀도 버림받게 할 수 있을 것이다. 그러나…….

커다란 여행 가방을 앞으로 혹은 옆으로 한 채, 끝없이 사람들이 나온다. 큰 배낭을 멘 젊은 서양인들도 보이고 카트에 가방들을 잔뜩 실은 동양인들도 보인다. 가족이 나오기도 하고 단체 관광객이 나오기도 한다. 공허함과 부채감으로부터 놓여난 듯한 사람들이 여기저기를 오가며 효령의 정신을 빼놓는다. 실루엣이 겹쳐 보인다. 효령은 어지럼증을 느낀다.

피부가 검고 입술이 튀어나온 여인이 느닷없이 효령에게 다가오더니 또렷한 한국어로 이렇게 말한다.

넌 네 아비를 똑땄구나.

은발에 키가 훤칠한 서양 남자가 그 뒤를 이어 침을 뱉듯 말한다.

넌 네 어미를 닮았다. 한때 내 아내이기도 했지, 빌어먹을!

남자가 한국말을 하면서도 서양인 특유의 건들거리는 몸짓을 취하며 걸어간다.

어리석기 짝이 없어.

애처럼 엄마나 아빠를 찾아다닐 때냔 말이다.

이제 목소리들만 들린다. 듣고 싶지 않았던 불손한 문장들이 허리에 양손을 올리거나 팔짱을 낀 채 도전적으로 튀어나온다.

너만 겪었니? 너만 불쌍하니?

누구나 다 그래. 그래서 인간이야.

언제까지, 도대체 언제까지…….

효령은 소리를 듣지 않기 위해서라도 어서 공항 대기실을 빠져나가고 싶다. 하지만 가위에 눌렸을 때처럼 손가락 하나 까딱할 수가 없다.

내가 네 어미 해준다니까! 네가 찾는 게 엄마잖아. 고작 엄마…….

공항의 안내 방송을 통해 느닷없이 박선주의 목소리까지 울려 퍼진다. 효령은 귀가 아파 견딜 수 없는 사람처럼 귀를 쥐어뜯는다. 효령을 달래다가 호통을 치다가 은근히 호소하기도 했던 무당이 마지막에 웃음을 터뜨렸던가? 무당이 뭐라고 더 말했던가? 물에 넣어두면 쑥쑥 자라는 윤지의 공룡 인형처럼, 말들이 부풀어 오른다. 효령의 몸에 뚫린, 어설프게만 막아둔 구멍들로부터 다시금 피가 솟구친다.

효령은 비틀거리며 간신히 걸음을 옮겨 원형 기둥 아래 쪼그리고 앉는다. 순찰하던 공항 경찰이 그런 요세핀을 일별하고 지나간다. 일어서야 하는데, 도무지 다리에 힘이 들어가지 않는다. 이 상태로 요세핀을 만나는 게 옳은지 어떤지 확신할 수 없다. 아직도 시간은 있다. 돌아서서 혼자 집으로 가는 게 생각보다 어렵지 않을지도 모른다.

공원 벤치에서 자고 있던 노파가 떠오른다. 흙인지 똥인지, 도무지 뭔지 모를 것을 주무르며 화단에서 놀고 있던 모습도 떠오른다. 자신만을 바라보는 듯하면서도 동시에 이곳저곳을 모두 보는 것 같던 이상한 할머니. 노파라면 어떤 선택을 할까?

효령은 '선택' 때문에 잃을지도 모를 것이 두렵다. 아니다. 그녀는 잃을지 모를 것이, 반드시 잃을 것과 크게 다르지 않음을 이미 알고 있다. '모를 것' 따위는 이제 없다. 문제는 잃은 후 무엇이 남는가이다.

엄마!

어디선가 윤지의 목소리가 들린다. 주위를 둘러보지만, 윤지가 있을 리 없다. 윤지는 지금쯤 낙하한 물이 어떻게 에너지를 낼 수 있는지를 실험하는 기구 앞에서 빨갛거나 파란 공을 떨어뜨리고 있을 것이다. 효령의 사랑으로 포동포동하게 살쪄가는 윤지, 그리고 또 남편. 그 고리 안에 요세핀을 끼워 넣을 수 있을까? 자신의 배다른 자매든 혹은 배다른 조카든, 그 누구든 상관하지 않고 요세핀을 받아들일 수 있을까? 혼란스러운 가운데, 「로마의 자비」라는 제목보다 '로마의 기만'이라는 제목이 더 어울렸을 법한 루벤스의 그림이 떠오른다. 아버지의 여인, 아버지의 딸, 아버지의 아내……. 돌연 효령 앞에 데데한 인류의 역사가 한꺼번에 도열한다. 아버지의 왕좌를 빼앗고 어머니와 동침하고 친구의 아내를 겁탈하고 아들을 잡아먹거나 형제를 살육했던, 비루하고 참혹한 인생들.

그 비루하고 참혹한 인생은 언제나처럼 후회도 반성도 하지 않는다. 당당하게 효령의 턱을 쥐고 흔들며 선택과 결정을 요구한다. 효령은 그저 망연히 있다. 제 입장만을 호소하는 머리와, 다른 입장 따위 헤아릴 여유가 없는 가슴 모두 진정될 기미를 보이지 않는다. 머리가 공항 청사의 천장에 부딪히고 가슴이 기둥들을 들이받는 동안 우둔한 흔적들이 남는다. 평범한 하루에 아무런 의문이 없는 많은 사람 가운데, 의문투성이 효령 홀로 외롭다.

나오는 사람들이 좀 뜸해졌다 싶은데, 게이트를 나서는 요세핀이 보인다. 사진에서 본 대로 요세핀은 젊고 강해 보인다. 하지만 그 젊고 강한 얼굴에서 대륙을 넘어온 피로, 낯선 곳에 대한 경계심도 읽힌다. 효령의 온몸이 떨린다. 받아들여야 하는가, 외면해야 하는가?

우연과 오해가 본질인 세상, 그러면서도 필연과 이해를 꿈꾸는 세상. 두 세상이 힘을 겨룬다. 산전수전을 다 겪으며 맷집을 키운 한 세상이 힘을 과시하려 들자, 어지간한 실수나 계산 착오에는 눈도 끔뻑하지 않는 다른 세상이 호방하게 웃는다. 요세핀을 받아들이려는 세상과 외면하려는 세상의 힘겨루기는 쉽게 끝이 날 것 같지 않다.

효령은 가만히 숨을 내쉰다. 두 세상이 동시에 힘을 잃고 나자빠지는 순간까지 기다리기로 한다. 아무것도 선택할 수 없는 자의 수동적인 자유를 조금만 더 누리기로 한다.

'혼자'를 추슬러

혼어미와 내가 베란다로 나가 간소하게 주안상을 차린다. 휴대용 버너 위 지지대에 우글쭈글한 작은 솥을 매단 후 데운다.

그나저나 이게 무슨 음식이에요?

내가 개밥그릇처럼 우그러져 있는 솥을 가리킨다. 혼어미가 국물을 한입 떠서 맛본다.

몰라. 구야쉬 수프 아니면 육개장이겠지. 칼칼하니, 맛 좋네!

소고기와 각종 채소, 고추와 마늘이 듬뿍 들어간 벌건 국 위로 기름띠가 얇게 퍼져있다. 맛을 보니 구야쉬 수프라 해도 육개장이라 해도 다 맞을 듯하다.

아닌 게 아니라 헝가리 민속촌에서, 초가지붕에 마늘과 고추가 주렁주렁 매달려 있는 걸 봤어요.

당연히 그렇겠지. 거기 노인네들 우리랑 똑같이 생겼잖

아. 거기만 그런 줄 알아? 늙으면 다 비슷해.

어느 나라 사람인지, 어떤 사람인지가 다 무색한 거 같아요.

말해 뭐 해, 이 사람아. 우리는 어디에나 있어.

어머님 후예들이 설마 아메리카 대륙까지 흩어져 있다고 말하려는 건 아니죠?

왜 아니야? 딱 그래.

혼어미가 막걸리 한 사발을 쭉 들이켠다. 우리는 마주 보며 웃는다. 웃음, 좋다.

그나저나 잘된 걸까요?

나는 효령과 귀연, 요세핀에 관해 묻고 있다.

늙은 여걸이 빈 잔을 내밀며 막걸리나 더 따르라는 시늉을 한다.

몰라.

이번에는 혼어미가 내게 묻는다.

그나저나 왜 세 여자였나? 세 남자가 아니라.

언제는 여자고 남자고가 어딨냐고 하시고서는…….

대답하기 싫으면 말든가.

그냥……. 모르겠어요. 아마 제가 남자라서?

자네 남자였어?

혼어미가 다시 웃는다. 혼어미가 아니라 혼아비를 등장시

켰어도 괜찮지 않았을까 생각하며 나도 웃는다. 짐작하겠지만, 사실 내가 던지는 모든 질문에 답하는 것은 나 자신이다.

기대대로 됐나요?

내가 아나.

노회한 영웅이 막걸리를 벌컥벌컥 들이켠다. 내가 잔을 다시 채워준다.

다들 있어야 할 자리에 있어야 한다면서요.

자네는 있어야 할 자리라는 게 도대체 뭐라고 생각하나? 옛날처럼 먼지 풀풀 날리는 광야가 우리들의 자리인 줄 아나?

그럼 어디인데요?

지금은 그 광야에 빌딩이 들어서고 다리가 놓이고, 공원이 생겼어.

아무 데나 다 제자리라는 말씀이에요?

몰라, 몰라. 자리라는 게 그렇게 눈에 딱 보이는 거라면야 뭘 고민하겠나.

혼어미와 내가 약속이라도 한 듯 동시에 눈을 돌려 건너편 효령의 아파트를 바라본다. 베란다의 블라인드가 아주 조금만 열려 있어 그 안에 누가 있는지 보이지 않는다. 효령 혼자인 듯도 하고, 다른 사람의 그림자가 어른거리는 듯도 하다. 혼어미가 목주름을 늘렸다 줄였다 하며, 고개를 끄떡인다.

잃은 것 빼고 남은 것만 챙기기도 바쁜 세상이야.

맞는 말씀이세요.

그런데 뭘 쓰고 있는 거야?

혼어미가 내 노트북을 빼꼼 들여다본다.

먼 훗날, 홀로여서 더 탄탄해진 사람들은 채 아물지 않은 상처를 쓰윽, 한번 문지르고는 다시 길을 떠났다. 피부가 갈라지고, 고름이 쏟아지고, 때로 팔다리가 떨어져 나가고서도, 그렇게 많은 걸 잃고서도 여전히 남은 '혼자'를 추슬러 걸음을 옮겼다. 경계도 없고 한계도 없고 따라서 후회도 미련도 남지 않을, 머무르지 않는 사람들의 자리를 향해서였다.

별거 아닙니다.

내가 노트북을 닫자 혼어미도 더는 관심을 보이지 않는다. 그녀가 꼬깃꼬깃한 손수건을 꺼내 주름진 입과 손을 닦더니 자리에서 일어선다.

술 마셨으니 한 가락 뽑아야겠다.

늙어 노쇠한 어깨가 휘적휘적 흔들리나 싶더니, 가락이 흘러나온다. 언젠가 요세핀이 지터르로 연주했던 단순한 멜

로디인 것도 같고, 익숙하게 들어온 우리 민요인 것도 같다. 일생에 단 한 번도 홀로이지 않은 적 없는 자가 생을 실어 부르는 노래임은 분명하다. 고단하나 충만했던 순간을 즐겁게 반추하는 소리다. 나는 막걸리 사발을 들고 벽에 기대선 채 노파의 노래와 춤을 감상한다. 말 엉덩이에 청동 솥 하나를 매단 채 박차를 가하는 누군가의 이랴, 소리가 멀리서 들린다.

○ 해설 ○

투란의 추억,
또는 움직이는 영혼을 위한 송가

고종석(문학평론가)

맨 처음에 『겐지 모노가타리原氏物語』의 무라사키 시키부紫式部가 있었다. 소설의 탄생이었다. 그다음에 『팡타그뤼엘의 아버지인 거인 가르강튀아의 엄청난 삶』의 프랑수아 라블레와 『재간꾼 하급귀족 라만차의 돈키호테』의 미겔 데 세르반테스가 왔다. 근대 소설의 탄생이었다. 지난 세기에, 마침내, 『무지개』의 데이비드 허버트 로런스가 나타났다. 과학보다도 철학보다도 위대한 소설의 시대가 왔다. 우리와 동시대인인 『후예들』의 심아진은 무엇을 상징할까? 나는 '소설의 신화화'라고 말하고 싶다. '신화화'라는 말을 하며, 나는 그 말에 긍정적 뜻빛깔도 부정적 뜻빛깔도 입히지 않았다.

이미 오래전에 논파된 이론이지만, 19세기부터 20세기 전반기에 걸쳐 역사-비교언어학자들은 헝가리어와 한국어를 우랄-알타이어족이라는 한 어족으로 묶었다. 그들은 그러면서 헝가리와 핀란드, 튀르키예, 몽골, 한국 사람들이 인종적으로 매우 가까우리라고 추정했다. 일부 인류학자들은 이 역사-비교언어학자들의 주장을 좇아, 페르시아어로 '투란'이라고 부르는 선사시대의 중앙아시아를 우랄-알타이어족의 본향Urheimat으로 추측했고, 아주 오래전 그 지역에서 우랄-알타이 조어祖語를 쓰고 살았으리라고 그들이 상상한 사람들을 투란족Turanid race이라 불렀다. 그 투란족 일부는 서쪽으로 가 헝가리와 핀란드 등지에 정착했고 다른 일부는 동쪽으로 가 몽골과 한반도 등에 정착했다는 것이 이들의 주장이었다. 특히 그 '아시아적 기원'이 주류 담론의 하나였던 헝가리에서는 19세기 후반과 20세기 전반에 투란주의가 언어학, 고고학, 인류학에 깊이 파고들며 정치 운동으로까지 자라났다.

투란족이라는 개념이나 우랄-알타이어족이라는 개념은 이제 폐기됐다. 우랄어족과 알타이어족은 서로 다른 어족이라는 것이 확인됐고, 알타이어족이라는 개념 자체를 부정하는 언어학자들도 많다. 알타이어족이라는 개념을 인정하는 언어학자들도 헝가리어나 핀란드어는 우랄어족에 속하는 반면, 몽골어나 퉁구스어는 알타이어족에 속한다고 말한다. 한국어는 당초에 알타이어족에 속한다고 보는 것이 다수설이었지만, 알타이어족이라는 개념 자체가 도전받고 있는 지금은 그 기원을 알 수 없는 '고아 언어' 취급을 받고 있다. 지금보다 한 세기 전쯤 역사-비교언어학자들과 인류학자들이 헝가리인과 한국인의 혈통적 친연성을 상상한 것은 흥미로운 일화다. 그리고 이 주장은 비록 이론적으로는 배척받고 있지만, 심아진의 신화적 상상력을 통해 『후예들』이라는 소설을 낳았다. 『후예들』에서 '후예들'이란 영웅들의 후예들인데, 그 영웅들과 그 후예들이 바로 투란족인 것이다. 본디 기마 유목민이었던 이 영웅들의 후예들의 특징을 작가는 소설 속에서 여러 차례 묘사하고 있다. 몇 군데 예를 들어보자면 이렇다.

머무르지 않는 사람들은 집을 짓지 않았고 가축이나 채소를 기르지 않았다. 아무것도, 그러니까 사람마저도 소유하지 않는 게 그들의 삶의 방식이었다.

머무르지 않는 사람들을 이해하지 못하는, 머물러 사는 사람들은 그들을 종종 가장 불친절하며 극단적으로 인간미가 없는 사람들이라 몰아세웠다. 다른 꿍꿍이를 감췄거나 그저 미쳤을 뿐이라 여기기도 했다. 겁이 많은 그들은 제 불행의 근원을 알지 못했으므로 머무르지 않는 사람들을 향해 이를 갈았다. 끝없이 투덜거렸고 소용도 없을 미끼를 자꾸 던지며 자신들의 마을을 지나는 길을 막아서기도 했다. 약한 그들은 '너희는 너희대로 우리는 우리대로' 각자의 자리에서 살 수도 있다고 생각하지 않았다. 제도든 종교든 도덕이든 그 어떤 것을 끌어들여서든 머무르지 않는 자들을 잡아두려 애썼다. (중략) 머무르지 않는 사람들이 원하는 단 한 가지는, 아무런 구속 없이 영원히, 머무르지 않는 거였다. ('머무르지 않는 사람들')

영웅의 후예들은 언제든 어디로든 자유롭게 떠나기 위해 청동으로 만든 솥을 말 엉덩이에 매달고 다녔다. 누군가가 죽으면, 솥은 깨뜨려져 고인의 무덤에 함께 묻혔고, 말은 그의 죽음을 애도하는 문상객들의 음식이 되었다. 소유하지 않고 잠시 빌렸을 뿐인 듯한 말과 솥은 그렇게 자연으로 돌아갔다.

이 욕심 없는 후예들은 곧 어떤 이들의 미움을 샀다. 소유하지 않으면 불안해서 미칠 지경이 되는, 그러쥐어야 비로소 안도하는, 이른바 '들끓는 자들'이 후예들을 증오했다. 그들은 자신에 대한 제어와 겸손을 내세울 만한 것으로 여겼기에 후예들의 소탈한 웃음소리에 경기를 일으키곤 했다. 자신만으로 충만한 후예들이 낯설었고, 낯설었으

므로 사력을 다해 미워했다. (후략) ('들끓는 자들')

영웅의 후예들은 다른 이가 가진 것을 탐내는 법이 없었다. 누군가가 가진 건강한 치아나 화려한 장신구나 으리으리한 집을 욕심내지 않았다. 다른 이가 목표로 하는 위대한 업적, 마음의 평화, 가정의 안락함도 모두 관심 밖이었다.

그러므로 그들은 늘 단조로운 노래를 불렀고 단순한 춤을 추었다. 화음이 들어간 복잡한 노래, 누군가와 팔을 엮고 다리를 거는 춤은 선망하지 않았다. 고독을 길들이고, 고독에 길든 그들은 언제나 홀로여야 만족했다.

후예들은 호수에 비친 제 얼굴을, 검이나 방패에 비치는 제 모습을 오래 감탄하며 바라보았다. 가끔 저 자신 말고 호수나 검, 방패에 비치는 다른 게 있기는 했다. 어김없이 그건 온 세상, 드넓은 우주였다. 사실 후예들은 자신과 세상 혹은 우주를 구분하는 법을 알지 못했다. 그 둘은 온전히 같은 것이었다. (후략) ('단조로운 노래, 단순한 춤')

『후예들』에서 이런 영웅의 후예의 특징을 가장 잘 구현하고 있는 인물은 요세핀일 것이다. 한국인 이귀연과 오스트리아인 프란츠 슈나이더 사이에서 태어나 헝가리의 부다페스트에서 자란 요세핀은 고교를 졸업한 뒤 삼 년이 흐르도록 제대로 된 직업을 가진 적이 없는, 말하자면 일종의 '루저'인데, 그가 구현하고 있는 영웅의 후예의 특징 덕에 이 소설에 등장하는 작가에게도 가장 사랑받고 있는 것으로 보인다. (『후예들』에는 이 소설을 써나가고 있는 작가가 등장한다. 그런데 그가 중년 남자로 설정돼 있는 것을 보면 심아진과 동일인물은 아니다. 심아진은 『후예들』에서 이 소설을 쓰는 작가마저 창조해 픽션화한 것이다. 그 점에서 『후예들』은 소설에 대한 소설에 대한 소설, 곧 메타-메타 픽션이다. 내 가난한 독서 체험에 따르면, 한국에 이런 소설은 지금까지 없었다) 요세핀과 함께 영웅의 후예의 특징을 잘 구현하고 있는 존재로, 비중이 크지는 않지만, 혼어미가 있다. 소설의 주요 인물인 효령의 눈에 흰옷 입은 의문의 노파로만 나타나는 유령 같은 존재인 혼어미는 "일생에 단 한 번도 홀로이지 않은 적이 없는 자"다.

『후예들』은 정착하지 않으려는 자유로운 영혼들에 대한 찬가다. 작가는 소설적 재미를 위해서 이귀연과 효령의 관계, 다시 말해 요세핀과 효령의 관계를 캐어내는 추리소설

적 장치를 마련해 큰 축으로 삼고(흥신소, 곧 사립탐정이라 할 '기획사'가 중요한 역할을 한다), 그 주변에 요세핀과 마태의 연애(마태의 어머니는 헝가리인이고 아버지의 조상들은 투르크족의 용사들이었다. 다시 말해 마태는 범투란주의자들Pan-Turanists에 따르면 전형적 투란족이다), 프란츠와 이혼한 뒤 미술관 도슨트로 자원봉사를 하며 자신만의 갤러리를 차릴 꿈을 꾸는 이귀연의 일상, 딸 윤지와 남편에 대한 효령의 세심한 사랑, 무당들의 일상 같은 것을 배치하고 있다.

헝가리의 공산주의 정권 아래서는 우파 운동으로 폄훼되었던 투란주의가 공산 정권 몰락 후에 새로운 동력을 얻고 있다고 한다. 투란주의가 본디 반-근대 신화주의의 일종이라는 것은 부인하기 어렵다. 그 점에서 심아진이 『후예들』을 통해 근대의 거추장스러운 옷을 벗고 복고주의 쪽으로 발걸음을 내딛은 것으로도 볼 수 있겠다. 그 발걸음은 뒷걸음질일까? 본디 여러 겹인 근대를 극복하는 길은 여럿일 수밖에 없는 만큼, 그런 걱정은 기우이기 쉽다. 복고주의도, 날카롭게 벼리면, 탈-근대의 칼이다. 아무려면 어떠랴? 소설이 아름다운 것을! 이 소설의 아름다움은 근대와 결별함으로써 얻게 되는 신화의 아름다움이다.

작가가 말한다.

요세핀이 검은 앵클부츠를 성큼 내밀며 걷기 시작하자, 마태도 난도(마태의 반려견—인용자)도 씨엉씨엉 따라나선다. 음악에 따라 춤을 추는 물 분수의 하얀 날개가 세상을 관조하며 퍼덕이고 있다. 지나치게 초록인 나뭇잎도, 너무 부드러운 풀잎도, 심하게 단단한 자갈들도 모두 빛난다. 요컨대, 햇빛 아래 반짝이지 않는 것이 없다.

옳다. 거기 더해, 반짝이는 것치고 아름답지 않은 것은 없다. 『후예들』은 정신적 자유와 독립을 지닌 영웅과 그 후예들의 옹호로 반짝이고 반짝이고 반짝인다.

내 마음에 드는 '나'

아일랜드 시인 W.B.예이츠의 묘비에는 다음과 같은 시구가 새겨져 있다.

Cast a cold eye
On Life, on Death.
Horseman, pass by!
차가운 눈길을 던져라
삶에, 죽음에.
말 탄 이여, 지나가라!

예이츠의 시 「벤 불벤 기슭에서」의 마지막 3행이기도 한 이 구절은, 읽는 이에 따라 해석이 조금씩 다르다. 달리기에 급급한 말 탄 이Horseman, 즉 현재를 살아가는 사람에게 삶과 죽음(그리고 시)을 허투루 그냥 지나치지 말라고 경고하는 내용이라고도 하고, 삶과 죽음이 별것 없으니 제 할 일이나 충실히 하라고 조언하는 내용이라고도 한다. 오래전 나는 시인의 묘비를 보며 괴테의 시 「마왕」을 떠올렸다. 죽음의 유혹에 점차 빠져드는 아들, 불안과 공포에 시달리는 아버지를 태운 채 달리는 말……. '과녁이 빗나가다'라는 뜻이 적절하달 수밖에 없는, 아리스토텔레스의 하마르티아 ἁμαρτία가 생각났다. 무지나 오만에서 기인했을 수 있으나 근원적으로는 비자발적인 오류에 빠졌을 뿐이라 여겨지는 어떤 스산한 군상, 그 비극적인 이미지가 오랜 기간 나를 사로잡았다. 눈을 가린 채 어둠을 가르며 달리던 「마왕」의 말이 마침내 '엉덩이에 솥 하나 달랑 매달았을 뿐인 자유로운 말'로 진화하기까지 긴 시간이 걸렸다.

지인들이 가끔 묻는다. 그래서 네 소설에 나오는 등장인물 중 누가 너야?

누군가는 충분히 동의할 수도 있을 텐데, 그 모두가 나다. 『후예들』의 효령, 귀연, 요세핀을 비롯해 메이, 마태 등이 죄다 나이고, 심지어 물을 딸아 댕기를 드린 해초나 하늘을 업은 구름, 스팽글 장식, 지터르, 토카이 와인조차 내가 아니라고 할 수 없다. 영웅과 후예들 역시 내 개성대로 부박하게 발음되었을 뿐인 '나'다.

그러나 말장난으로 여겨질 위험을 감수하고 덧붙이자면, 그 모두가 나인 동시에 내가 아니기도 하다. 소설을 쓸 때 내가 더 의지하는 쪽이 '상상'이라는 말을 하려는 거다. 솔직히, 닿기를 열망하는 어떤 경지, 후회를 동반하지 않을 수 없는 어떤 감성 등을 더욱 열망하고 더욱 후회하는 방편으로 상상 아닌 무엇을 동원할 수 있을지 잘 모르겠다. 가끔 나는 니체가 언급한 거리의 파토스Pathos der Distanz를, 타인을 연루시킨 귀족주의가 아니라 내 안에 있는 나 자신과의 투쟁으로(내 식대로 왜곡해서) 해석하곤 한다. 내가 거리의 파토스를 지향한다고 말할 때, '자기 자신이고자 하는 의지', '자신을 두드러지게 하고자 하는 의지'를 관철하는 유일한 수단은 '상상'이다. 상상은 내가 나 자신과 '유사해지지 않게' 함으로써 자주 내 평화를 깨뜨리지만, 외눈 거인처럼 파괴적으로 길을 터 나를 이끈다. 구별된 것, 고귀한 것을 선명하게 보여준다. 그리하여 소설 한 편을 완성하고 나면 나는 조금 더 내 마음에 드는 '나'가 된 것 같기도 하다(사실과 별개로 그렇게 느낀다는 말이다).

내게 다소 가혹한 방식으로 말할 수도 있을 것이다(나도 소설 속의 귀연 못잖게 '자학의 쾌감'을 갈망할 때가 있다). 내가 '상상'과 더 친한 건, 경험이 일천한 걸 감추거나 변명하려는 안이한 태도 때문이다. 게다가 비겁하고 유약하다. 엄살도 심하다. 나는 종종 종이에 손가락을 베인 것만으로도 손목이 잘려 나간 것처럼 고통스러워하곤 한다(아마 정말 손목이 잘려 나간다면 목이 잘린 줄 알고 곧바로 죽어버릴지도 모른다).

가끔은 거침없이 자신을 드러내며 실재를 세밀하게 그려내는 어떤 작가들이 부럽기도 하다(그들의 작품은 확실히, 무농약 채소로 조미료를 덜 써서 만든 음식처럼 건강한 맛이 느껴진다).

그러나 나도 살아야 하니 이렇게 말해야겠다. 내가 원해서 그리 태어난 건 아니라고, 나 역시 '빗나간 과녁'의 산물일 뿐일지도 모른다고. 정말이지 어쩔 수가 없노라고.

분명한 건, 소설 속 인물에 성격과 특징을 부여하는 동안 작가로서 많은 걸 배운다는 점이다. 『후예들』을 통해, 어쩌면 삶을 풍요롭게 하는 유용한 이해만이 아니라 삶을 비루하게 하는 무용한 오해까지 끌어안을 수 있게 되었으리라 믿는다.

『후예들』은 2004년부터 2009년까지 헝가리에 거주하는 동안 구상한 소설이다. 그 무렵 집필을 시작했는지, 귀국하고서 쓰기 시작했는지 지금으로서는 알 수가 없다(그사이 노트북도 바뀌었고, 백업 파일도 사라졌다). 다만 수백 번 폐기하고 살리기를 반복하는 동안 정이 흠뻑 들었다는 사실만은 명백하다. 이가 다 나고서도 젖을 떼지 못한 아이처럼 『후예들』은 사랑스러우면서도 안쓰러웠다. 지나고 보니 알겠다. 『후예들』이 세상에 나갈 시기를 미룬 건 나 때문이었다. 조금 더 내 마음에 드는 '나'가 될 수 있도록 소설이 나를 기르고 어르고 기다려준 것이라 믿는다.

첫 소설을 쓸 때부터 '소설은 새로워야 한다'는 강박이 있었고, 지금도 여전하다. 적어도 "라 팔리스 씨는 죽기 바로 직전에 살아 있었습니다."라는 식의 소위 '라팔리사드 lapalissade'로 불리는 진부한 사실만을, 너무 뻔해서 공허한 감상만을 나열하고 싶지는 않았다. 성공했는지는 모르겠다. 자신 없는 작가에게 늡늡한 손을 뻗어준 솔출판사에 깊이 감사드린다.

2023년 7월

심아진

후
예
들

1판 1쇄 발행 2023년 9월 20일

지은이 심아진
펴낸이 임양묵
펴낸곳 솔출판사

편집 윤정빈 임윤영
경영관리 박현주

주소 서울시 마포구 와우산로29가길 80(서교동)
전화 02-332-1526
팩스 02-332-1529
블로그 blog.naver.com/sol_book
이메일 solbook@solbook.co.kr
출판등록 1990년 9월 15일 제10-420호

ISBN 979-11-6020-190-1 (03810)